Catherine Breton

Le secret des Rostland

roman

Première publication 2011

ISBN : 978-2-9812678-0-1

Imprimé et relié aux États-Unis d'Amérique
par Create Space
www.createspace.com

Pour François

Prologue
1884

L'émissaire remonta son capuchon sur sa tête. Il voulait passer inaperçu dans la nuit, loin du village. Il y avait trop de risque à ce qu'un enfant qui l'aurait vu dans les bois crie à tous qu'il était un sorcier. Il connaissait bien les habitudes des villageois et la manière qu'ils avaient d'accueillir un étranger dans leur village. Il serait mit au bûcher avant d'avoir pu expliquer la raison de sa présence.

Il devrait alors tout recommencer.

Il avait argumenté avec les Sages que ce qu'on lui demandait de faire n'aurait pas les résultats escomptés. Plusieurs des exilés n'accepteraient pas que les Sages se mêlent de leur vie, pas après tout ce temps laissé à eux-même sur cette Terre.

Les sages avaient cru qu'une fois sur Terre, ils ne pourraient rien faire de mal, qu'ils accepteraient leur sort et se fondraient avec la population locale. Ils espéraient qu'ils gagneraient un peu d'humilité et de sagesse entre temps, suffisamment pour se réconcilier avec les leurs, et peut-être pour être un jour réintégré dans la société.

Au contraire, les exilés s'étaient démarqués en prétendant être des dieux. Des dieux vengeurs et qui devaient régler leurs propres guerres avant d'aider les humains. Ceux-ci n'avaient rien compris et s'étaient courbés devant eux, les avaient accepté comme des êtres intouchables.

Après un certain temps, les humains, avec leur inventivité et le sang mêlé des exilés, avaient cessé de croire en ces dieux qui n'en étaient pas et avaient découverts les Dieux uniques qui ne menaient la guerre qu'au mal. Les exilés avaient dû fuir aux quatre coins de la planète, se cacher et cacher leurs pouvoirs. Les plus faible avaient été tués, d'autres étaient encore pourchassés par différentes factions.

Certains avaient tenté de retourner chez eux, mais ils s'étaient tous butés au refus des Sages. Ils n'étaient pas encore prêts. D'autres avaient semé le trouble dans la population et avaient causé des guerres entre les humains, plutôt qu'entre eux.

Ceux-là ne pourraient jamais retourner de leur exil.

Il y avait finalement ceux qui s'étaient tenus tranquilles après la chute des dieux, avaient fondé des familles et partagé leurs connaissances de façon discrète, tout en aidant la population locale.

L'émissaire s'approcha du manoir qui avait vu de meilleurs jours. Le chef de famille était un de ceux qui s'étaient rachetés aux yeux des Sages. Ils devaient seulement tenir un peu plus longtemps, pour ne pas que les autres ne s'en prennent à eux et que la population ait à souffrir de leur Guerre Éternelle.

Il frappa à la porte et un majordome le laissa entrer. Il ne parut pas surpris par la présence d'un visiteur nocturne et le fit passer au salon.

« Nous sommes honorés de rencontrer un émissaire des Sages. » Un homme dans la trentaine et sa jeune femme enceinte entrèrent dans le salon à leur tour. L'émissaire leur sourit et l'homme le reconnu aussitôt. Ils se serrèrent chaleureusement la main avant de passer au but de la visite de l'émissaire.

« Les Sages sont heureux de vos progrès. Ils ne peuvent cependant vous réintégrer dans la société pour l'instant. Comprenez que la situation ici est un peu... étrange. » L'homme hocha la tête sans dire un mot. Sa femme était assise à ses côtés et caressait son ventre gonflé. L'émissaire se tourna vers la femme.

« Soyez heureux, une petite fille va vous naître. » La femme sembla déçue et l'émissaire se mit à rire. L'homme souriait de bonheur.

« Ici, les héritiers mâles sont importants. » L'émissaire hocha la tête et regarda à nouveau la jeune femme.

« Sachez que cette petite fille est la première semence d'une nouvelle génération. » Elle le dévisagea, incertaine de ses paroles. Son mari lui posa une main sur son épaule et elle se détendit.

« Une nouvelle génération? Nous sommes ici depuis si longtemps... » L'homme ne semblait pas comprendre.

« Dès qu'elle naîtra, votre éternité disparaîtra et vous pourrez venir nous rejoindre à la fin de votre vie. Votre fille, Likalie de Rostland, possèdera beaucoup de connaissances qu'elle transmettra par les femmes. Elle restera comme gardienne, pour empêcher ceux en exil de mêler les cartes ici. »

« Pourquoi ne pas les envoyer ailleurs? » L'émissaire secoua la tête.

« Il est déjà trop tard pour cela. Nous devons garder la balance des choses. » L'homme hocha la tête, pensif.

« Qui d'autre? »

« Une dizaine d'autres exilés satisfont aux exigences des Sages. »

« Pourquoi ne pas faire perdre l'éternité aux autres? »

« Parce que ce n'est pas leur destin. » L'homme posa sa main sur le ventre de sa femme. « Une dernière chose. Elle sera en charge de garder le secret. Elle doit tout savoir, tout en restant muette. À la fin de sa vie, elle ira dans le tombeau de ses ancêtres où elle viendra te rejoindre. »

« Et ma femme? »

« Elle quittera ce monde au même moment que toi. Elle doit avoir la connaissance nécessaire, mais vous avez encore de longues années devant vous. » Il remit son chapeau et s'approcha de la porte. Il hésita. Il se retourna vers l'homme et sa femme.

« L'humanité est une créature étrange. Les gens de cette Terre ne sont pas encore au même stade de l'évolution que nous, mais les choses changent rapidement. Toi et les tiens avez semés une accélération dans les capacités des humains. C'est à toi, et aux autres familles qui possèderont le secret, que retombe la responsabilité de leur enseigner la voie de la sagesse. Tout arrivera bientôt, par des signes ici et là. C'est aux familles à juger du moment idéal pour partager les connaissances avec ceux qui ne sont pas comme nous. » Il sortit dans la nuit.

Chapitre 1
2011

Le soleil n'était pas encore levé. Il était beaucoup trop tôt pour qu'une autre personne dans le manoir ne soit réveillée, pourtant Victoria ouvrit les yeux en entendant des pas qu'elle ne reconnaissait pas dans le corridor. Ils s'arrêtèrent devant sa porte. Elle chercha à tâton l'interrupteur de sa lampe de chevet mais aucune lumière n'en sortit. Elle se leva, enfila une robe de chambre et s'en approcha.

« Qui est là? » Elle n'eut aucune réponse mais la personne bougea ce qui fit craquer une des planches de bois. Celle qui lui indiquait que quelqu'un était sur le point de toucher à la poignée de porte.

Victoria fouilla sous son matelas à la recherche du fusil qu'elle gardait toujours à la portée de sa main depuis la mort de son fils Richard. Elle fixa la poignée de porte qui tourna d'un quart de tour et revint en place sans que la porte ne s'ouvre.

« Qui est là? » Elle se sentait idiote de se répéter. Elle se leva de son lit et se plaça devant la porte.

Au même instant, la porte s'ouvrit et elle fut poussée au sol. Le fusil s'échappa de ses mains et glissa sous le lit. Un homme entra dans la pièce. Victoria se mit à genoux et chercha son arme mais l'homme l'agrippa par les pans de sa robe de chambre et la souleva. Il se mit à rire lorsque Victoria tenta de se défaire de sa poigne. La porte se referma derrière lui, en silence. Elle n'arrivait pas à voir le visage de l'homme dans la noirceur de la chambre. Elle aurait du suivre son instinct et crier.

« Qui es-tu? » Il secoua la tête en souriant.

« Ça n'a pas d'importance. Ce qui va arriver à tes petits-enfants est beaucoup plus intéressant si tu ne me réponds pas. » Elle avait de la difficulté à respirer sous la pression du vêtement sur sa gorge. Il attendait.

« Quoi? » Sa voix était faible et les ongles se plantèrent dans la main de l'homme, l'égratignèrent. Il ne broncha pas.

« Donne-moi le secret. »

« Jamais! » Elle avait crié. Il serra plus fort en entendant des pas dans le corridor. Elle reconnaissait le pas sec et décidé de Maribelle.

« Es-tu prête à mourir pour le protéger? » Elle ne pouvait voir que ses dents blanches. Elle frissonna.

« Qui es-tu? » Il marcha vers la fenêtre en continuant de la tenir au bout de son bras. Les jambes de Victoria battaient l'air sous elle. Elle réussit à tourner la tête vers la fenêtre et regretta de ne pas avoir écouté sa fille qui lui demandait de déménager au premier plancher. Bien sûr, Léanne ne voulait qu'occuper la plus grande chambre du manoir et cachait sa motivation sous les bons sentiments, mais elle avait eut raison, sans le savoir.

L'homme l'appuya contre la fenêtre et elle pouvait sentir son dos s'y presser, lentement.

« Grand-mère? » Le chuchotement de Maribelle l'appelait derrière la porte, mais elle n'osa pas répondre.

« Je suis ici pour rétablir la prophétie. » Il ne pouvait pas être sérieux, personne n'avait parlé de la prophétie depuis la naissance de sa propre grand-mère Likalie. Elle n'en avait jamais parlé elle-même et elle savait qu'elle n'aurait pas le temps de passer cette connaissance à ses petits-enfants. Son regard se tourna vers son lit. Elle espérait seulement que ses instructions seraient découvertes avant qu'il ne soit trop tard.

« Il n'y a pas de prophétie! » Il posa sa main libre sur sa tête et elle le sentit entrer dans son esprit. Elle voulait crier sous la douleur mais rien ne sortit de sa gorge.

« Il ne faut pas me mentir... » Il ferma les yeux, ignorant la voix derrière la porte. Victoria se concentra sur des choses sans importance, mais ses pouvoirs ne cessaient de revenir dans ses pensées.

« Lâche-moi! » Son ton était ferme. Il rit.

« C'est trop tard pour tenter tes petits trucs sur moi. »

« Grand-mère? » La porte s'entrouvrit et Maribelle passa la tête dans l'ouverture. L'homme se tourna vers elle et Victoria pu voir une étrange lueur jouer sur son visage.

« Ne la tue pas... » Il se mit à rire. Maribelle tourna la tête vers lui et la stupeur se dessina sur son visage. Elle se précipita à l'intérieur de la chambre. L'homme relâcha la vieille dame et lui chuchota à l'oreille.

« Suicide-toi. Elle est en sécurité avec moi... elle va être à mes côtés pour s'approprier du secret, mais elle n'est pas encore prête. » La tentation était trop forte. Elle regarda sa petite-fille.

« Va-t'en!!! » Victoria avait crié mais Maribelle gardait son regard sur l'homme, hypnotisée. Victoria fit un effort pour ne pas écouter l'homme, mais c'est tout ce qu'elle pouvait entendre dans sa tête. Elle devait se suicider. Elle devait mettre un terme à cela. Elle ouvrit les yeux, regarda l'homme devant elle.

« Tu ne pourras pas rien obtenir d'elle par la force. » Elle s'élança sur la fenêtre qui se brisa sous la pression de son dos et elle sentit des morceaux de vitre entrer dans sa chair. Elle avait vu la frustration dans les yeux de l'homme et elle entendit Maribelle crier avant de frapper le pavé de ciment directement placé devant la porte d'entrée principale du manoir. Tout devint noir.

Dominic s'était mis en route dès les premières lueurs du jour. Il voulait terminer sa mission le plus rapidement possible pour mettre l'idée de ce village et de toute sa population derrière lui. Il connaissait le trajet du village au manoir comme s'il n'avait jamais quitté la région. Tout était dans le même état que six ans auparavant. Il se souvenait également que la dernière fois qu'il avait mis les pieds au manoir des Rostland, il en était ressorti aussi rapidement.

Dominic arriva au manoir au même moment où un policier en sortait. Plusieurs voitures de police étaient présentes, un cordon rouge délimitait l'entrée principale. Une ambulance était stationnée en retrait, mais les paramédics ne semblaient pas être préoccupés. Dominic se trouva une place et sortit de la voiture en même temps qu'un policier s'approchait de lui.

« Vous êtes de la famille? » Dominic secoua la tête et fronça les sourcils. Il avait le pressentiment que quelque chose de grave s'était produit avant qu'il n'ait eut le temps de parler à Maribelle. Elle avait le don de rendre les choses impossibles. Le policier qui était sortit du manoir s'approcha de lui et il le reconnu aussitôt.

« Luc! Ça fait un bail! » Luc passa sous le cordon et le poussa en retrait des autres policiers. « Tu n'as pas changé! » Luc lui sourit, enleva sa casquette et replaça ses cheveux grisonnants en place. Malgré l'heure matinale, il avait déjà commencé à suer.

« Qu'est-ce que tu fais ici? » Dominic hésita. Il ne voulait pas dire le véritable but de sa mission sans avoir parlé aux Rostland en premier lieu. Ils n'étaient pas du genre à ouvrir leurs problèmes aux étrangers et Dominic ne savait pas jusqu'à quel point ils voulaient que la raison de sa présence soit connue.

« Je venais rendre visite à Maribelle. » Pas si loin de la vérité. Luc resta impassible.

« Tu veux rire? Après ce qui s'est passé? » Dominic haussa les épaules.

« Bah, les choses changent en dix ans. »

« Tu vas devoir repasser un autre jour. » Dominic regarda par-dessus l'épaule de l'homme. Une bâche brune avait été posé sur ce qu'il interpréta comme un corps devant la porte. Il reporta son attention sur Luc.

« Qui est mort? » Luc se mit à le pousser vers sa voiture.

« T'es un journaliste maintenant? Pas de commentaires. » Dominic sortit son porte-feuille et lui montra son propre badge. Luc s'immobilisa et regarda autour de lui.

« Je ne crois pas que mes hommes vont aimer savoir qu'un militaire enquête sur l'affaire. »

« Je n'étais pas ici pour ça. Je dois parler à Maribelle. Est-ce qu'elle va bien? »

« Physiquement, ça va. Je ne peux pas en dire autant de sa grand-mère. » Dominic ne savait pas trop quoi penser. Il était soulagé que Maribelle ne soit pas sous la bâche, ça lui rendait la tâche moins compliqué, mais la mort de la grand-mère ne l'aiderait pas à s'approcher de la famille. Maribelle utiliserait cette excuse pour le mettre à la porte du manoir avec force.

« Qu'est-ce qui s'est passé? »

Luc souleva le ruban rouge et ils s'approchèrent du corps. Dominic leva la tête vers la fenêtre du deuxième étage. Malgré la distance, il pouvait voir du sang sur la vitre cassée. Des personnes habillées de blanc étaient déjà au travail et relevaient les empreintes digitales.

« Un suicide? » Les apparences le lui faisaient croire, mais la présence d'autant de policiers lui indiquaient autre chose. Luc secoua la tête.

« Maribelle jure qu'elle a vu une autre personne dans la chambre de sa grand-mère. Elle est certaine qu'il l'aurait forcé à sauter. Personne d'autres dans le manoir ne peut confirmer, tout le monde était absent la nuit dernière à l'exception de Violaine qui s'est réveillée lorsque Maribelle s'est mise à crier. »

« Qui habite ici habituellement? » Luc sortit son calepin.

« Maribelle, sa tante Léanne et ses cousins Tobias, Cléa et Violaine. » Dominic les connaissait tous et n'avait pas eu que de bonnes relations avec eux. Il soupira et se tourna vers Luc qui continuait de feuilleter dans son calepin. « Il y a autre chose? » Luc soupira avant de fermer son calepin. Un policier arriva à ce moment avec un photographe. Luc s'éloigna d'eux.

« Tout semble pointer Maribelle, pourtant, les gens au village n'ont que des bons mots pour elle. Ce n'est pas son genre de faire une telle chose. Et voilà que tu te pointes en moins de deux heures. Il y a quelque chose d'étrange. » Dominic se mit à rire.

« Tu n'a aucune idée à quel point. » Dominic avait heureusement murmuré et Luc ne l'entendit pas. Celui-ci enjamba un coin de la bâche avant d'ouvrir la porte. Il fit signe à Dominic de le suivre.

« Est-ce que je peux savoir ce que les militaires veulent avec cette famille? » Dominic lui sourit.

« Je ne fais que travailler avec eux, et non tu ne veux pas savoir. »

« Est-ce que ça veut dire que tu vas me suivre comme un petit chien? »

« Plus ou moins. » Luc maugréa en retour et disparut dans le manoir.

Les deux jeunes femmes étaient dans le salon, sous la garde d'un jeune policier qui fut le seul à remarquer l'entrée de Dominic et Luc dans la pièce. Malgré le temps passé loin du village, Dominic les reconnaissait sans problème. Violaine, la petite-fille de Victoria, était assise près de la fenêtre d'où perçait le soleil matinal, lisait une romance, malgré ses yeux rougis. Elle gardait ses lèvres pincées et ne jetait pas un seul regard à sa cousine Maribelle.

Celle-ci était devant une bibliothèque, debout avec une tasse vide dans la main. Elle se tourna en entendant les pas dans le salon et Dominic compris qu'il n'y était pas le bienvenue. Elle posa sa tasse sur l'étagère d'une bibliothèque, releva le menton et se dirigea vers la porte pour quitter le salon. Luc lui bloqua le passage et lui indiqua de la tête de reprendre sa place. Elle hésita un moment avant de retourner près de la bibliothèque, tout en gardant son regard sur Dominic.

« Qu'est-ce que tu fais ici? » Sa voix était basse et menaçante. Si elle avait pu lui sauter à la gorge, elle l'aurait fait. Dominic haussa les épaules et laissa Luc s'avancer dans la pièce avant lui. Maribelle continuait de fixer le jeune homme.

« Je viens donner un coup de main à Luc. » Maribelle tourna son attention vers le policier avant de revenir à lui. Elle s'attarda sur ses cheveux grisonnants.

« Je crois qu'il est assez vieux pour s'occuper de ce cas par lui-même. Tu peux quitter. De toute façon, si tu ne pars pas, c'est moi qui doit quitter la pièce, » elle le regarda dans les yeux, « non, la maison. » Dominic se mit à rire. Elle avait la rancune tenace. Il était curieux de savoir jusqu'à quel point il pouvait la pousser.

« Maribelle! Arrête de faire l'imbécile! » Violaine avait laissé tomber son livre sur la table à côté d'elle avec un bruit sec. Maribelle sursauta. Violaine tourna son regard sévère vers Dominic et ses traits se détendirent aussitôt. Luc se racla la gorge.

« Nous avons des questions à vous poser. »

« Il n'y a rien à dire. Ma grand-mère a été poussée par la fenêtre. » La voix de Violaine tremblait sous la tristesse. Une larme glissa le long de sa joue qu'elle s'empressa d'essuyer d'un mouchoir.

« Première chose sensée qu'elle dit depuis ce matin. » Seul Dominic avait entendu le commentaire de Maribelle, mais sa cousine plissa les yeux en la regardant.

« Où étiez-vous ce matin avant que le corps ne soit découvert? »

« J'étais en train de dormir, mais Maribelle semblait avoir d'autres activités en tête. Maman devrait être de retour dans quelques heures pour s'occuper de tout ça.... » Le regard de Violaine ne quittait pas la jeune femme.

« Tu ne l'a pas entendu crier? » Maribelle avait haussé la voix en lui retournant son regard. Sa cousine secoua la tête.

« Tu crois vraiment qu'on va te croire? Grand-mère n'avait pas la force de sortir de son lit, je ne vois pas comment elle pouvait crier. Peut-être est-ce parce que tu étais tellement proche d'elle quand c'est arrivé que ça t'a semblé être un cri, plutôt qu'un râlement? Assez proche pour l'avoir tué toi-même? » Maribelle fit deux pas vers sa cousine, lorsque Luc lui attrapa le bras.

« Est-ce qu'on peut te parler en privé? » Maribelle garda son attention sur sa cousine qui la défiait du regard. « Maribelle? » La poigne sur son bras se fit plus insistante et elle suivit Luc et Dominic dans la pièce d'à côté.

Dominic ferma la porte du bureau. Les murs étaient cachés sous des livres aux couvertures de cuir, même au-dessus de la porte, mais il n'y avait pas une seule trace de poussière. Le sol était recouvert d'un tapis aux longs fils blanc. Un bureau de bois d'acajou était placé dos à la fenêtre qui donnait sur la forêt derrière le manoir. De lourds rideaux de velours bourgognes étaient retenus ouverts par des cordes dorées. Luc prit place derrière le bureau, avec le plus grand naturel. Il sortit son carnet de note et invita Maribelle à s'asseoir devant lui. Dominic resta près de la porte et Maribelle tourna la tête vers lui.

« Dis, est-ce que tu fous des ordonnances restrictives à toutes les filles qui veulent te parler? Si oui, tu devrais t'occuper d'elle. » Elle pointa la porte derrière elle.

« Est-ce que tu t'invites encore à des soirées et tombe dans la piscine toute habillée lorsque tu te sens embarrassée? » Dominic se mordit aussitôt la lèvre, regrettant les paroles qui s'étaient échappées d'elles-même. Elle n'avait pas mérité le coup bas. Luc toussota pour ramener l'attention sur lui-même.

« Raconte-nous ce qui s'est passé. » Dominic en profita pour la regarder. Elle avait changé en 8 ans, elle avait prit des rondeurs agréables, mais gardait toujours ses cheveux bruns dans une queue de cheval, bien lissée. Il pouvait voir la courbe de sa poitrine sous sa chemise verte à manches courtes, bien repassée.

« Est-ce que j'ai besoin d'un avocat? » Luc secoua la tête.

« Pas encore. Je veux juste ta version. » Maribelle croisa les bras sur sa poitrine et se tut. Après un silence qui s'éternisa, Luc ferma son calepin et se leva.

« Si tu ne me dis rien, je n'aurai pas le choix de t'emmener au poste avec moi. Avec ce que ta tante semble insinuer, ça regarde très mal pour toi... » Elle soupira et décroisa ses bras.

« Je ne l'ai pas tuée. Il y avait quelqu'un d'autre dans la pièce. »

« Qui? »

« Je n'ai pas été capable de voir son visage. J'ai entendu un cri, ma chambre est juste de l'autre côté du corridor et j'ai le sommeil léger. J'ai été voir ce qui se passait, l'homme était dans la chambre, à côté de ma grand-mère, et il lui parlait. Je n'ai pas entendu ce qu'ils se disaient, mais après que je sois entrée, grand-mère s'est levée et a sauté par la fenêtre. »

« Où s'est dirigé l'homme? » Maribelle détourna les yeux et regarda par la fenêtre. Elle tapa sa cuisse d'un doigt.

« C'est ça le plus bizarre, il a simplement disparu. » Elle secoua la tête. « C'est probablement juste mon imagination en voyant ma grand-mère se suicider... » Dominic avait entendu l'hésitation dans sa voix. Elle ne croyait pas à ce qu'elle venait de dire.

Il se rapprocha d'elle.

« Tu nous caches la vérité. » Maribelle se tourna brusquement vers lui, ses yeux bruns brillants de colère.

« Tu ne saurais même pas la voir si elle était devant toi. Comme lorsqu'on était des adolescents. » Il recula sous la haine qu'il percevait dans sa voix. Il ne saurait rien d'elle, il aurait du tourner les pas lorsque Luc lui avait annoncé la mort de Victoria. Sa mission était terminée avant même de commencer. Luc se passa la main sur son visage.

« Est-ce que tu connais des ennemis à Victoria? »

« Léanne, Cléa, Violaine probablement Tobias. Elle ne voulait pas leur parler, c'est pour ça que j'ai du revenir ici, il y a six mois. »

« Toi? Tes raisons pour la tuer? » Maribelle se leva.

« Je n'ai plus rien à dire. Vous allez juste faire comme eux et m'accuser parce que j'étais là lorsque c'est arrivé. » Elle renifla de mépris. « Allez-y, posez-leur des questions. Ils vont se faire une joie de prouver que je l'ai tuée. » Dominic mit sa main sur son épaule pour tenter de la calmer, mais elle se dégagea.

« Je suis ici pour t'aider. » Maribelle eut un rire triste.

« C'est gentil, mais c'est trop tard. » Elle sortit de la pièce.

Chapitre 2

« Maribelle n'a pas vraiment été elle-même dans les derniers jours. »

Dominic avait envi de retirer l'une des cordes qui retenaient les rideaux ouverts dans le bureau, et de se pendre. Assise à côté de lui, Violaine ne cessait de lui faire des clins d'oeil, comme si la mort de sa grand-mère ne l'affectait plus et que tout cela n'était qu'un jeu pour flirter avec lui. Luc, toujours derrière le bureau, avait dû lui rappeler que la mort de la grand-mère n'avait pas encore été déterminée comme un suicide ou un meurtre. Considérant l'attitude de la plus jeune cousine de Maribelle, Dominic aurait volontiers penché vers le suicide. La grand-mère devait avoir craqué sous la honte d'avoir ce genre de personnes vivant sous son toit. Si Maribelle était coupable, il aurait préféré qu'elle s'attaque à un autre membre de la famille. Violaine, par exemple.

« Pouvez-vous élaborer? » Violaine l'ignora et se pencha vers Dominic qui ne put s'empêcher de regarder dans le décolleté de la jeune femme. Elle ne laissait pas beaucoup à l'imagination. Il aurait préféré ne pas savoir qu'elle ne portait pas de soutien-gorge. Il ferma les yeux une seconde, un mal de tête le menaçait de lui enlever toute sa volonté pour ne pas l'envoyer promener et quitter le manoir en avouant son échec.

Il était prêt à s'offrir comme alibi pour Maribelle si elle promettait de la tuer.

« Elle sortait de plus en plus souvent pour aller au village. Je me suis tout de suite doutée qu'elle avait un copain. Maman l'a averti de ne pas ramener de gars au manoir, et je crois que ça l'a frustrée. » Il se crispa à la mention d'un copain. Il devait se reprendre, Maribelle n'était que sa mission. Une fois qu'elle accepterait de collaborer, il serait hors de sa vie et elle n'entendrait plus parler de lui. Il ne devait pas penser à elle, pourtant c'est elle qu'il aurait voulu devant lui, à lui dévoiler ses charmes. Il secoua la tête. Luc le regarda en fronçant les sourcils.

« Est-ce que vous avez le nom de son copain? »

« Non, elle a toujours refusé de m'en parler. » Dominic sourit. Il n'aurait pas partager sa couleur préférée avec Violaine, même si sa vie en dépendait. Il scruta le visage de la jeune femme devant lui et elle prit ce signe pour se rapprocher de lui.

« Est-ce que quelqu'un aurait une raison de tuer votre grand-mère? » Elle haussa les épaules, clairement ennuyée par Luc. Elle étouffa un bâillement de sa main parfaitement manucurée.

« Ma mère peut-être? Elle se plaint toujours qu'elle n'a pas d'argent. Grand-mère refusait de lui en donner, même lorsqu'elle a accepté de contacter Maribelle pour qu'elle revienne habiter avec nous. Et vous voyez les résultats. Maribelle n'est pas heureuse de vivre avec nous, et elle m'a déjà confié que si ce n'était pas de grand-mère, ça ferait longtemps qu'elle serait retournée chez elle. Mais grand-mère était complètement manipulée par Maribelle et je m'en veux de n'avoir rien fait pour l'arrêter. »

« La manipuler? »

« Je suis certaine qu'elle a réussit à lui faire changer son testament pour tout hériter. »

« Avez-vous déjà parlé à votre grand-mère de ce sujet? » Violaine secoua la tête, garda ses yeux sur Luc et posa sa main sur la cuisse de Dominic. Il poussa la chaise pour être hors de sa portée.

« Elle était très discrète, mais personne ici ne doute que c'était une erreur d'avoir Maribelle dans le manoir. Elle n'a apporté que du trouble. » Violaine se pencha vers Dominic qui se leva pour s'en éloigner.

« Du trouble? » Violaine hocha la tête et se tourna vers Luc après un clin d'oeil à Dominic derrière elle.

« Au début, tout allait bien. Elle s'occupait de grand-maman, et en échange maman lui fournissait une chambre et elle n'avait pas à payer pour ses repas. Il y avait des choses qui disparaissaient dans le manoir et elle a tenté de nous accuser de voler des trucs qui appartenaient à la famille, et en particulier à son père. » Elle se mit à rire. « Son père devait se douter de son caractère puisqu'il l'a complètement sortie de son testament! »

« Est-ce que vous avez retrouvé ces objets? » Elle haussa les épaules

« Tobias l'a vu à plusieurs reprises admirer quelque chose qui disparaissait mystérieusement deux ou trois jours plus tard. Maman a exigé qu'on fouille sa chambre, ce qu'on a fait et on en a retrouvé certains et aussi beaucoup d'argent. »

Dominic cacha sa surprise du mieux qu'il le pouvait. Il voyait très mal Maribelle voler quoi que ce soit, mais il ne lui avait pas parlé depuis plusieurs années. Luc gribouilla dans son carnet, visiblement soucieux.

« Son excuse? » Elle se mit à rire.

« Le plus drôle, c'est qu'elle n'en avait pas! On a appris à cacher ce qui avait de la valeur. »

« Autre chose? » La voix de Luc restait formelle et monotone, alors que Dominic priait pour qu'il n'y ait pas de suite. Violaine souriait de plaisir à jouer la délatrice.

« Pour nous rembourser, maman est arrivé à une autre entente. Mais à ce point-ci, personne ne croyait que Maribelle pouvait être honnête, mais bon. Elle a accepté de faire un peu de ménage, de faire les repas, et tout ça, mais honnêtement, ça ne vaut rien! »

Dominic était tenté de lui poser des questions sur des phénomènes étranges qui se seraient produits autour de Maribelle, puisqu'il était ici pour cela, mais il cru bon ne pas mettre Violaine sur cette piste. Du moins, pas maintenant.

« Merci, ce sera tout. » Violaine hésita avant de se lever. Elle ignora Luc et s'approcha de Dominic pour ne se trouver qu'à quelques pouces de lui. Elle gardait les yeux au sol, posa ses mains sur son torse.

« Qu'est-ce que tu fais ce soir? » Dominic prit ses mains et les éloigna de lui. « On pourrait se rejoindre au village pour souper. » Sous la surprise, il hésita avant de répondre.

« Je tiens des relations professionnelles avec les gens que je rencontre sur un dossier. Merci. » Cette fois-ci, Dominic lui ouvrit la porte pour lui indiquer que c'était terminé. Violaine fit la moue, ses yeux devinrent brillant de larmes, mais Dominic resta de marbre. Elle quitta en s'essuyant les yeux.

« Je suis tellement triste pour ma grand-mère. J'essaie juste de continuer ma vie! C'est la faute de Maribelle! » Dominic avait envie de rire. Elle avait passé le plus clair de l'entrevue à médire contre Maribelle pour ne se souvenir qu'à la dernière minute qu'elle devait jouer le rôle de la petite-fille triste. Il n'y avait aucune subtilité dans ses paroles venimeuses. Violaine couru et disparu dans les marches menant au deuxième étage.

Luc soupira. Son téléphone sonna et il se tourna vers la fenêtre. Dominic était incapable d'entendre ce qu'il disait. Il ferma la porte du bureau pour empêcher les oreilles curieuses. Il en avait déjà assez de la famille, il était prêt à appeler du renfort plutôt que de rester une minute de plus dans cette maison. Luc raccrocha et fit face à Dominic.

« Je n'ai pas le choix d'emmener Maribelle au poste, il semble qu'elle soit coupable et je ne veux pas qu'elle ait plus de problème qu'actuellement. »

« Qu'est-ce que tu as appris? » Luc se laissa tomber dans la chaise.

« Tu savais qu'elle a tenté de mettre le feu à sa chambre la semaine dernière? » Dominic haussa un sourcil. Il n'avait pas encore entendu cette histoire. « Léanne a posé une plainte au poste tout de suite après en la traitant de voleuse et de menteuse. Elle voulait qu'on arrête Maribelle, mais les procédures ont prit plus de temps. »

« Lorsque Léanne va savoir pour sa mère, elle va accuser Maribelle en disant qu'un meurtre n'était que la prochaine étape sur sa liste. » Luc hocha la tête comme si cela faisait du sens. Il soupira.

« Il y a également une autre plainte. D'après Tobias, elle aurait détourné l'argent du testament de son père en sa faveur. Personne ne sait où est l'argent. »

« Tu crois que c'est relié? » Luc haussa les épaules.

« Tu as vu comment Violaine agit? J'ai peur que tout le monde en profite pour régler leurs problèmes avec elle. À sa place, je plaiderais une maladie mentale quelconque si j'étais Maribelle. »

« Ce ne serait pas loin de la vérité. » La porte s'ouvrit derrière eux et une jeune femme de l'âge de Maribelle entra sans demander de permission. Elle était en colère et ne jeta pas un coup d'oeil à Dominic.

« Qu'est-ce qui se passe ici? Tout était correct hier quand je suis partie et je reviens ce matin avec ma grand-mère morte et des policiers qui fouillent dans ma chambre! » Luc l'invita à s'asseoir. Elle croisa les bras mais ne bougea pas.

« Cléa, je t'en pris, calme-toi. On n'a pas réussi à te rejoindre. »

« Tu sais dans quel état ma mère va être lorsqu'elle va se pointer ici? »

Cléa prit place devant le bureau. Luc sortit son carnet. Elle se tourna à demi vers Dominic qui se tenait près de la porte.

« Qu'est-ce que tu fais dans les parages? » Dominic haussa les épaules.

« J'étais dans le coin et je vais aider Luc. » Elle plissa les yeux.

« Vraiment? Maribelle ne doit pas être contente de te voir ici. »

« Nous avons déjà discuté de la situation... »

« Bien sûr, bien sûr... Tu es arrivé avant ou après la mort de Victoria? » Dominic fronça les sourcils sous l'accusation.

« Qu'est-ce que tu sais? »

« Maribelle a tué ma grand-mère, c'est évident. Elle venait de dire à ma mère qu'elle allait quitter le manoir dans deux semaines mais grand-mère ne voulait rien savoir. »

« Pourquoi voulait-elle partir? » Cléa haussa les épaules.

« Elle a perdu son emploi. Ça ne me surprend pas, elle est tellement paresseuse. »

« Qu'est-ce qu'elle faisait? »

« Je n'ai jamais demandé, sa vie ne m'intéresse pas du tout. Vous allez l'arrêter? Je peux partir et remettre de l'ordre avant que maman ne revienne? » Elle s'était levée mais Dominic posa sa main sur son épaule et elle dut se rasseoir. Dominic sentit les cheveux sur sa nuque se redresser sous son regard. Elle cligna des yeux et se mit à humer l'air. Elle fronça les sourcils, hésita avant de se détendre, les pieds sur le bureau.

« Victoria n'aurait pas d'autres ennemis? »

« Juste Maribelle. Ma mère voulait l'argent de grand-mère, mais je suis certaine que Maribelle le voulait encore plus. Ce n'est pas surprenant après ce qui vient de se passer. » Les deux hommes se redressèrent, attentifs.

« Quoi? » Cléa sourit en dévoilant ses dents. « Ne me dites pas que vous êtes ici sans savoir ce qui se passe? Maribelle a tout perdu à cause d'une fraude. On lui demande de rembourser 10 millions de dollars. Ça devrait être intéressant de savoir comme elle va se sortir de ce pétrin, elle ne peut pas vraiment coucher avec tout le monde pour effacer ça! » Dominic sentit un pincement au coeur. Il n'avait pas vu Maribelle depuis des années et entendre parler d'elle ainsi après l'avoir revue ce matin lui rappelait douloureusement les sentiments qu'il avait eut à l'époque à son égard. Il secoua la tête pour faire sortir toutes les images qui se présentaient à lui.

« À qui doit-elle l'argent? » Cléa passa sa langue sur ses lèvres comme si elle hésitait à leur dévoiler les détails croustillants.

« Ma mère a découvert le véritable testament de mon oncle Richard, le père de Maribelle. Il aurait laissé tout son argent à une société pour aider les malades mentales. »

« Est-ce que tu sais le nom de la société? »

« La fondation Laurent de Rostland. »

« Parenté? » Luc gardait toujours la tête sur son calepin. Elle se mit à rire.

« Tu connais beaucoup de Rostland dans la région? Cousin de ma mère. »

« Pourquoi aurait-il donné son argent à eux? »

« Parce que sa fille est aussi retardée que les autres malades? » Dominic se convainquit de rester impassible, il savait qu'elle n'avait aucun problème mental. Du moins, pas d'après ses dernières informations. Luc le regarda avant de se pencher à nouveau sur son carnet.

« Tu as mentionné que ce n'est pas la première fois qu'elle a des problèmes? »

« Quand ma mère a voulu qu'elle voit un psy, elle s'est sauvée en ville. D'après ce que j'ai entendu, ce n'était pas une gentille petite fille sage. Des partys, des chums différents d'une semaine à l'autre, ou deux gars dans la même soirée, vous voyez ce que je veux dire? » Dominic en avait assez entendu sur le sujet.

« Des noms? » Cléa secoua la tête en gardant toute son attention sur Dominic. Luc se leva et rangea son carnet.

Dominic ouvrit la porte, il hésita. Cléa se leva et attendit qu'il la laisse passer.

« Est-ce que des choses étranges se sont produites avant la mort de Victoria? » Cléa inclina la tête en plissant les yeux.

« Je crois que c'est un sujet qui ne te regarde pas. » Ses yeux s'illuminèrent et sa bouche s'agrandit à son implication. Elle se mit à rire. « Quoi? Tu crois aux sornettes que Maribelle t'avait sortie au secondaire? Oh mon dieu! C'est trop drôle! »

« Si Maribelle est coupable, peut-être que ses hallucinations n'ont pas cessé. »

« Crois-moi, elle n'a jamais eu d'hallucinations, elle essayait simplement d'attirer ton attention. Ça a fonctionné! » Elle le regarda de la tête aux pieds, critique. « J'avoue qu'elle avait du goût. Elle doit être déçu que ça n'ait pas fonctionné entre vous! Un conseil, tiens-toi loin de Maribelle, elle va juste t'apporter plus de problèmes. Et aussi de Violaine, elle ne sait pas où s'arrêter, elle veut trop être comme mon imbécile de cousine! » Il pouvait encore entendre de le rire de Cléa lorsqu'elle quitta la pièce. Il referma la porte derrière elle.

Dominic et Luc se regardèrent un instant.

« J'ai un mauvais pressentiment. » Luc haussa les épaules.

« On emmène Maribelle au poste et on conforme tout ça. » Luc hésita avant de reprendre. « Est-ce que ta question sur des trucs bizarres fait partie de ta raison ici? Si oui, je te conseillerait de garder un profil bas. Les villageois sont superstitieux. »

Dominic ne répondit pas aussitôt. Il était là pour convaincre Maribelle de collaborer avec eux, mais avec ce qui venait de se produire, il ne savait plus s'il pouvait faire lui faire confiance. Luc le poussa vers la porte. « Rends-moi service, emmène-la au poste. J'ai encore des trucs à faire. Tu pourras toujours lui parler de la raison de ta présence ici, elle ne pourra pas s'enfuir. »

Chapitre 3

Maribelle attendait dans la cuisine, une tasse de café à la main. Elle n'avait pas soif, mais la chaleur qu'elle sentait à travers la porcelaine lui réchauffait les doigts, à défaut du reste de son corps. Depuis qu'elle avait vu la silhouette ordonner à sa grand-mère de sauter, et qu'elle avait entendu celle-ci le supplier de ne pas tuer sa petite-fille, une vague de froid l'avait envahie.

Elle n'avait pas eut le temps de faire quoi que ce soit avant que Violaine ne surgisse dans la chambre, en criant qu'elle avait tué leur grand-mère. Violaine l'avait frappée, l'avait expulsée de la chambre, avait barré la porte derrière elles, et s'était ensuite réfugiée dans sa chambre pour appeler la police qui s'était pointée en très peu de temps. Maribelle n'avait rien pu dire pour la convaincre du contraire et Cléa était arrivée au pire moment pour rapporter ses exploits des derniers jours aux policiers.

Maribelle serra un peu plus fort sa tasse. Il n'y avait aucun doute que Luc et Dominic faisaient fausse route dans leur enquête, mais elle ne pouvait rien leur dire. Elle devait laisser les choses aller et ne rien tenter tant qu'elle n'avait pas plus d'informations. Malheureusement, la chambre de sa grand-mère avait été mise hors limite par des rubans rouge et des policiers en permanence dans la pièce, à tout photographier, à chercher des indices. Elle ne pouvait pas juste marcher dans la pièce, aller dans la cachette de sa grand-mère et en retirer les objets que Victoria gardait précieusement. Elle devait faire preuve de patience.

« Maribelle de Rostland? » Maribelle hocha la tête. Elle avait croisé le jeune policier à plusieurs reprises lorsqu'elle visitait le village, mais son nom lui échappait. Son père n'aurait pas été fier d'elle, il prenait un véritable plaisir à connaitre chaque personne du village, à être mis au courant de chacune des naissances.

Elle ne devait pas penser à cela maintenant. Elle avait déjà pris sa décision de partir de cet endroit dans deux semaines, et ce n'était pas la mort de sa grand-mère qui changerait son idée. Après tout, c'était l'idée de Victoria qu'elle quitte, et il n'était pas question qu'elle revienne sur la promesse qu'elle lui avait fait.

Le policier gardait la même attitude détachée et professionnelle qu'il avait lorsqu'elle était avec sa cousine dans le salon. Il avait gardé son attention sur elle jusqu'à ce qu'elle quitte le salon, mais n'avait rien dit. Pour une raison qui lui échappait, son regard était maintenant plus sévère. Dominic se pointa derrière le policier. Elle posa sa tasse sur le comptoir.

« Je suis désolé. » Maribelle le regarda sans comprendre. Il soutient son regard pendant que le policier s'approchait d'elle, avec des menottes. Maribelle recula de quelques pas en levant les bras devant elle.

« Une minute! Qu'est-ce que tu fais? »

« Tu vas nous suivre au poste. »

« Quoi? Est-ce que j'ai au moins droit à un avocat? »

« Avec quoi est-ce que tu vas le payer? » Cléa était apparut dans la porte et s'appuya contre le cadre.

« Cléa, ne t'en mêle pas. » Le ton de Dominic était calme mais ferme. Cléa leva les mains en souriant.

« Tant que tu l'arrêtes, moi ça me va! »

« Je n'ai pas tué grand-mère. » Maribelle avait fait un effort pour ne pas élever la voix. Sa cousine la regardait avec défi.

« Tu devrais peut-être demander à voir un psy, t'aurais plus de chance de t'en sortir. » Le policier lui tira les mains dans son dos sans ménagement et Maribelle résista. La poigne du policier se fit plus dure.

« Ne résiste pas si tu ne veux pas plus de problèmes. »

« Je croyais que tu voulais juste m'emmener au poste pour me poser des questions, pas une arrestation! » Cléa rigola.

« Dominic est un policier. Si tu t'interposes, il pourrait t'arrêter pour obstruction ou quelque chose du genre. Ce ne serait pas la première fois qu'il utiliserait cette ruse pour se débarrasser de quelqu'un, non? »

« Cléa... » Le ton de Dominic ressemblait à un grognement qui fit frissonner la jeune fille. Le policier poussa Maribelle vers la porte. Dominic les suivit. Ils croisèrent Luc dans le salon alors qu'il se dirigeait vers le deuxième étage.

« Luc? Tu me laisses seule avec lui? » Elle fit un signe de tête vers Dominic. « Tu ne te souviens pas de l'ordonnance? » Luc s'arrêta pour mieux la regarder.

« Je te conseille de mettre tes inimités de côté pour les prochains jours. Dominic, elle est sous ta garde. » Il retourna à son enquête alors que le policier derrière elle la força à se remettre en marche.

Dominic n'osait pas toucher Maribelle et il avait laissé le policier l'aider à s'asseoir sur la banquette arrière de sa voiture. Le policier avait hésité, l'avait regardé pour s'assurer que tels étaient ses ordres et était retourné dans le manoir. Dominic avait attendu un moment avant de prendre place dans la voiture, il y avait tellement de questions qui étaient restées sans réponses. Luc n'avait pas apprécié lorsque Dominic avait demandé à conduire lui-même Maribelle au poste de police, mais il avait reçu un appel de son supérieur qui lui ordonnait de fournir tout ce que Dominic avait besoin pour terminer sa mission. Il avait maugréé et avait obtenu la promesse que Dominic ne lui cacherait rien en lien avec l'enquête.

Dominic n'avait pas prévu ce genre de complications dans sa mission et il ne savait pas si Maribelle accepterait maintenant son aide pour ensuite collaborer avec eux. Il regarda le manoir derrière lui avant de prendre place derrière le volant.

« Je ne sais pas si c'est moi qui ait mal lu l'ordonnance restrictive, mais je n'ai pas le droit de me retrouver à moins de cent mètres de toi. Tu devrais m'arrêter pour briser les règles de l'ordonnance. Non, attends, je suis déjà arrêté! » Il soupira, roula les yeux, sortit un papier de sa poche et le lança sur la banquette arrière. Maribelle ne fit pas un geste pour y toucher. Il se tourna vers l'avant et mit le moteur en marche.

« Je l'ai fait annuler il y a quatre ans. »

« Tu voulais t'assurer que je ne me sauverais pas? Est-ce que tu avais l'intention de me dire que tu étais maintenant un policier? Tu n'es pas ici par hasard. » Dominic ne répondit pas immédiatement, la voiture recula sur le gravier du stationnement, et ils se mirent en route. Dominic admira les érables qui s'enlignaient parfaitement d'un côté et de l'autre du chemin. Il ne parla pas jusqu'à ce qu'il ne puisse plus voir le manoir par son rétroviseur.

« Je suis là pour t'aider. » Elle se mit à rire.

« En m'arrêtant? » Il haussa les épaules.

« Je ne vois pas le problème. Tu devrais me remercier, avec la famille que tu as... »

« Elle n'est pas pire que d'autres. Au moins, avec eux je sais à quoi m'en tenir. » Il jura entre ses dents et jeta un coup d'oeil dans le miroir. Elle avait les yeux fermés.

« Est-ce qu'on peut mettre nos différents de côté? On va être pris ensemble pour un bout de temps. »

« Tu n'as pas répondu à ma question. Qu'est-ce que tu fais ici? »

« Ok, alors je vais commencer par te faire mes excuses. Au secondaire... »

« Tu n'as pas à t'excuser pour ça. Je n'avais pas toute ma tête, j'essayais juste d'attirer ton attention. » Il soupira. Rien n'était facile avec elle.

« On recommence à zéro. Lorsque tu m'as parlé de l'être qui me suivait et que tu voulais en savoir plus sur lui, j'ai pris peur. »

« Tu avais raison. »

« Laisse-moi parler! » Il frappa son volant de sa main. Maribelle se tue. « Je le voyais aussi, j'en avais parlé à ma mère mais elle m'a dit que j'étais trop vieux pour dire des trucs comme ça. Tu es arrivé à ce moment-là et j'ai eu peur que ma mère soit mise au courant. »

« Tu ne t'es pas gêné pour lui rapporter mon apparition. »

Dominic freina et Maribelle fut projeté contre le dossier en avant d'elle. Sans dire un mot, il sortit de la voiture, fit le tour vers l'arrière et ouvrit sa porte. « Qu'est-ce que tu fais? » Il lui agrippa le bras et la força à l'extérieur de la voiture. « Lâche-moi, tu me fais mal! » Il la fit se tourner vers la voiture, et lui détacha ses menottes qu'il laissa tomber sur la banquette arrière avant de refermer la porte. Dominic la força à le regarder et lui prit ses poignets dans ses mains.

« Tu vas arrêter de faire la pauvre victime que personne ne peut comprendre, et tu vas jouer franc jeu avec moi. Sinon, je ne peux rien faire pour toi. Je veux t'aider. » Maribelle regarda tout autour d'elle, la route déserte, la rivière en contrebas. Elle était seule avec lui. Il pouvait sentir son hésitation, elle avait besoin de quelqu'un.

« Pourquoi est-ce que tu veux m'aider? Tout le monde croit que j'ai tué ma grand-mère pour avoir son argent. Tu étais au courant que j'ai perdu mon emploi dernièrement? Pas que je me plains, j'étais juste une secrétaire et mon patron me détestait, mais au moins j'étais indépendante de cette famille. » Dominic la laissa reprendre son souffle avant de répondre.

« J'admire le courage que ça t'a pris pour m'approcher à l'époque. Et encore aujourd'hui, de continuer de supporter ta famille même si tu sais qu'ils veulent te mettre hors service. » Il s'arrêta avant de dire qu'il l'a trouvait beaucoup plus attirante qu'à l'époque, que son parfum l'enivrait, qu'il voulait l'embrasser. Maribelle pencha la tête, comme si elle pouvait suivre ses pensées.

« Tu as déduit ça après avoir seulement passé une heure au manoir? Bravo! » Elle applaudit lentement. Dominic n'était pas certain si elle parlait de sa famille ou de ce qui se passait dans sa tête. Il la lâcha et s'éloigna d'elle pour cacher son trouble.

« Je ne suis pas ici par hasard, tu es assez intelligente pour le savoir. Je suis ici à cause de ce que tu m'as dit au secondaire. » Ce fut au tout de Maribelle de s'éloigner. Il s'approcha mais elle l'arrêta en levant la tête.

« Ne me parle plus de ce qui s'est passé. Est-ce que tu as la moindre idée de ce que ça a fait de ma vie? J'ai eu cette stupide ordonnance placée sur ma tête, les gens à l'école chuchotaient dans mon dos et Cléa se faisait un plaisir de me rapporter ce qu'ils disaient. Je suis partie du village pour repartir à zéro et je croyais que les choses s'étaient finalement améliorées. Mais non! Je n'ai pas droit à une seconde de répit. Je perds mon travail et tu reviens le jour de l'assassinat de ma grand-mère et tu me dis que tu veux me parler de mes hallucinations? » Le dégoût teintait ses paroles. Elle faisait les cent pas près de la voiture et se décida à rouvrir la porte. Elle ramassa les menottes et tenta de se les passer. Dominic ne dit rien, ne fit rien pendant tout ce temps. Il gardait les bras croisés sur son torse, le regard perdu. « Tu devrais m'arrêter avant que je fasse encore une idiotie. » Dominic se frotta les yeux. Il n'arriverait à rien ainsi.

« Faisons un marché. Je t'aide à te sortir du pétrin, dont tu sembles dire que tout est de ma faute, et ensuite on discute de ce qui a causé tout ça. » Elle parut réfléchir. Il regardait le vent jouer dans sa queue de cheval de laquelle quelques mèches s'étaient échappées et tombaient sous ses épaules, ses yeux foncés, sa bouche fine, sa peau tannée. Elle avait quelques kilos de plus que la plupart des filles qu'il avait fréquentées, mais cela lui donnait des rondeurs qu'il appréciait.

« C'est tout? Tu m'aides et on discute? » Dominic entendit une forme de déception dans sa voix. Mais une autre pensée le figea sur place. Personne à l'agence n'était certain des capacités de Maribelle, et il se demandait en ce moment si elle ne pouvait pas lire dans ses pensées. Il secoua les épaules. Au pire, elle saurait qu'il appréciait ses charmes. Il recula un peu.

« Tu sonnes déçue. » Il sourit en la voyant rougir.

« Alors qu'est-ce que tu proposes de faire pour m'aider? »

« T'arrêter. » Son visage s'allongea sous la surprise.

« Tu veux rire? Tu m'accuses du meurtre de ma grand-mère en même temps que tu me demandes de te faire confiance? »

« Je vais rester dans le coin et enquêter avec Luc. Les gens pour qui je travaille vont tout faire pour me donner un coup de main. Pour l'instant, je ne peux pas juste effacer ce qui vient de se passer sans que ça ne paraisse louche. Le meurtrier pourrait également vouloir s'en prendre à toi et en t'arrêtant, je vais pouvoir garder un oeil sur toi. » Maribelle s'éloigna de la voiture et fit quelques pas sur le bord de la route.

« J'ai toujours voulu aller en prison. Est-ce que je peux au moins choisir mes repas? » Elle n'était pas enthousiaste. Dominic se rapprocha d'elle et se retint de mettre sa main sur son épaule. Il l'aurait laissée glisser le long de son bras sans le vouloir.

« Fais-moi confiance. » Maribelle se tourna vers lui mais ne sembla pas le regarder. Il se tourna pour voir ce qu'elle fixait, mais ne vit rien.

« De toute façon, ma vie est déjà n'importe quoi, me mettre en prison ne changera pas grand chose. »

« Tes problèmes financiers et familiaux ne disparaîtront pas du jour au lendemain, pas plus que l'homme mystérieux qui me poursuit partout où je vais et qui me protège contre tout ce qui aurait du me tuer. » Maribelle fronça les sourcils.

« C'est quoi cette histoire? » Il porta sa main à son front et la laissa tomber en soupirant.

« J'essaie de te dire que je te crois! Je sais qu'il y a un secret, ou une malédiction dans votre famille, qui n'a rien à voir avec la manière que les autres te traitent. C'est pour ça que j'étais venu te voir, mais je vais en premier t'aider. »

« Tu sais à propos de la malédiction? Comment? On en a parlé à personne. Est-ce que c'est si important que toi et tes..., » elle fit un vague geste de la main, « copains êtes prêts à croire à mon innocence? »

« C'est ici que tu dois me faire confiance et ne pas courir dans la direction opposée. » Elle se retourna vers lui en croisant ses bras sur sa poitrine, défiante. « Après ton départ du village, j'ai été curieux de savoir pourquoi tu pouvais voir mon compagnon, celui que je pouvais voir à l'époque, alors que personne d'autre ne le pouvait. Savoir que tu l'avais vu me confirmait que je n'étais pas fou et que je devais aller au fond de cette histoire. »

« À l'époque? »

« Je ne le vois plus... » Elle eut un rire moqueur.

« Qu'est-ce que tu as fait? »

« J'ai commencé à faire des recherches et je suis moi-même parti du village. J'ai rencontré des gens qui ont pu m'aider et qui en savaient long sur ta famille. Je travaille pour cette agence. »

Maribelle ouvrit la bouche pour parler, mais aucun son n'en sortit. Elle se remit à marcher de long en large, sans vraiment avoir un but. Elle se plaça devant lui et le repoussa. Il se laissa faire sans dire un mot. Ses yeux brillaient de colère.

« Depuis quand est-ce qu'ils surveillent ma famille? »

« Plus longtemps que tu ne le crois. Ils savent également que la personne qui hériterait à la mort de Victoria serait toi. »

« Elle n'a changé son testament que récemment. »

« Ce qui est un problème pour prouver que tu n'as rien à voir avec le meurtre. Mon agence sait que tu es innocente. C'est pour ça qu'ils vont t'aider. »

« Qu'est-ce qu'ils vont gagner? » Dominic eut une hésitation.

« On espère que tu vas collaborer avec nous par la suite. »

« Non! Je croyais que tu voulais qu'on parle de mes hallucinations, pas de ce que ma famille saurait. Tu peux m'arrêter pour vrai, parce que sinon je m'en vais. Il n'est pas question que qui que ce soit ait accès à ce que ma famille sait. »

« Tu préfères être en prison pour au moins 25 ans. »

« Ça m'éviterait d'être avec ma famille pour 25 ans. Bonus, ils ne se déplaceront pas pour venir me visiter. »

« Tu pourrais tout de même leur donner une chance. Juste les écouter, et ensuite tu pourras continuer ton chemin... » Il regarda autour de lui. « Tu n'as pas grand chose à perdre à les écouter. »

« Je peux juste m'asseoir avec eux, les écouter, et m'en aller? » Il secoua la tête en grimaçant.

« On traversera le pont lorsqu'on va y arriver. » Il lui fit signe de se taire et regarda tout autour de lui. Ils étaient seuls sur le chemin. Il aurait dû entendre les oiseaux gazouiller dans les arbres, ou le bruit du vent dans les feuilles, mais il n'y avait rien. Tout était trop silencieux. Dominic et Maribelle se regardèrent.

« On devrait peut-être se remettre en route? Je ne voudrais pas faire attendre la prison. » Sa voix tremblait légèrement et il leva la main pour l'empêcher de parler. Il écouta attentivement, et il l'entendit.

« À terre! » Maribelle s'accroupit au même instant qu'un coup de feu retentit. Dominic sortit son arme de sous son veston et se cacha derrière la voiture. Il cherchait du regard la provenance du coup de feu, de l'autre côté du chemin, dans les bois, mais rien ne bougeait. « Est-ce que ça va? »

Maribelle avait vu le compagnon de Dominic le repousser au moment où la balle parvint à leur hauteur, mais Dominic ne semblait pas s'en être rendu compte. Il restait concentré sur ce qui se passait de l'autre côté du chemin.

« Est-ce que c'est toi ou moi qu'ils visent? »

« J'en sais rien. » Il leva la tête au-dessus de la voiture et il fut accueillit par une rafale de balle. « Je dirais que c'est moi pour le moment. » Le compagnon fit un sourire à Maribelle avant de se mettre entre Dominic et les balles ce qui donna suffisamment de temps pour que celui-ci se cache derrière la voiture.

« Qu'est-ce que tu fais déjà comme travail? »

« Ce n'est pas le moment. » Il tira deux coups et une autre rafale de balles provenant d'une direction différente lui répondit. Maribelle ouvrit la porte de la voiture et se glissa à l'intérieur. « Qu'est-ce que tu fais? » Elle gardait la tête baissée et se plaça à la place du conducteur. Le compagnon lui adressa un regard inquisiteur, autant qu'elle pouvait déchiffrer son visage qui était toujours resté flou, avant de hocher la tête.

« Nous sortir d'ici. Ils sont trop nombreux, tu ne peux pas tous les abattre avec une dizaine de balles. » Elle démarra la voiture et passa en marche avant. « Embarque! » Dominic tira deux autres coups avant d'entrer dans la voiture à son tour. Maribelle enfonça le gaz et elle accéléra sur la route sinueuse. La vitre arrière éclata en morceaux, mais après deux courbes, il n'y avait aucun signe de poursuite. Maribelle ne ralentissait pas. Ses jointures étaient blanches sur le volant et elle n'osait pas laisser sa tête dépasser le dossier de son banc. Dominic regarda à nouveau derrière eux.

« Tu peux ralentir. »

« Pas question que je meure aujourd'hui. » Dominic posa sa main sur la sienne, la chaleur de son touché ne parvenait pas à la réchauffer.

« Ils ne sont plus derrière nous. Ça n'avait peut-être rien à voir avec toi. Personne ne s'attendait à ce que je te conduise au poste de police. » Maribelle le regard du coin de l'oeil, ralentit et s'arrêta sur le bas côté. Il semblait si sûr de ce qu'il disait.

« Il n'y a personne derrière nous? » Dominic ne se retourna pas pour vérifier. Il était assis, droit, à côté d'elle. Son compagnon n'était plus là.

« Nous sommes en sécurité. » Maribelle laissa tomber sa tête sur le volant.

« Qu'est-ce que tu fais dans la vie? »

« Je travaille pour une agence qui s'intéresse au paranormal. »

« Si ce n'est pas moi, pourquoi est-ce qu'ils voulaient te tuer? » Il haussa les épaules. Maribelle sortit de la voiture, fit quelques pas, respira en fermant les yeux. Elle sentait les muscles de son estomac se serrer et elle cru un moment qu'elle serait malade. Dominic vint la rejoindre. Elle avait été furieuse en le voyant au manoir le matin même. Maintenant, elle sentait qu'il était le seul à pouvoir l'aider. Et il avait des copains qui connaissaient le paranormal.

« Ils m'aident et on discute? Pourquoi ne demandent-ils pas à quelqu'un d'autre dans la famille? La réputation des autres est encore intacte. »

« Ils voulaient parler à Victoria, mais elle ne retourne pas ses appels. » Un sourire se pointa sur ses lèvres. « Tu es son héritière, c'est maintenant à Maribelle de Rostland qu'ils veulent parler. »

« Est-ce qu'ils savent dans quoi ils s'embarquent? » Il ne répondit pas. Maribelle regarda sur le chemin derrière elle. « C'est d'accord. Mais j'ai tendance à être suspicieuse, ça va m'en prendre beaucoup pour que je parle. » Dominic lui montra les menottes. Elle lui sourit. « Dans une autre circonstance, je pourrais trouver cela sexy! »

« Tu sais, on pourrait peut-être devenir amis? » Elle le laissa lui attacher les mains dans son dos.

« Ne sois pas trop enthousiaste, je pourrais te blesser ou même te tuer par erreur. »

« Je suis certain que ta curiosité va t'aider à me garder en vie. Au pire, tu vas me garder en vie juste pour ne pas être tué. »

« Bon point. »

Chapitre 4

Guillaume était furieux. Il regardait les policiers fouiller les alentours du manoir. Il espérait que leur enquête ne les amènerait pas jusqu'au cimetière qu'il gardait jalousement depuis plusieurs mois.

Il avait ordonné à Violaine de garder Maribelle hors des problèmes, de la tenir loin du manoir pendant quelques jours. À cause d'elle, il devait maintenant se tenir loin de Maribelle plutôt que d'aller directement récolter son prix. Il détestait quand les choses n'allaient pas selon son plan.

Il n'aimait pas non plus la présence de Dominic à cet endroit. Il semblait être beaucoup trop ami avec Luc, et il avait peur que tous ses efforts de tenir Maribelle et Dominic loin l'un de l'autre ne s'avèrent inutiles. Il avait essayé à plusieurs reprise d'éliminer Dominic, mais la chance lui souriait toujours et il s'en sortait indemne à chaque fois.

Il ne lui restait plus qu'à espérer que Maribelle soit aussi têtue que la dernière fois qu'il lui avait parlé, et qu'elle agirait avec Dominic de la même manière qu'elle lui avait menti à lui. Il sera les points à la pensée. Il savait que Victoria avait transmit ses connaissances à Maribelle, bien avant qu'ils ne se rencontrent, et elle n'avait jamais joué franc jeu avec lui. Toujours à lui dire qu'elle ne savait rien des pouvoirs surnaturels et que les rumeurs autour de sa famille n'étaient fondés sur rien.

Il avait les preuves du contraire.

Pour l'instant, il devait réussir à contourner les policiers, mettre Maribelle dans une situation de faiblesse, loin de tout le monde, pour qu'elle lui demande de l'aide. Et surtout la séparer de Dominic.

Il se mit à sourire. Il avait trouvé le moyen de se rapprocher de la jeune femme à nouveau. Elle lui en serait reconnaissante.

Il l'a tenait. Il ne devait jamais douté de lui-même.

Il continua de regarder la scène devant lui. Tout n'était pas encore perdu. Du coin de l'oeil, il vit Violaine se glisser en dehors du manoir et se diriger vers le sentier menant au cimetière. Il irait bientôt l'y rejoindre. Il avait un nouveau rôle pour elle.

Chapitre 5

Cléa entra dans la chambre de Maribelle. Les policiers étaient beaucoup trop occupés avec la chambre de sa grand-mère pour qu'ils remarquent qu'elle ne se tenait pas tranquille dans le salon. Elle n'avait pas beaucoup de temps avant qu'ils décident de venir ici pour trouver des explications au geste de Maribelle.

Elle ferma la porte derrière elle pour éviter les ennuis. Un téléphone sonna et elle se précipita vers la table de chevet. Maribelle n'avait pas eut le temps de ramasser son cellulaire avant d'être emmené au poste. Elle regarda derrière elle pour s'assurer que la porte était toujours fermée. Cléa sourit en voyant le nom. Jade Michaud. Elle décrocha.

« Maribelle? »

« Elle est dans l'impossibilité de répondre. Elle vient d'être arrêter pour le meurtre de notre grand-mère. » Elle ne put retenir la satisfaction dans ses paroles.

« Cléa? Qu'est-ce que tu as encore fait? »

« Moi? Rien, Maribelle est capable de faire ça toute seule. » Cléa se mit en devoir de dévoiler tous les détails juteux des événements de la matinée à la meilleure amie de Maribelle. Il y eut un silence à l'autre bout du fils. Cléa attendit patiemment en fouillant dans la chambre de sa cousine. Elle souleva les oreillers et passa sa main sous le matelas.

« Je suis vraiment triste de te l'annoncer, mais ton amie a ce qu'elle a mérité. » Cléa ne ressentait aucune tristesse. Elle devait se retenir pour ne pas se mettre à fredonner en regardant sous le lit.

« Je ne sais pas ce qu'il y a entre Maribelle et ta famille, mais elle est innocente! »

« D'avoir volé l'argent aussi? » Un autre silence. Cléa sourit, contente d'obtenir une réaction de la jeune femme.

« Si, et je dis bien si, elle a volé cet argent-là, je suis certaine qu'elle avait une bonne raison. »

« Donc, tu étais au courant de la fraude? »

« J'ai reçu une mise en demeure pour elle. C'est étrange que le montant est égal à ce qu'elle aurait du recevoir de l'héritage de son père? » Cléa figea.

« Comment as-tu su? »

« Elle m'en a déjà parlé. Une affaire de testament. »

« Ne t'en fais pas, le testament était en règle. Mon oncle savait qu'il y avait quelque chose qui ne tournait pas rond dans la tête de Maribelle. Il a bien fait de mette l'argent dans un fond. »

« Un fond qui devait l'aider à faire ses études, ou à payer pour des traitements. Elle n'a jamais vu un cent de ça. » Cléa feuilleta quelques livres qui se trouvaient sur les étagères. Elle cherchait sans but, en espérant que des réponses lui sauteraient au visage.

« Elle a pourtant fait des études? »

« L'argent venait de mes parents. »

« Elle les a remboursé. »

« Certainement pas avec l'argent de son père. » Cléa haussa les épaules. La conversation l'ennuyait déjà.

« On ne pouvait pas prendre la chance de lui donner de l'argent. »

« Elle n'est pas folle. Ce qu'elle vit tous les jours est réel. » Cléa fronça les sourcils. Maribelle n'avait rien mentionné à ce sujet depuis qu'elle était revenue au manoir.

« Peut-être pour elle. » Elle hésita. « En fait, c'est assez réel pour tout le monde dans la famille. On ne va pas crier des idioties devant des témoins et coucher avec tout le monde sans que la famille n'en supporte les conséquences. C'est probablement pour ça que mon oncle l'a rayée du testament. Elle était une honte pour la famille. Au lieu d'en parler avec nous, elle a mis ça sur la place publique pour que tout le monde nous juge par ses actions. » Cléa se mit à rire. « Elle disait voir des hommes de chair et de sang marcher parmi nous, mais qu'elle semblait être la seule à les voir, tout de suite après avoir été surprise à coucher avec Dominic. Je ne me souviens pas qu'il l'ait défendu, tout le monde savait qu'elle était hystérique. » Elle ouvrit la porte du garde-robe, mais il n'y avait rien d'autre que quelques chemises et pantalons.

« Tout le monde riait pour cacher qu'ils étaient mal-à-l'aise. Toi, tu étais jalouse de l'attention qu'elle recevait parce que tu n'étais pas aussi jolie. Si tu avais eut juste la moitié des pouvoirs de Maribelle, tu n'aurais jamais agit comme tu l'as fait. Tu es pathétique. » Cléa se mit à rire aux paroles condescendantes de Jade.

« Si je suis si pathétique, je me demande ce que ça fait de toi. Qu'est-ce que tu cherches là-dedans? Tu crois que tu peux entrer dans cette maison et apprendre tous nos petits secrets dans l'espoir de trouver des fantômes? »

« Vous avez aussi des fantômes? Intéressant! » Cléa soupira en soulevant un cahier de note caché derrière la tête de lit. Elle le feuilleta et sourit. Elle avait trouvé ce qu'elle cherchait, elle n'aurait jamais cru que sa cousine aurait été aussi stupide pour laisser cela derrière elle.

« Il n'y a pas de fantômes ou de pouvoirs magiques dans la maison. » Elle était dégoutée par l'idée. « Tu as juste écouté les légendes. Merci d'avoir appelé, mais je m'ennuie. » Cléa raccrocha et glissa le téléphone dans sa poche sans écouter la réponse de Jade, sans un regard pour le téléphone. Avec le sourire, elle quitta la chambre de sa cousine en emportant le cahier.

Guillaume apparut au milieu de la chambre. Il n'avait rien manqué de la conversation entre les deux jeunes femmes et il pouvait sentir son sang battre à ses tempes. Il devait trouver le moyen de faire taire Jade, ou l'éliminer. Elle pouvait être trop utile à Maribelle, et il ne supportait pas l'idée que Maribelle se fasse corrompre par une telle personne. Il ne voulait pas voir la douleur sur le visage de Maribelle lorsqu'elle apprendrait que celle qu'elle prenait pour une amie n'était là que pour l'utiliser au nom d'une croyance qui n'avait rien à voir avec les pouvoirs de la famille Rostland. Il connaissait bien Jade, il l'avait rencontré à plusieurs reprises, et l'avait déjà mise en garde. Il avait été naïf de croire que le retour de Maribelle au manoir couperait le lien entre les deux amies.

Les Rostland étaient les plus puissants, et personne ne devait se mettre entre lui et son but.

Il y avait également le problème de Cléa. Elle était partie avec le cahier de Maribelle. Il devait le récupérer.

Il regarda autour de lui. C'était la première fois qu'il osait entrer dans la chambre de Maribelle et elle était exactement comme il se l'était imaginé. Il ferma les yeux, respira l'odeur qui flottait dans la pièce et il ne put s'empêcher de l'imaginer assise devant la fenêtre, à lire l'un des nombreux livres qui remplissaient les étagères toute autour de la pièce, même sur le sol à côté du lit. Le grand lit à baldaquin et les couvertures en soie blanche, la pureté qui émanait de tout ce que Maribelle pouvait toucher était presque trop grande pour qu'il puisse rester un instant de plus dans cet endroit.

Il ouvrit les yeux. Un flot de lumière du soleil pénétrait par la grande fenêtre et baignait la pièce dans une lueur dorée. Il s'approcha de la table de nuit et caressa le livre qui y était posé. Il retint son souffle, il pouvait sentir la douceur de la peau de Maribelle qui avait prit le livre entre ses mains, l'avait lu avec abandon. Il voulait avoir son cahier, il voulait entrer dans ses pensées, les faire siennes.

Il alla au centre de la pièce, enleva ses chaussures et ses bas et se tint les pieds dans le tapis aux longs poils blancs. Il ferma les yeux et ouvrit les bras. Une brise se fit sentir. Quelques papiers s'élevèrent. Il pouvait sentir l'électricité dans ses doigts. Il voulait marcher à la suite de Maribelle, prendre tous les morceaux de pouvoir qu'elle aurait laissées derrière elle. Il ne ressentait rien, elle restait aussi inaccessible dans ce monde que dans le monde physique.

Il n'avait pas de temps à perdre. Il devait aller rejoindre Violaine.

Cléa se servit un verre de vin rouge, assise seule à la table de la cuisine. Léanne ne reviendrait pas avant quelques jours, son travail de décoratrice d'intérieur l'avait entraîné à Paris pour une semaine. Elle venait de l'appeler pour lui annoncer la nouvelle et Léanne s'était mise à l'accuser que tout était de sa faute, qu'elle aurait dû surveiller Maribelle.

« Une chose est certaine, » lui avait dit sa mère, « Maribelle va prendre le blâme et on va être débarrassé d'elle une bonne fois pour toute. Je le savais depuis le début que c'était une erreur de la faire revenir au manoir. Mais bien sûr, dans sa sagesse, ma mère ne m'a pas écouté. Si tu trouves quoi que ce soit en rapport avec les pouvoirs des membres de la famille, je peux également compter sur toi pour me les donner? »

« Bien sûr, maman. Tu es maintenant la chef de la famille. » Elle avait sentit sa mère se passer la langue sur ses lèvres, comme devant un gâteau. Tout ce qu'elle voulait était l'argent. Cléa se demandait si sa mère avait la moindre idée qu'elle ne lui partagerait jamais de telles informations. Au moins, sa mère était contente et ne lui poserait pas trop de questions.

Violaine, quant-à-elle, était disparue pour le reste de la journée, probablement occupée à prendre un café dans le village et regarder les jeunes hommes passer devant elle. Elle devait la garder dans l'ignorance le plus longtemps possible.

Cléa était fatiguée. Elle étouffa un bâillement et regarda l'horloge au-dessus de la porte. Les policiers étaient finalement partis et Cléa n'avait plus beaucoup de temps avant que son frère Tobias ne revienne de son rendez-vous d'affaire à Montréal. Elle se leva, termina sa coupe de vin d'un trait, ramassa un tournevis dans un tiroir dans la salle à manger et se dirigea vers la chambre de sa grand-mère.

Les policiers avaient installés des rubans jaunes pour sceller la porte de la chambre, mais Cléa n'hésita pas. Elle les déchira et entra dans la pièce. Elle était chez elle et ils ne pouvaient pas l'empêcher d'accéder cet endroit. De toute façon, elle était certaine que Dominic aurait trouvé une autre façon pour dire que les preuves contre Maribelle avait été compromis. À ce point-ci, çela n'avait plus d'importance, tout le monde travaillerait à l'aider à s'en sortir. Dominic deviendrait rapidement un problème.

Elle alla directement au lit de sa grand-mère, en évitant soigneusement de regarder la fenêtre brisée par laquelle une brise fraîche pénétrait dans la pièce. Elle avait été mise au courant que cela allait se produire, mais tout arrivait un peu trop bien pour tout le monde, à l'exception de Maribelle.

La tête de lit était en bois franc, sans aucune décoration, et cela nécessitait au moins deux personnes pour la déplacer lorsque sa grand-mère décidait de réaménager sa chambre.

Léanne s'était toujours butée au refus de Victoria de la changer pour quelque chose qui ne causerait pas de soucis aux autres membres de la famille.

Avec son tournevis, Cléa retira les deux vis qui attachaient le cadre de bois au bloc central de la tête de lit. Elle tira sur le cadre et le côté glissa sans effort, révélant un espace d'environ dix centimètres de longueur. Sa grand-mère le lui avait montré une fois, lorsqu'elle était encore jeune, et qu'elle avait commencé à s'intéresser à l'histoire de la famille. Elle utilisait ce dispositif pour cacher des petits objets précieux.

Maribelle était sans aucun doute au courant de cette petite cachette et Cléa avait espéré pouvoir l'atteindre avant elle. Son arrestation avait été un cadeau du ciel. Elle retira un cahier et un pendentif de la crevasse. Maribelle ne devait pas mettre la main sur ces objets, ils étaient beaucoup trop importants. Victoria était morte pour les protéger, et Cléa en avait maintenant la responsabilité. Elle remit la tête de lit en place.

Chapitre 6

Luc regardait Maribelle assise dans une cellule, avec un mélange de pitié et d'affection. Il aurait voulu la laisser sortir, mais il avait vu comment elle regardait Dominic lorsqu'il passait devant elle, elle n'attendait que le moment parfait pour déverser toute sa haine sur lui. Les choses semblaient s'être empirées depuis qu'elle avait quitté le manoir avec Dominic.

Il ne pouvait pas prendre la chance qu'elle ajoute un meurtre de plus à son tableau. Lorsque Dominic s'était éclipsé pour passer un appel, Luc lui avait fait apporter un repas et elle semblait plus calme.

Luc la trouvait beaucoup trop tranquille pour une personne dans sa situation. Elle s'était occupée à lécher l'os de la cuisse de poulet de son plateau jusqu'à ce qu'elle puisse s'y mirer. Satisfaite, elle fixait le mur devant elle et ne bougeait plus.

« Je suis certain que tout va s'arranger. Est-ce que je peux faire autre chose pour toi? » Maribelle ne répondit pas. Elle regarda ses ongles un moment et sembla se parler à elle-même, ou à ses ongles, il n'en était pas trop sûr.

Luc n'avait pas de bureau fermé, le poste de police était beaucoup trop petit pour cela. Il n'y avait que deux cellules, la plupart du temps vide, qu'il pouvait voir de son bureau. Ce n'était pas le meilleur aménagement, mais il pouvait garder l'oeil sur les cellules en tout temps. Maribelle l'ignora et il retourna à l'écriture de son rapport.

« J'ai trouvé quelque chose à propos des dix millions... » Le jeune policier qui avait passé les menottes aux poignets de Maribelle laissa tomber un dossier sur le bureau de Luc, sans un regard pour elle. Maribelle sursauta mais tenta de cacher son mouvement avec un bâillement. Il sourit, il saurait la faire parler.

« Tout semble en ordre. Il y a eut une contestation sur le testament de son père et un juge à déclaré que le testament était valable. Tout l'argent revenait à la famille en plus de l'assurance-vie avec Victoria comme bénéficiaire. » Luc ne voyait pas le problème. Maribelle avait fraudé.

« Pas Maribelle? »

« C'est là le problème. Un notaire a témoigné avoir signé un testament rendant tous les autres testaments nuls et qui mettait Maribelle comme seule héritière. C'est ce que tout le monde a cru en premier lieu, et Maribelle est entrée en possession de 10 millions de dollars. » Maribelle s'était penchée pour mieux écouter et Luc la vit secouer la tête lentement, les yeux au sol.

« Est-ce que tu étais au courant de ça, Maribelle? » Celle-ci continuait de garder le silence. Il reporta son attention sur le policier. « Où est le problème alors? Testament en ordre, l'argent va à Maribelle. »

« Il n'y a que le notaire qui soit au courant de la présence de ce dernier testament. L'avocat de la famille a contesté parce qu'il avait en sa possession tous les testaments de la famille, y comprit celui de Richard. Il y lègue tous ses biens à la société familiale. »

« Quelle société? »

« Un fond pour aider des patients avec des problèmes mentaux à réintégrer la société. » Maribelle se leva et tourna le dos aux deux policier pour regarder à travers la petite fenêtre. Elle n'était pas assez grande pour voir à l'extérieur, et Luc ne pouvait voir son expression faciale.

« Tu peux me donner la raison pourquoi on t'aurait exclue? » Maribelle se tourna finalement vers Luc.

« Ça a rapport avec une piscine et la honte sur le reste de la famille. » Luc était confus. Maribelle s'en rendit compte et se pencha un peu plus vers lui. « Mon père a cru que j'avais perdu la tête, il voulait protéger les biens de la famille. Je ne peux pas le blâmer. » Luc secoua la tête. Le policier toussa pour attirer son attention.

« Mais avant que le testament ne soit confirmé, l'argent avait déjà été passé vers le compte de Maribelle. Il a disparu peu de temps avant que le juge n'exige le retour du dix millions au fond. »

Luc fixait toujours la jeune femme.

« Ça ne regarde pas très bien pour toi. Tu pourrais peut-être m'expliquer? » Maribelle garda le silence. « Comme tu veux. Où est Dominic? »

Le policier haussa les épaules.

« Il devrait revenir d'un moment à l'autre. » Luc n'avait pas détourné son attention de sur la jeune femme. Il soupira et retourna à son dossier.

« Est-ce que je peux partir? » Luc secoua la tête.

« Je ne peux rien faire pour toi. »

« Je ne suis pas supposée passer devant un juge? Avoir une caution? Être formellement accusée? Quelque chose? »

« Ton cas est... unique... » Il avait hésité. Il ne pouvait rien dire devant son collègue de l'implication de Dominic. Un militaire, peu importe comment il le présentait, n'était pas bien vu ici. Surtout s'il se mêlait de la justice locale.

« Est-ce que j'ai vraiment l'air de quelqu'un qui voudrait assassiner quelqu'un? »

« J'en sais rien. Tant qu'on n'a pas les résultats de l'autopsie, je ne peux rien dire. Tes empreintes digitales étaient partout dans la chambre, en particulier autour de la fenêtre. J'aimerais te dire que je te crois, mais je dois suivre les évidences. » Maribelle renifla et retourna s'asseoir.

Dominic se pointa quelques heures plus tard. Il déposa une tasse de café sur le bureau de Luc qui le remercia d'un signe de tête. Il regarda les trois autres tasses en fronçant les sourcils.

« Tu n'aimes pas le café de notre machine? »

« Autant que je préfère me faire tirer les ongles des orteils un par un. » Luc s'étouffa sur sa gorgée pendant que Dominic présentait l'autre café au policier qui le remercia avec trop d'empressement au goût de Luc. Le policier se cacha pour le savourer sous le regard sévère de Luc.

« Tu as déjà subit? L'image ne me quittera plus jamais. » Il prit une gorgée du liquide brûlant. Il devait se l'avouer, le café était meilleur que ce qu'il réussissait à faire avec la bouilloire électrique et du café instant. « On a plus d'informations sur son cas. » Il pointa la jeune femme qui n'avait pas bougé depuis qu'il avait parlé du 10 millions de dollars. Dominic se retourna vers Maribelle avec la quatrième tasse de café.

« Vraiment? Tu as les preuves qu'elle n'a rien fait? » Luc secoua la tête.

« Non, ce n'est pas aussi simple que ça. D'après la cour, elle a volé les dix millions de dollars à sa propre famille. » Dominic ne réagissait pas. Il gardait son regard fixé sur la jeune fille. Celle-ci tendit la main vers le café. Dominic ne fit rien pour lui faciliter la tâche.

« Et tu crois vraiment ça? »Maribelle haussa les épaules au commentaire de Dominic.

« À ce point-ci, tout le monde peut croire n'importe quoi sur moi. Je vole, je tue, et on me tire dessus. » Dominic lui fit signe de se taire.

« Te faire tirer dessus? » Luc s'approcha de la cellule. Maribelle ne le regarda pas.

« J'hallucine. Il ne faut pas prêter attention à moi, je suis également une menteuse. » Elle tira la langue à Dominic lorsque Luc tourna le dos.

« Si tu pouvais te montrer un peu plus coopérative! » Maribelle laissa tomber son bras entre les barreaux sous le ton accusateur du policier.

« Tu crois que je peux vraiment dire quelque chose sans qu'un autre problème ne me tombe dessus? » Elle s'adressait à Dominic.

« J'ai parlé à un juge cet après-midi et malgré la gravité des accusations, il est prêt à te relâcher avec une caution. » Il posa sa main sur la sienne. Elle la sera en retour. Dominic crut voir le soulagement sur son visage. Ils se comprenaient.

« Mais je suis innocente! » Luc fronça les sourcils.

« Je croyais qu'elle pourrait avoir droit à un avocat avant de voir un juge? »

« Comme si un avocat pouvait m'aider. Je n'ai pas d'argent et la famille ne me sera pas vraiment utile, puisqu'il semblerait que je leur dois déjà un tout petit montant. » Dominic tourna les yeux.

« Ok, je crois que tu peux garder le silence. »

« Je n'ai pas tué ma grand-mère, je n'ai rien à en retirer. Luc, tu me connais mieux que ça! »

« Je croyais, mais j'ai parlé à ta famille. Personne ne te crois innocente. On doit attendre l'autopsie. »

« Ils ont vraiment bien joué pour me faire porter tous les chapeaux. J'aurais dû rester à Montréal, au moins j'aurais peut-être toujours mon travail! » Dominic lui tendit finalement le café. Maribelle s'éloigna des barreaux et grimaça en en prenant une gorgée. Dominic haussa les épaules sous son regard appuyé.

Dominic avait le sentiment que les choses ne faisaient que se corser. La porte du poste de police s'ouvrit pour laisser entrer Violaine. Avec le soleil qui illuminait le lobby, ses cheveux blonds irradiaient comme une auréole. Maribelle eut un reniflement dans sa cellule et alla se rasseoir sur le lit inconfortable. Luc se leva pour accueillir la nouvelle arrivée.

« Violaine! Ça me fait plaisir de te voir... » Elle sourit et son regard fit le tour de la pièce. Dès qu'elle vit Dominic devant la cellule, elle se dirigea vers lui mais à sa surprise, elle l'ignora et se tourna vers Maribelle.

« Je suis désolée de ce qui t'arrive. Est-ce que ça va? »

« Tu veux échanger de place? » Violaine secoua ses boucles blondes en souriant.

« Pas du tout! Mais j'ai pensé que tu voudrais peut-être un peu de compagnie. »

« Pourquoi pas! Plus on est de fous, plus on rit! Léanne est au courant que tu es venu me voir? »

« Non... »

« Pourquoi est-ce que ça ne me surprend pas? Tu as peur qu'elle te déshérite? » Violaine fit la moue.

« Maman ne ferait pas une chose pareille. Elle ne voudrait pas que tu hérites... » Dominic pencha la tête vers Maribelle.

« Pardon? Est-ce que tout le monde te déteste à ce point? »

« Tu n'as pas encore eu le mémo? Tu te souviens qu'ils tentent de se débarrasser de moi? » Maribelle éleva la voix. « Oh, mais j'oubliais, ils n'ont pas besoin parce que je réussis très bien dans mon sommeil! » Dominic lui lança un regard sévère auquel elle se contenta de sourire en haussant les épaules. Violaine tourna son attention vers lui.

« Tu ne pourrais pas comprendre tout ce qui se passe dans cette famille. On aime les secrets et lorsqu'ils sont découverts, on en crée d'autres. » Elle regarda Luc qui était resté assis dans son coin à écouter attentivement la conversation. Dominic aurait parié qu'il avait l'avait enregistré. Cela lui servirait si Maribelle devait subir un procès. « Je suis prête à témoigner que Maribelle n'aurait rien fait contre ma grand-mère. Elle avait promis de lui donner quelque chose d'important cet après-midi. » Dominic cru voir un frisson parcourir Maribelle, mais il resta de marbre.

« Est-ce que tu sais quoi? » Violaine haussa les épaules.

« Rien d'important... » Maribelle avait coupé la parole à sa cousine.

« Tu nous caches quelque chose? » Dominic tenta d'arrêter Luc, mais celui-ci n'avait pas l'intention de se taire. « Tu joues l'innocente en espérant qu'on ne pose pas plus de questions, tu crois que nous sommes des idiots? »

« Ce n'était qu'un bijou de famille. Elle disait qu'il n'avait aucune valeur commerciale, juste sentimentale. Elle allait également en donner un à Cléa. »

« Pourquoi est-ce que tu ne m'as rien dit avant? » Violaine fut cette fois plus rapide que Maribelle.

« Maribelle ne voulait pas que ça se sache. Elle voulait probablement convaincre grand-mère de ne pas donner le bijou à ma soeur... »

« Violaine, tu ne sais pas de quoi tu parles. » Maribelle se tourna vers sa cousine. Elle s'avança vers les barreaux et l'attrapa par le collet. D'un mouvement brusque, elle l'attira vers elle et Violaine perdit pied. Maribelle se mit à lisser la chemise sur les épaules de sa cousine, d'un geste calme, possessif. Dominic n'hésita pas et il sépara les deux jeunes filles sans difficulté.

« Tu devrais te mêler de ce qui te regarde. Tu ne comprends rien à ce qui se passait dans le manoir, tu es beaucoup trop naïve. Je n'ai pas besoin de ton aide, ou de celle de qui que ce soit. Je vais trouver qui m'a mit dans ce pétrin et je vais lui faire payer au centuple. C'est une promesse! » Luc et le policier s'étaient approchés, incertains de la tournure des événements et Luc pointa son taser vers la jeune femme dans sa cellule.

Violaine perdit pied et allait s'écrouler au sol lorsque Dominic la rattrapa. Elle regarda sa cousine sans trop croire à ce qui venait de se passer. Cependant, Dominic pouvait voir qu'elle jouait la comédie et amplifiait la peur qu'elle avait de Maribelle. Celle-ci retourna s'asseoir le plus loin possible de la porte, en fixant ses mains.

« Qu'est-ce que c'était que ça? » Dominic ne comprenait rien à la réaction de Maribelle. Il croyait s'être fait comprendre dans la voiture et qu'elle allait suivre le plan à la lettre, mais elle venait simplement de rajouter plus de charges contre elle, des charges avec témoins en présence et qui n'aideraient pas les jurés à croire à son innocence pour les autres accusations. « Qu'est-ce que tu cherches à prouver? » Maribelle ne répondit pas, le regard vide.

« Je voulais t'aider! » Les lèvres de Violaine tremblaient. Maribelle haussa les épaules.

« Tu mens. » Sa voix était grave, remplit de menaces. Luc semblait nerveux. Violaine pâlit et Dominic cru qu'elle allait s'évanouir d'un moment à l'autre, ou le prétendre, du moment où cela ferait un drame. Il se tenait près d'elle, juste au cas.

« J'ai toujours pris ta défense dans la famille! »

« Je n'ai pas besoin de toi, ni de tes amis. Tu pourras lui dire qu'il ne peut pas me suivre partout où je vais sans que je ne m'en rende compte. Est-ce que tu crois vraiment que je suis aveugle et que je ne sais pas quelle manigance tu prépares lorsque tu vas au cimetière? » Violaine recula et Dominic mis ses mains sur ses épaules. Elle tremblait. Dominic sentit un changement dans son attitude. Elle ne jouait plus la comédie, elle avait peur de ce que sa cousine pouvait dire.

« J'ai toujours cru que les secrets de la famille devaient rester secrets. » Maribelle hocha la tête au commentaire de sa cousine.

« Maribelle, ça te dérangerait de m'expliquer? » Dominic devait savoir.

« Bah, juste une réunion de famille ordinaire, n'est-ce pas? » Violaine approuva à réticence. Elle reprit son sac à main et quitta le poste de police.

Chapitre 7

Attablé dans un bistro, un verre de vin à la main, Maxime Leclerc était en colère. Il n'aimait pas être dérangé dans une surveillance pour aller discuter avec un de ses agents. Guillaume avait déjà réussit à leur échapper une fois et il avait peur qu'en quittant son poste, la surveillance ne fasse choux blancs.

Même son personnel aux compétences plus qu'utiles en d'autres occasions, avait jeté l'éponge en déclarant que Guillaume était en dehors de leurs champs de compétences. À croire que cet homme ne jouait pas le même jeu que tous les autres paranormaux. Ceux-ci n'étaient que des enfants en comparaison et ils étaient aussi utiles que ses agents normaux face à Guillaume.

Il espérait que son déplacement en vaudrait la peine et que Dominic aurait obtenu toutes les informations qu'ils avaient besoin. Les Rostland étaient leur dernier espoir et Maxime ne voulait pas s'imaginer ce qu'il devrait dire à son propre patron si ils ne pouvaient rien faire. Il serait probablement utilisé comme cible de pratique par les paranormaux. Il n'avait pas l'intention de les laisser s'amuser dans son cerveau s'il pouvait le prévenir.

Il avait un mauvais pressentiment. Dominic ne s'était pas montré complètement convaincu qu'il pourrait persuader les Rostland de collaborer. Moins d'une journée après son début de mission, il l'appelait pour fixer un rendez-vous. Il aurait peut-être dû lui donner un peu plus d'informations sur Maribelle et sa famille, qu'il n'était pas le premier à tenter une approche.

Dominic avait tout d'abord refusé cette première mission en lui rappelant qu'il n'avait pas vu Maribelle depuis leur adolescence et qu'ils s'étaient séparés suite à un différent. Maxime lui avait assuré que personne ne gardait une rancune pour une peccadille, et que c'était justement à cause de sa relation avec Maribelle qu'il avait une meilleure chance que tous les autres d'approcher les Rostland.

Maxime prit une gorgée de vin. Il ne voulait pas entendre Dominic lui dire qu'ils s'étaient trompés en l'envoyant chez les Rostland et que le différent qui les séparait était plus important qu'il ne l'avait prévu. Il n'avait personne d'autre à qui confier cette mission, Laurent de Rostland lui-même les avait prévenu qu'il ne pourrait plus y avoir de tentative auprès de sa parenté si celle-ci échouait.

Les informations que les Rostland détenaient ne seraient jamais partagées.

Dominic se pointa lorsque Maxime ouvrit son menu.

« Ça ne fonctionnera pas aussi bien que prévu. » Un serveur posa du pain sur la table et Maxime ne fit pas attention à son agent.

« Qu'est-ce que tu lui as fait? » Dominic se recula dans sa chaise.

« Rien, c'est elle qui a peut-être fait quelque chose. » Son patron soupira et déposa son menu sur la table. Il se sentait fatigué plutôt que furieux.

« Elle refuse de coopérer? Enlève-la et on n'en reparle plus. »

« Sa grand-mère a été assassinée ce matin. Maribelle est la principale suspecte. »

« Magnifique. Tu as besoin que je convaincs un juge de la laisser partir? »

« J'ai déjà réussi à mettre une caution pour sa sortie de prison. J'ai un peu sorti des règles. »

« Dis-lui qu'on va s'en occuper, on a des agents qui vont se faire un plaisir à falsifier deux ou trois trucs pour la rendre totalement innocente. » Dominic secoua la tête. Le serveur arriva avec un rôti d'agneau qu'il déposa devant Maxime. Dominic commanda une salade pendant que Maxime prenait une première bouchée.

« Elle n'acceptera pas ces conditions. Elle veut savoir qui veut lui faire porter le chapeau avant même d'accepter de s'asseoir avec nous pour discuter. »

« Je te le répète, on l'enlève et on la fait parler. Rien de bien bien compliqué, et ce ne serait pas la première fois... »

« Elle est beaucoup trop têtue pour cela, il faut gagner sa confiance si on veut obtenir quelque chose d'elle. Autre chose. On a été attaqué par des inconnus sur le chemin entre le manoir et le village. Personne ne savait que j'étais là pour poser des questions à Maribelle, seules les personnes au manoir savaient qu'elle était dans ma voiture. » Maxime avala un morceau d'agneau en regardant à l'extérieur du bistro. Ce n'était pas un bon signe.

« Je vais mettre quelqu'un d'autre en charge. »

« Non, j'ai seulement besoin d'un peu d'aide ici. Je veux savoir qui Maribelle a rencontré dans les derniers 8 ans, avec qui elle est sortie, où elle a travaillé, une étude approfondie de toutes les personnes a qui elle a parlé et ce qu'ils sont devenus. » Maxime s'étouffa.

« Tu veux rire? On a déjà regardé son passé et tout nous indiquait qu'elle n'a rien fait pour attirer l'attention depuis qu'elle est partie d'ici. Il n'y tellement rien d'intéressant dans sa vie, et aucune mention de paranormal dans son sillage qu'on n'y a prêté attention que parce qu'un nombre élevé de Paranormaux en parlait. Tout le monde semble convaincu que les Rostland possède une arme importante pour nous battre contre les gens comme Guillaume. Toi tu nous a dit que Maribelle avait des pouvoirs à l'époque, mais à l'exception de cet événement, rien ne nous dit qu'elle en possède encore. »

« Je suis certain qu'on va trouver quelqu'un qui peut nous renseigner. »

« Qu'est-ce que tu cherches à prouver? Qu'elle est saine d'esprit, donc ne peut pas avoir tué sa grand-mère? En quoi est-ce que ça va nous aider? »

« Fais-le et je te promets que Maribelle va collaborer. »

« Es-tu certain qu'il n'y a personne d'autre dans la famille qui pourrait nous aider? Ce serait moins compliqué. » Dominic secoua la tête.

« Tu ne veux pas être dans la même pièce qu'eux. Ils sont prêts à dévorer n'importe qui. »

« Et si tu n'aimes pas ce que je vais trouver sur elle? »

« Je lui ai promis notre aide, je ne changerai pas d'avis. » Maxime hocha la tête et continua son repas.

Chapitre 8

Maribelle avait très mal dormi. Elle n'avait pas plus d'intimité seule dans une cellule d'un poste de police que dans sa chambre au manoir. Elle avait l'habitude d'avoir le moindre de ses gestes épiés, mais c'était différent lorsque ce n'était pas par quelqu'un de sa famille.

Le lit était dur et malgré la chaleur du début de l'été, les nuits étaient encore fraîches et personne ne lui avait fournit de couvertures supplémentaires. Elle avait passé sa nuit à ressasser ce qu'elle avait vu dans la chambre de sa grand-mère, et à réfléchir sur ce qu'elle devait faire pour rester en vie.

L'homme avait promis à sa grand-mère de la garder en vie, mais elle était certaine que c'était lui qui avait tiré sur elle et Dominic sur le chemin. Il était le seul qui pouvait se déplacer dans les ombres et les suivre. Il n'avait pas voulu la tuer, juste lui rappeler qu'il pouvait faire ce qu'il voulait et qu'elle ne pourrait rien pour l'en empêcher. Il ne savait pas à qui il avait à faire.

Maribelle se leva et se mit à marcher dans la cellule. Pourquoi Dominic était-il arrivé à ce moment précis de sa vie? Pourquoi ne l'avait-il pas approché lorsqu'elle était à Montréal? Elle n'aurait pas eu à avoir peur que sa famille ne crache le morceau et elle aurait pu le renvoyer en jurant qu'elle ne savait pas de quoi il parlait. Elle s'était échappée, il l'avait prise par surprise. Elle s'en voulait de lui avoir fait confiance, même un peu. Il ne perdrait pas de temps pour la rendre honteuse en publique, comme la dernière fois.

Le jeune policier s'approcha de sa cellule avec son déjeuner. Il le fit glisser par la petite ouverture au milieu de la porte qu'il s'empressa de refermer, comme si elle pouvait s'enfuir par une ouverture aussi étroite. Il agissait comme si elle était une criminelle. Elle secoua les épaules, souleva le couvercle du plateau mais ne toucha pas à la nourriture.

« Bon matin Maribelle, tu as de la visite. » Maribelle ne leva pas la tête en entendant la voix enjouée de Luc. La porte s'ouvrit mais personne ne parla. Curieuse, elle regarda Dominic qui restait dans la porte, les bras croisés.

« Allez, viens avec moi, je viens de payer ta caution. » Maribelle était surprise. Elle était certaine qu'il avait fait cette histoire de caution pour la garder en sécurité dans la prison. Personne dans sa famille ne se serait déplacé pour la payer. Elle croyait que c'était le plan, mais il venait maintenant la libérer.

« Non merci, je préfère rester ici. »

« Ne dis pas de bêtises. » Il lui prit le bras et la força à se lever. Il la poussa vers le bureau de Luc qui lui fit signer des papiers qu'elle ne prit pas la peine de lire.

« Dominic, je compte sur toi pour garder un oeil sur elle. Si elle se remet dans le pétrin, je vais l'arrêter et le juge ne sera pas aussi conciliant. »

« Tu n'as pas à m'aider. » Dominic gardait son bras dans sa main, possessif.

« Je veille sur mes intérêts. Tu vas venir habiter avec moi. » Maribelle sentit le rouge lui monter au visage.

« Non, ça va, je peux me débrouiller seule. » Il se tourna vers elle, imposant, avec un sourire qu'elle aurait voulu lui effacer du visage en le giflant.

« Comment penses-tu faire cela? Tes cousins ne te veulent plus sous leur toit et tu n'as pas d'argent. Tout a été gelé. » Maribelle était coincée. Elle n'aimait pas l'attitude de Dominic qui lui faisait croire qu'il savait tout et qu'il avait une réponse à tout. Elle voulait lui crier au visage qu'il n'avait pas la moindre idée dans quoi il s'était embarqué. Qu'il était en danger parce qu'il était avec elle. Que les Rostland n'accepteraient pas cela aussi facilement, et qu'elle avait un devoir envers sa famille avant tout. Elle se retint de lui répondre et le suivit. Ses questions seraient moins pénible qu'être mise en observation dans une cellule.

« Tu as une maison dans le coin? » Dominic se détendit.

« On va chez ma mère, comme ça tu ne pourras pas penser que je vais prendre avantage sur toi. » Elle était déçue, sans comprendre. Elle n'aimait pas Dominic, il avait fait de sa vie un enfer. Pourtant, elle était contente de passer un peu de temps chez lui, de manière civilisée.

« Elle ne s'objectera pas trop? Avec la réputation que j'ai ici... » Il fit un vague geste de la main.

« Tout ça c'est du passé. » Maribelle le suivit vers la sortie.

Peut-être avait-il senti qu'il y avait un air d'étrange à ce qui s'était passé la veille et que les murs physiques d'une prison ne la garderait pas en vie. Peut-être pourrait-elle mettre sa rancune de côté. Elle secoua la tête. Non, il avait rejeté ses pouvoirs lorsqu'ils étaient au secondaire. Il s'était moqué d'elle et de tout ce en quoi elle croyait.

Pourtant, elle avait dit la vérité. Il y avait un homme qui marchait constamment à ses côtés, même encore aujourd'hui. Il avait utilisé cette excuse dans la voiture que pour la mettre en confiance. Elle devait s'éloigner de lui pour le protéger et que personne ne se rende compte qu'il avait lui-même des pouvoirs.

Chapitre 9

Gilles se souvenait encore de son arrivé à la maison des Rostland, un soir d'été particulièrement humide et chaud. Il n'avait aucun endroit où aller, ses parents étant morts quelques mois plus tôt et il ne connaissait personne d'autre dans sa famille. À douze ans, il s'était retrouvé dans la rue, à mendier pour avoir un peu de nourriture et survivre une journée de plus. Il aurait pu utiliser ses pouvoirs, mais il avait peur de la réaction des gens, et il aurait été obligé de leur faire mal pour garder son secret.

Plus le temps avançait, plus il ne pensait qu'à une chose. Il devait rejoindre la maison dont il rêvait toutes les nuits, avec un seul nom en tête lorsqu'il se réveillait. Rostland. Malgré ses questions, personne ne pouvait le renseigner sur ce nom.

Il faisait beaucoup de rêves. Il y avait toujours cette maison, une femme du nom de Rostland qui l'accueillait avec un sourire si chaleureux qu'elle l'aidait à passer à travers plusieurs nuits froides. Il était réconforté par sa présence et lui demandait toujours de venir le chercher. Elle secouait la tête, mais continuait de lui tendre la main. Elle ne pouvait pas bouger.

Il s'était déplacé de villes en villes, volait sa nourriture et de l'argent. À toutes les nuits, il pouvait compter sur ses rêves pour savoir s'il approchait ou non de sa destination. La jeune femme était toujours devant lui et lui indiquait où aller, soit en lui donnant le nom d'une ville, ou en lui pointant une direction sur une énorme rose des vents qui flottait au-dessus d'elle.

Lorsqu'il était fatigué et découragé, lorsqu'il n'avait plus la force de continuer et qu'il voulait abandonner, il faisait une autre sorte de rêves. Il y avait un homme, le visage mince, l'os des joues ressorties, comme s'il n'avait pas mangé depuis des jours, mais sans en être malade. Sa peau restait rose, ses yeux gris étaient brillants, et il l'invitait à le suivre.

Aussitôt, d'autres gens se mettaient sur son chemin, empêchaient Gilles de s'approcher. L'homme se mettait en colère et les gens étaient soufflés dans les airs, en douleur et ils atterrissaient derrière lui, sans bouger.

L'homme se retournait ensuite vers Gilles et l'invitait à nouveau à le suivre. Une seule fois, par curiosité, Gilles s'était approché de lui et avait vu ce que l'homme lui proposait. La Terre était à leur pied, et des hommes, des femmes et des enfants entouraient l'homme, s'agenouillaient devant lui en lui tendant des offrandes qu'il acceptait d'un simple coup d'oeil.

Personne ne semblait avoir peur ou être heureux. C'était Gilles qui avait eu peur et s'était enfui. Les gens n'avaient aucune émotion et suivaient l'homme sans dire un mot, obéissaient à ses caprices. L'homme avait tenté de montrer à Gilles ce qu'il pouvait faire avec ses pouvoirs, mais Gilles avait refusé d'en voir plus.

Il ne l'avait jamais revu par la suite et la femme continuait de lui indiquer une direction.

À l'été, il était arrivé à la maison de ses rêves, mais ce n'était pas une jeune femme qui l'avait accueilli. Justin de Rostland avait ouvert la porte et l'avait fait entrer dans la maison et sans aucune hésitation l'avait conduit à la salle à manger où un repas l'attendait. Gilles n'avait pas protesté, s'était repu et Justin lui avait montré un lit douillet où il dormit pendant plusieurs heures. Il n'avait jamais été aussi heureux de toute sa vie.

Le lendemain, il était descendu et Justin l'avait à nouveau guidé devant un repas aussi festif que la veille. Cette fois-ci, il n'était pas seul. Il y avait quatre autres adolescents, à peine plus vieux que lui. Il avait eu droit à des sourires et il s'était senti chez lui depuis ce temps. Justin ne lui avait jamais posé de questions sur son passé, comme s'il savait déjà.

Justin s'était montré patient avec ses nombreuses questions.

« Est-ce que c'est vous qui m'avez emmené ici, je veux dire par mes rêves? »

« Non, tu as été attiré ici par toi-même, par ce qui est écrit dans ton cerveau, par des connaissances dont tu n'as pas encore conscience de posséder. »

« Pourquoi est-ce que je suis comme ça? » Justin avait haussé les épaules en détournant le regard.

« Personne ne sait trop comment c'est arrivé. Tu as des ancêtres qui avaient des pouvoirs encore plus grands que les tiens. Mais en faisant des enfants avec la population locale, les pouvoirs se sont dilués, au point où plus personne n'en possédait. Par contre, certains d'entre nous avons senti un changement dernièrement qui a déclenché nos pouvoirs. »

« Un changement? La mort de mes parents? »

« Tu les avais déjà bien avant leur mort. Je parle d'un événement qui aurait causé le gène responsable de nos pouvoirs de s'activer chez certaines personnes. Il n'y a qu'un petit groupe de personnes qui savent ce qui s'est passé. »

« Qui sont-ils? » Il avait sourit. Les autres adolescents s'étaient tus et avaient écouté avec attention.

« Ils sont détenteurs du secret. Ils ne diront rien tant que les temps ne seront pas venus. »

« Est-ce qu'on est les seuls ici à avoir des pouvoirs? »

« La plupart n'ont pas la chance de trouver cette maison avant que leur famille ne les croit affecté d'une maladie mentale quelconque. Nous avons plusieurs centres un peu partout dans le monde qui aident les gens comme nous à trouver l'aide dont ils ont besoin. »

« Partout dans le monde? » Justin s'était levé de la table et avait ébouriffé ses cheveux en sortant de la pièce.

« L'événement secret a eut des répercussions sur toute la Terre. » Il avait refusé d'en parler plus.

Plus tard, Laurent, le frère de Justin, avait commencé à lui enseigner comment contrôler ses pouvoirs. Gilles en sentait l'urgence. Il devait se montrer à la hauteur du destin que les Rostland avaient mis en place pour lui.

Chapitre 10

Il était encore tôt le matin. Comme tous les matins, Violaine marchait en direction du petit cimetière qui se situait à la limite nord des terres attachées au manoir. Elle connaissait chaque parcelle de terre le long du sentier et avait même supervisé les travaux pour réparer les ponts de bois qui menaçaient de s'écrouler à cause de la moisissure.

Elle avait été surprise la première fois qu'elle avait découvert ce sentier. Malgré les superstitions qui entouraient le manoir, ses habitants et tout ce qu'ils touchaient, elle avait toujours été curieuse de l'histoire de la famille et trouvait le cimetière fascinant.

Sa mère n'avait pas compris sa passion pour le sentier qui débutait au fond de la cour, entre deux haies de cèdres. La végétation avait presque envahies les premiers mètres et avait rendu l'accès inaccessible. Elle avait réussi à convaincre son frère Tobias de tailler une ouverture dans les haies de cèdre et la végétation derrière celle-ci, pour laisser libre court à sa curiosité. Il avait haussé les épaules, et avait oublié la lubie de sa soeur aussitôt son travail terminé.

Le sentier ne faisait qu'un demi kilomètre avant d'atteindre une clôture de fer forgé, couverte de mousse. Derrière elle, quelques vieilles pierres tombales, dont l'écriture avait été effacée avec le temps, se dressaient encore. Il y avait un caveau fermé par une porte de fer au centre du cimetière et Violaine était trop respectueuse des morts pour aller les déranger s'ils ne voulaient pas la laisser entrer.

Sa mère avait froncé les sourcils lorsqu'elle l'avait mise au courant de son plan de remettre le sentier en état. Violaine avait été certaine à l'époque que cela pourrait peut-être attirer des curieux, des archéologues ou des randonneurs, car les bois étaient magnifiques et les noms encore lisible sur les pierres appartenaient tous à des familles importantes de la région. Mais elle avait du se rendre à l'évidence que tout n'irait pas comme elle le voulait lorsque les travailleurs avaient admis ne travailler qu'à contre-coeur et quittaient bien avant la tombée du jour. Elle avait également dû tripler le prix qu'ils demandaient habituellement, tout cela à cause des rumeurs.

Violaine sourit. Elle devait l'avouer, personne dans cette maison ne faisait vraiment un effort pour se mélanger à la populace. Ils adoraient la solitude que cela apportait, et ils étaient tranquilles de faire leurs propres activités.

Après une vingtaine de minutes, elle était arrivée. Il n'y avait que le silence de la forêt. Des oiseaux se promenaient ici et là sur le sol et ils s'envolèrent dès qu'elle approcha.

Personne ne venait ici, le cimetière lui appartenait. Elle était la maîtresse des morts. Le concept la faisait sourire. Elle aurait aimé que ce soit la vérité, mais il y avait toute sa famille entre elle et ce but. Elle chassa l'idée de sa tête aussi rapidement qu'elle avait surgit. Elle n'avait aucune chance et elle ne devait pas leur garder rancune. Il y avait certainement un mauvais côté qu'elle ne connaissait pas encore à hériter dans cette famille.

Violaine s'approcha du caveau caché derrière un chêne. Elle aimait lire le nom des décédés sur la plaque à l'extérieur de la porte de fer grillé, le nom de tous ses ancêtres qui y reposaient, comme un arbre généalogique. Une deuxième plaque ne portait que le nom de certaines femmes de la famille. Elle avait vérifié dans la bibliothèque du manoir et les livres lui avaient confirmé qu'il s'agissait des femmes qui avaient hérité du manoir.

La dernière personne enterrée était Likalie de Rostland, son arrière-grand-mère maternelle. Cléa n'était pas encore née lorsqu'elle était morte. Victoria irait la rejoindre dans quelques jours, dès que son corps serait remis à la famille.

Comme à son habitude, Violaine s'appuya contre la porte pour tenter de voir à l'intérieur. Tout y était noir et elle ne parvenait pas à percer les ténèbres. La porte avait un cadenas qui semblait être la seule chose récente dans tout le cimetière, mais elle n'avait jamais pu mettre la main sur la clé.

Probablement que sa grand-mère l'avait eu en sa possession, mais elle ne sortait jamais de sa chambre et il lui avait été impossible d'aller fouiller avec l'attention constante de sa mère et ensuite de Maribelle. Elle était certaine que celle-ci en savait plus sur les secrets de la famille qu'elle ne le laissait entendre. Après tout, d'après les rumeurs qui courraient dans la famille, c'était elle qui hériterait après la mort de Victoria. Si Léanne ne fourrait pas son nez dans ce qui ne lui revenait pas de droit.

Un bruit à sa droite la sortit de sa rêverie. Probablement un petit animal. Elle releva la tête.

Elle recula sous le choc. Une silhouette se tenait devant elle, le visage caché par un masque noir, et la tête sous un capuchon de la même couleur. Son corps était dissimulé par un manteau qui ressemblait à une cape noire, trop chaud pour cette saison.

« Pardonnez-moi, est-ce que je vous ai fait peur? » Ses paroles démentaient son ton de voix. Il ne s'approcha pas d'elle, il restait droit, en retrait du caveau. C'était lui le maître des morts.

Violaine reprit son souffle et attendit que les battements de son coeur se calment avant de répondre.

« Je ne vous attendais pas ici. » Il eut un petit rire moqueur.

« Vous avez réellement cru que je ne viendrais pas vous rendre une petite visite après la mort de votre grand-mère? » Elle fronça les sourcils.

« Vous savez déjà? Comment... » Il leva la main pour l'arrêter dans ses paroles. Elle avait appris à écouter chacun de ses mouvements.

« Je n'aime pas quand les gens me cachent des choses. Maribelle ne devait pas être accusée de ce meurtre, pourquoi l'avez-vous fait? Vous avez peur d'elle? » Violaine recula sous l'accusation moqueuse.

« Non, pas du tout... » Il l'arrêta à nouveau. Elle n'avait pas dit ce qu'il voulait entendre.

« Vous devriez, maintenant que Victoria est morte. C'est Maribelle qui possède le secret maintenant. À moins que les choses n'aient changées? » Violaine ne savait pas de quoi il voulait parler. Elle regarda autour d'elle mais il n'y avait personne pour l'aider ici. « Qu'est-ce que Dominic faisait là? »

« Il... il aidait Luc... »

« Dominic n'est pas un policier. Qu'est-ce qu'il voulait? » Elle se passa la langue sur ses lèvres sèches.

« Il a demandé s'il s'était produit quelque chose d'étrange autour de Maribelle. » L'homme ne répondit pas aussitôt.

« Es-tu prête à faire ce que je te demande, sans poser de question? » Elle hocha la tête, enthousiaste.

« Pour le bien de la collectivité, et pour vous, je suis prête à tout! »

« Tu vas t'arranger pour que Dominic soit mis hors service. Qu'il ne rôde plus autour de Maribelle. Il ne peut malheureusement pas être tué, tu vas devoir utiliser ton imagination... » Il l'observa de la tête aux pieds, critique, et elle se sentit rougir sous son regard perçant. Elle se sentait nue devant lui. « Ou tes charmes, à toi de voir. » Il lui tendit un objet. Violaine ouvrit la main et il y déposa une fiole. Il se pencha vers elle et murmura son plan à son oreille. Violaine se mit à trembler.

Il lui tourna le dos et marcha en direction opposée du sentier, vers la forêt. Violaine ne bougea pas jusqu'à ce qu'il soit disparu derrière le caveau. Aussitôt, elle se mit à sa poursuite, mais il avait déjà disparu.

Cet homme lui faisait peur. Il avait tendance à apparaître et disparaître à volonté, et toujours au moment où elle s'y attendait le moins. Il ne l'avait jamais menacée directement, ses manières étaient toujours très polies, mais il savait tout et comment la manipuler. Elle le détestait et l'admirait à la fois, elle voulait que sa vision se réalise, aussi terrible était-elle, et personne ne pouvait rien faire contre lui.

Elle se demandait à plusieurs reprises s'il connaissait le secret des Rostland, ou s'il manipulait les gens dans la famille pour l'obtenir. Elle ouvrit sa main pour regarder la fiole. Elle frissonna. Ce soir, elle aurait la mort d'un autre membre de la famille sur sa conscience.

Chapitre 11

Cléa retourna dans sa chambre. Elle s'assura que sa porte était barrée, elle ferma les rideaux avant de sortir les trésors qu'elle avait trouvé la veille au cours de ses recherches. Elle n'avait pas de cachettes aussi élaborées que sa grand-mère, mais elle ne pouvait pas se montrer capricieuse. Elle devait seulement garder le silence sur eux et espérer que sa mère ne les chercheraient pas lorsqu'elle reviendrait.

Cléa sourit en sortant les deux cahiers et le pendentif. Sa mère aurait été furieuse de savoir qu'elle avait en sa possession ces objets et qu'elle n'y avait pas droit. Cléa et Léanne ne s'entendaient pas aussi bien que les gens au village ne voulaient le croire. Elles étaient toujours en train de s'accuser mutuellement de vouloir mettre la main sur les richesses de la famille, et découvrir le secret des Rostland.

Elle soupira. Le secret était aussi mystérieux pour la famille Rostland que pour les villageois. Le conseil de famille avait tenté à plusieurs reprises de faire parler les différents membres, mais personne ne s'était encore présentée en disant savoir qu'est-ce qu'il y avait de si important dans le secret.

D'après le conseil, Victoria était la dernière personne à le connaître, et tant que personne ne trouvait ce foutu testament, son héritier ne serait pas connu. Cléa et sa famille immédiate se doutait que Maribelle aurait du hériter de sa grand-mère, parce qu'elle était la fille unique du fils aîné de Victoria, et que parce que celle-ci détestait autant Léanne que Léanne détestait Maribelle. Cependant, personne ne savait comment le secret devait être partagé, ou s'il l'avait déjà été.

Dès que la nouvelle de la mort de sa grand-mère avait été su par le conseil, Cléa avait reçu un coup de fils étrange de la part de Justin de Rostland, le véritable chef de famille. Cléa se demandait encore comment il l'avait su aussi rapidement, probablement qu'il avait le moyen de sentir ce genre de chose au même moment où quelqu'un d'autre l'apprenait. Une télépathie émotive. Justin, l'oncle de Léanne, s'était adressé à elle en lui demandant si elle avait parlé à Victoria dans les jours précédents le meurtre.

Elle savait depuis son enfance qui était Justin, mais elle ne lui avait jamais parlé et il n'avait jamais réussi à mettre les pieds à l'intérieur du manoir. S'il était un véritable Rostland, il tenterait de mettre la main sur une partie de l'héritage de la famille. Cléa en avait assez de la guerre qui existait dans toutes les branches de la famille, tout en étant fasciné que le secret soit resté secret malgré les querelles.

Mais plus pour longtemps. Cléa avait une partie de la réponse entre ses mains. Elle ouvrit en premier le cahier de sa grand-mère. Sur la première page, elle avait fait un arbre généalogique de tous les membres vivants de la famille. Une croix rouge était positionnée à côté de certains noms, dont le sien, celui de Maribelle et Victoria. Un point d'interrogation était placé à côté de Tobias, de Justin, et quelques autres dont elle n'avait jamais entendu parler.

Sur la deuxième page, elle avait fait une liste des membres du conseil de la famille. Cléa fronça les sourcils en voyant le nom de Tobias. Il n'avait jamais mentionné avoir rencontrer les autres membres de la famille.

Sa grand-mère disait toujours que les autres étaientt jaloux et qu'ils avaient fait beaucoup de choses avec lesquelles elle n'était pas d'accord et elle les avait mis à la porte du manoir. Ils n'avaient plus le droit d'y mettre les pieds de leur vivant. Elle disait également qu'ils n'étaient intéressés que par les richesses contenues entre ses murs.

La première fois qu'elle avait vu quelqu'un se présentant comme un cousin distant devant la porte du manoir, sa grand-mère était apparue sur le pas de la porte avec un fusil. Elle semblait être prête à s'en servir s'il osait mettre le bout de son petit orteil sur un brin de la pelouse. Il s'était tenu à une distance respectable de la vieille dame et celle-ci avait ordonnée à ses petits-enfants, âgés entre 4 et 12 ans à l'époque, de retourner dans le manoir et d'aller l'attendre dans la bibliothèque.

Les quatre cousins n'avaient pas obéit à leur grand-mère et avaient couru dans le grenier où une minuscule fenêtre donnait directement au-dessus de la porte principale, trois étages plus haut. Violaine était trop jeune pour comprendre ce qui se passait, mais les trois autres avaient passé la tête à tour de rôle par la fenêtre et transmettaient ce qu'ils étaient capable d'entendre aux autres.

L'homme s'était présenté sous le nom de Laurent de Rostland, le neveu de Victoria. Il semblait n'avoir que dans la trentaine et Cléa en déduit que son père devait être un frère cadet de Victoria.

« Je le sais, jeune homme. Je te conseille de partir si tu ne veux pas que je te chasse comme un vulgaire lapin. » Il avait fait un pas en arrière, les mains devant lui, un sourire apaisant sur ses lèvres.

« Nous voulons simplement discuter. »

« Rien à dire. »

« À propos de l'héritage. » Les cousins avaient entendu un déclic provenant du fusil de leur grand-mère et ils s'étaient serrés les uns contre les autres pour mieux voir.

« Il n'y a pas d'héritage. »

« Nous ne voulons pas l'argent ou le manoir. Cela vous appartient de plein droit. »

« N'épuise pas ta salive. Il n'y a rien qu'on puisse discuter. »

« Mais le conseil de famille... » Victoria avait tiré à environ un mètre devant les pieds de son neveu. Il n'avait pas bougé pas, les pieds ancrés sur place. Cléa ne savait pas si cela avait été par bravade, ou parce qu'il avait eu trop peur de bouger.

« Il y a longtemps qu'il aurait du être démantelé. »

« C'est pour le bien des Rostland. » Un autre coup fut tiré, un peu plus proche de ses pieds. La poussière de l'entrée de terre battue s'était envolée vers son pantalon noir. Il avait baissé les yeux vers ses jambes, avait secoué la poussière de sa main, et avait reprit sa position. Victoria gardait son arme pointée vers lui.

« Il n'y a vraiment rien qu'on puisse dire ou faire pour que vous acceptiez de participer aux décisions? »

« J'en ai suffisamment entre les mains pour que je ne me mêle pas de vos petites manigances. » Il avait baissé les bras et était reparti dans sa voiture.

Les quatre cousins s'étaient empressés d'aller dans la bibliothèque où Victoria les avait rejoint quelques secondes plus tard. Elle les avait observés de son oeil critique, et les enfants n'avaient pu garder le secret bien longtemps.

« Cet homme est le cousin de vos parents. Je ne veux pas que vous lui parliez si je ne suis pas là. Lui, ou un autre, reviendra et peu importe ce qu'il vous promettra, vous ne lui direz rien. Lorsque vous aurez 18 ans, vous pourrez décider de ce que vous voulez faire avec cette branche de la famille. D'ici là, ce sont des étrangers. »

Lui, ou un autre, revenait à tous les ans, et ils étaient tous reçus dc la même façon. Une année, un plus jeune homme avait refusé de s'enfuir après le deuxième avertissement, probablement confiant dans son charme. Il était reparti sur une civière, la jambe en sang en traitant Victoria de folle. Lorsque le policier de service avait voulu arrêter Victoria, l'homme s'était calmé et avait déclaré qu'il s'agissait d'un accident et que ce n'était qu'une simple égratignure. Le policier n'avait rien pu faire et avait laissé les habitants du manoir tranquille pour un certain temps.

Lorsque Cléa était devenue adulte, elle avait complètement oublié la promesse de sa grand-mère de lui laisser prendre sa propre décision. Avec son aide, Victoria avait continué de faire peur à toute la famille, comme s'il s'agissait de la chose la plus naturelle au monde. Une sorte de rite d'anniversaire. Elle avait appris entre temps que le conseil de famille avait également un fond qui aidait les gens avec des maladies mentales, mais elle avait secoué les épaules. Cela ne la regardait pas.

Maintenant, en moins de quelques heures, elle avait été contactée par téléphone par la famille, ce qui ne s'était jamais produit, et elle apprenait que son propre frère faisait parti du conseil de famille. Elle avait refusé de répondre à la question de Justin et lorsque celui-ci avait demandé de parler à sa cousine, elle lui avait raccroché au nez. Il n'avait pas rappelé. Le sujet était clos.

Cléa ne savait pas si elle devait s'inquiéter de la participation de son frère au conseil, dont elle n'avait aucune idée de l'utilité, ou laisser les choses aller.

Elle tourna la page du cahier. Il n'y avait rien. Pas plus que sur la page suivante, ou l'autre. Pourtant, elle était certaine d'avoir vu sa grand-mère y prendre des notes.

Elle porta son attention sur le pendentif. Peut-être qu'il y avait une raison pourquoi il avait été caché avec le cahier. Elle le prit et regarda à nouveau les pages du livre. Toujours rien. Le pendentif était composé d'un cristal rouge entouré d'une dentelle d'un métal blanc. Très simple. Elle passa le cristal au-dessus des pages. Rien. Elle prit le cahier de sa cousine. Toute l'écriture avait disparu, pourtant lorsqu'elle l'avait prit de la chambre de Maribelle, la veille, il y avait quelque chose d'écrit.

Frustrée, elle lança le cahier et le pendentif à l'autre bout de la pièce. Elle n'avait pas de temps à perdre avec des sornettes familiales. Avec des secrets pour cacher des secrets qui en cachaient d'autres. Peut-être que Maribelle, si elle sortait de prison, pourrait l'aider à comprendre ce que sa grand-mère voulait lui dire la veille. Elle se mit à sourire.

Sa soeur avait dit à tout le monde que Victoria avait voulu remettre des objets précieux à Cléa et Maribelle la journée même de sa mort. Les policiers avaient aussitôt cru que Maribelle était jalouse et avait tenté de convaincre Victoria de tout lui remettre. Son refus n'était qu'une raison de plus pour la tuer.

Mais autant Maribelle que Cléa savaient que les deux jeunes femmes avaient été invités à prendre le thé avec leur grand-mère pour discuter du secret. Maribelle avait prit le blâme et était maintenant hors service. Cléa n'avait plus d'option, elle devait trouver ce que leur grand-mère voulait partager avec elles.

Chapitre 12

Une clôture de barbelés entourait le bâtiment et les terrains adjacents pour empêcher les curieux de s'approcher. À tous les cinquante mètres, il y avait une tour d'observation avec des gardes. Ils étaient tous équipés de fusil d'assaut et certains observaient l'extérieur des grilles avec des jumelles à la recherche d'indésirables.

L'homme se tenait en bordure de la forêt, couché sous un buisson, et il regardait le bâtiment à travers ses jumelles. Il avait le soleil dans son dos pour éviter les reflets dans les verres. Lorsque les gardes lui firent dos, il sortit son arme de son sac, la posa sur un trépied, ajusta la lunette et visa la porte du bâtiment. Il n'avait pas l'avantage de la hauteur, le complexe ayant été construit dans une plaine, mais il pouvait placer l'arme à angle. Il s'assura que sa vue n'était pas obstruée par la clôture et attendit.

Quelques minutes plus tard, il entendit le bourdonnement de l'hélicoptère avant de le voir. Il se posa devant le bâtiment et des gardes du corps en veston en sortirent. L'activité à l'intérieur du complexe augmenta.

Sa cible venait d'arriver. Il attendit que l'homme débarque, qu'il soit escorté vers la porte principale où il serra la main du premier ministre venu pour l'accueillir.

« La papillon vient de se poser. » Sa radio grésilla dans son oreille avant de passer le message.

« Quand vous voulez. » L'homme se remit en place, effectua les derniers ajustements. Sa cible était parfaitement placée, il n'aurait pas à toucher au premier ministre. Celui-ci fit signe à son invité d'entrer dans la maison.

Son doigt était sur la gâchette. Il ne tremblait pas, il avait fait ce genre de chose à de nombreuses reprises auparavant, mais cette fois-ci, il savait que la cause était juste. Il fallait envoyer un message au monde entier. Il fallait que les dirigeants comprennent que les choses allaient changer et qu'une autre puissance plus grande que tout ce qu'ils avaient rencontré prendrait bientôt la relève.

Il était fier de faire parti des élus. Une nouvelle race de dieux allaient guider l'humanité vers sa prochaine phase. Il ne serait plus parmi eux, il allait être l'un des martyres.

Il appuya sur la gâchette. Il sentit le recul, mais pas de bruit. Par la lunette, il pu voir sa cible mettre sa main sur sa poitrine, à la hauteur de son coeur. Son visage montra de la surprise et il s'effondra. Les gardes du corps se précipitèrent sur le premier ministre et le poussèrent à l'intérieur du bâtiment. Le corps du visiteur fut rapidement couvert d'un drap et transporté à sa suite.

Une sirène hurla et l'homme sortit de sa cachette en laissant son arme derrière lui. Il leva les mains et approcha du complexe sécurisé. Les gardes l'aperçurent, et l'un d'entre eux tira sur lui. Un autre l'approcha.

« Guillaume est grand! »

Chapitre 13

« Je dois faire un appel. » Dominic sortit son téléphone de sa poche et le lui tendit tout en gardant son regard sur la route. « Bien pensé, mais c'est privé. »

« Si tu veux que je t'aide, tu dois me faire confiance. »

« Si tu veux que je collabore, tu dois me faire confiance. » Elle l'entendit soupirer mais il prit le chemin vers le village.

« Est-ce que je peux au moins savoir à qui tu veux parler? » Elle haussa les épaules.

« Mon avocat. »

« Tu es sérieuse? »

« Très. Arrête-toi au café là-bas, je sais qu'ils ont un téléphone que je peux utiliser. » Dominic se rangea en bordure de la route et l'accompagna à l'intérieur du café. Maribelle commanda un cappuccino.

Elle essaya d'utiliser sa carte de guichet pour payer avant de se rendre à l'évidence que ses finances n'allaient pas mieux. Elle rougit lorsque sa carte fut refusée et elle se tourna vers Dominic qui paya en soupirant à nouveau.

Maribelle s'efforça de sourire et prit une gorgée de café. Elle aurait du rajouter du sucre, mais elle avait besoin de toutes les stimulations possible pour passer à travers cette journée. Celui qui avait tué sa grand-mère avait de l'avance sur elle et elle savait qu'il ne restait plus beaucoup de temps avant qu'il ne se décide à passer aux choses sérieuses. Il ne s'était contenté que de la taquiner pour l'instant et elle avait peur de la surprise qu'il lui réservait.

« Est-ce que je pourrais utiliser le téléphone? » Le commis ne leva pas la tête.

« Je n'ai pas le droit. Vous pouvez utiliser votre cellulaire, on n'est pas si loin de Montréal, on a une bonne couverture. »

« Je n'ai pas de cellulaire. C'est une urgence. » Il lui pointa la caméra de biais avec lui.

« Faut demander à mon patron. »

« Tu vas encore me sortir cette excuse? Ce n'est pas la première fois que je l'emprunte. » Il haussa les épaules et lui fit signe d'aller dans la cuisine. Dominic la suivit mais elle l'arrêta à la porte.

« Tu ne vas pas plus loin. Pas la peine d'écouter à travers la porte. »

« Mais... »

« Je ne me sauverai pas, ne t'en fait pas. Donne-moi cinq minutes. » Il maugréa mais ne la suivit pas. Dès la porte refermée, elle se dirigea droit vers le bureau du gérant. Celui-ci lui fit signe d'entrer avec un grand sourire.

« Simon, j'ai un copain un peu trop curieux. Tu peux le tenir occupé? »

« Comment est-il? »

« Grand, musclé, cheveux bruns, très mignon, curieux. Ton type. »

« Combien de temps? »

« Cinq minutes. » Simon lui fit un clin d'oeil et sortit de la cuisine. Aussitôt, elle l'entendit discuter avec le commis à la caisse. Elle ferma la porte et se précipita vers le téléphone. Elle composa le numéro de Jade.

« Jade, c'est moi. Tu es sur une ligne protégée? Qu'est-ce qui se passe? » Elle entendit un clic dans le cornet.

« C'est fait! Je suis heureuse de t'entendre, ta cousine me disait que tu avais été arrêté? » Maribelle gardait les yeux fixés sur la porte.

« Oui, et non. Raconte. »

« Tu as perdu ton emploi, il semblerait que notre patron n'ait jamais reçu tes derniers travaux. »

« Je les lui ai envoyé la semaine dernière. »

« Il a dit que tes derniers articles n'étaient pas de qualité et il t'a envoyé des corrections à faire et tu n'as absolument rien fait. »

« Il ne m'a rien envoyé, parce que j'aurais fait les changements. »

« C'est ce qu'il m'a dit. Tu sais comment il n'aime pas qu'on l'ignore. »

« Mais je t'assure que je ne l'ai pas ignoré! Merde! » Maribelle entendit la machine à espresso démarrer et faire un vacarme. « Dis-moi ce que tu me caches. »

« Tu es en danger... »

« Je sais, quelqu'un a essayé de me tuer hier. Qui? » Il y eut un silence à l'autre bout du fils.

« J'ai reçu un paquet hier, des photos de toi dans des positions pas très... bonnes... pour ta réputation. Il y a une lettre qui demande à ce que tu paies ta dette à la société ou tu vas être tuée pour donner l'exemple. »

« Génial. Quoi d'autres. »

« J'ai le dernier testament de Victoria. Je te l'apporte dans deux jours. »

« Ne viens pas ici, c'est trop dangereux. »

« Deux jours. Il y autre chose. Je ne sais pas si tu vas aimer. » Maribelle regarda l'horloge.

« Il ne me reste pas beaucoup de temps avant que je doive raccrocher. »

« Je sais que tu as toujours dit que tu ne croyais pas avoir de pouvoir et tout le blablabla, mais on sait toutes les deux que tu as menti pour te protéger. Il va falloir que tu te réveilles et que tu fasses face à la musique parce que c'est ça qu'on veut de toi. Tout le monde te presse pour que tu utilises tes pouvoirs. »

« Et pour mettre la main sur le secret. Je sais. »

« Non, il y a une personne que tu as oublié dans ton équation. Tu sais qu'il y a quelqu'un derrière tout ça, tu n'es pas une imbécile. Tu sais que c'est quelqu'un qui te connait. Il voulait tout savoir... »

« Qui? » Il n'y eut pas de réponse. La ligne devint vide. « Jade? Jade? Merde! » Maribelle raccrocha et le téléphone se retrouva dans le mur sous la force.

Elle prit une gorgée de son cappuccino lorsque Dominic entra en trombe dans le bureau du gérant avec celui-ci sur ses talons. Simon ne cessait de faire des clins d'oeil à Maribelle qui venait d'échapper une partie de son café sur la table. Elle s'excusa et tenta d'essuyer son dégât mais Simon l'empêcha d'utiliser la manche de son gilet pour l'éponger et l'aida à se lever. Elle n'osait rencontrer le regard de Dominic, elle ne pourrait s'empêcher de lui dire la vérité. Elle avait un doute de qui était derrière le meurtre de sa grand-mère et de l'incident de la veille. Elle savait que si elle parlait, son amie serait en danger.

Il ne voulait pas la tuer, il voulait lui faire regretter de lui avoir menti à l'université. S'il était impliqué dans la mort de sa grand-mère, et que c'était lui qu'elle avait vu dans la chambre, il allait tuer tout le monde autour d'elle. Elle leva la tête vers Dominic et pu voir son compagnon qui lui souriait. Il ne semblait pas être préoccupé par la situation. Elle avait envi de le questionner, mais il était toujours demeuré muet, se moquant de ses faibles tentatives. Elle se leva, remercia Simon qui semblait inquiet et précéda Dominic à travers la cuisine.

« Maribelle? » Elle se retourna vers Simon. « Tu devrais peut-être arrêter le café, tu es beaucoup trop nerveuse. » Elle lui sourit faiblement.

« Merci. »

Dominic ne dit pas un mot avant d'être à nouveau dans la voiture.

« Si tu me racontais? »

« Arrête d'essayer de m'aider. Tout ce que tu veux c'est obtenir un secret qui n'existe même pas. »

« Je m'inquiète sincèrement pour toi. Je suis venu ici pour ma mission, mais je me suis pris d'affection pour toi. Je veux vraiment t'aider, je ne veux pas que tu prennes le blâme pour quelqu'un d'autre. » Elle se mit à rire, cruelle.

« Tu t'es pris d'affection pour moi après seulement 24 heures? » Il ne répondit pas. « Tu as compris que je ne dévoilerais jamais le secret, et que je n'avouerais jamais que j'ai des pouvoirs alors tu essaies de me prendre par les sentiments. Ça ne fonctionnera pas. »

« Les gens peuvent changer en dix ans, je ne suis plus un adolescent qui ne comprend pas ce qui se passe autour de lui. Je n'ai jamais revu cet homme mystérieux depuis que tu m'en as parlé. »

« Tu as beau me tenir ce discours, je ne te crois pas sincère. Tu as renié tes pouvoirs. Ne te mêle pas de ce que tu ne comprends pas. » Elle se rendit compte trop tard que son ton était rude. Dominic resta impassible et démarra la voiture. Elle posa sa main sur son bras. « Je suis désolée, je ne voulais pas dire ça comme ça. » Il se dégagea brusquement d'elle et se concentra sur la route.

« J'avais pitié de toi lorsque j'entendais tes cousins parler contre toi. Mais à t'entendre, tu n'es pas différente de ta famille. Je ne sais même pas pourquoi j'ai essayé de t'aider, c'est évident que tu ne me feras jamais confiance et que l'agence perd son temps avec toi. Tu veux tellement passer pour la victime que les gens finissent par te détester. À partir de maintenant, je ne ferai rien pour t'aider. L'agence va décider ce qu'on va faire de toi. »

« Dominic, je ne peux rien dire et j'ai peur. »

« Garde tes pleurnichards pour quelqu'un d'autre. Je n'embarque plus dans ton jeu. »

« Je ne peux pas pour l'instant. Elle ne voudra pas collaborer avec nous tant que la situation dans sa famille ne se sera pas calmée. » Dominic jouait avec un crayon sur son bureau. Il pouvait sentir son patron sur le point de perdre patience à l'autre bout du téléphone. Il ne voulait pas non plus lui avouer qu'il avait tout fait foirer entre lui et Maribelle.

« Je ne vois pas en quoi cela affecte ta mission. Tu obtiens les informations par la ruse, par des promesses, n'importe quoi. Tu m'as dit toi-même ce matin qu'il n'y aurait aucun problème. »

« Ça ne peut pas attendre un peu? »

« Ça va prendre des mois avant qu'ils prouvent qu'elle n'a rien fait, si c'est le cas. »

« Elle n'a pas tué sa grand-mère. »

« Comment peux-tu en être aussi certain? »

« C'est le seul membre de sa famille qui ne la fait pas chier ouvertement? Qui n'a jamais dit un mot dans son dos? »

« Elle est morte, comme c'est commode. Promets-lui qu'on va effacer ses problèmes financiers, qu'on va également envoyer les soupçons sur quelqu'un d'autre. J'en sais rien, improvise. »

« Elle ne m'écoutera pas. Elle ne croira pas en des paroles comme ça. » Son patron soupira. Ils n'avaient pas la mission la plus facile sur le dos.

« Si on n'a pas de résultats d'ici deux semaines, mieux vaut dire bye bye au pays. » Dominic se redressa, à l'attention.

« Qu'est-ce qu'on sait d'autre? »

« Il y a eut un attentat contre un ami du premier ministre. Il a survécu de justesse, mais ils ont attrapé l'assassin. Il ne jure que par Guillaume, qu'il est le meilleur et qu'on va tous se repentir d'ici un mois. Il dit que Guillaume est sur le point de faire plier tous les gouvernements, d'un coup. »

« Comment? »

« Il n'a rien dit de plus. À ce qu'il paraît, il est mort aussitôt son message passé. On a réussit à mettre la main sur d'autre gars qui travaillent pour Guillaume, mais ils ne disent pas grand chose. La loyauté. Une chose est certaine, les Rostland détiendraient la clé. »

« Pourquoi est-ce qu'on ne les arrête pas tous et on trie par la suite? »

« Tu l'as dit toi-même, ils sont trop têtus et aucune de nos méthodes ne fonctionneraient sur eux. Le secret des Rostland serait capable d'anéantir la planète, on ne veut pas se les mettre à dos. Je crois personnellement que c'est exagéré, mais autant les gars de Guillaume que nos informateurs tiennent les Rostland en très haut respect. » Ce n'était pas une bonne nouvelle. Maribelle lui cachait la vérité sur les agissements de sa famille. Elle était peut-être elle-même impliquée et une participante volontaire.

« Des infos sur le passé de Maribelle? »

« Pas grand chose. Discrète, intelligente mais certain de ses professeurs suspectent qu'elle échouait volontairement des questions pour ne pas attirer l'attention. Plusieurs copains morts dans des accidents de voitures... Si j'étais toi, je ne m'impliquerais pas trop avec elle. Si tu as la chance incroyable de survivre à n'importe quoi, elle elle a la mort qui la suit partout. Je te dirais que c'est sa meilleure amie. » Il sentit un noeud passer dans sa gorge. Elle essayait peut-être de l'éloigner d'elle pour le protéger, et il avait été si bête avec elle. Il tenterait une nouvelle excuse lorsqu'il descendrait au salon.

« J'ai vu le nom de Jade quelque part dans son dossier. »

« Elles habitaient ensemble. Une des seules qui ne soit pas morte. »

« D'autres copains qui auraient survécus? »

« Un seul, mais on n'a pas été capable de retrouver sa trace. Je t'envoie les infos dès que j'en ai. Mais on veut savoir qui collabore avec Guillaume et qui connaît le secret pour qu'ils travaillent avec nous, ou pour qu'on les élimine. » Dominic raccrocha. Il frotta ses yeux fermés de sa main glacée. Une migraine le menaçait.

Chapitre 14

Les freins ne répondaient plus.

C'était mauvais. La route sinueuse nécessitait l'emploi de freins, une voiture nécessitait des freins. Maribelle sentait son coeur battre dans ses tempes. Elle ne pouvait pas espérer mettre la voiture dans le clos en croisant les doigts qu'elle finirait par ralentir avant de frapper un obstacle parce que la route n'était pas une simple route de campagne.

D'un côté, la route étroite s'arrêtait abruptement par la falaise qui surplombait la rivière, à plusieurs mètres en contrebas. De l'autre côté, un mur de roches sur plusieurs kilomètres qui ne pardonneraient pas.

Maribelle avait envie de fermer les yeux, mais quelque chose lui disait que ce n'était pas vraiment le bon moment, ou une bonne idée. Elle enfonça à nouveau les freins pour ralentir, mais c'était comme si elle appuyait dans le vide, il n'y avait aucune résistance.

Le frein à bras ne faisait rien. Ce n'était pas sa journée.

Maribelle sortit le téléphone jetable qu'elle s'était procurée en vielle et malgré sa précarité, elle composa le 911. Si elle devait se retrouver dans le fossé, mieux valait que quelqu'un vienne au moins découvrir son corps plutôt que de laisser les animaux sauvages s'en occuper.

« 911, quelle est votre urgence? »

« Je vais être dans le fossé, accident de voiture, sur la Route de la Rive. Je n'ai plus de freins. »

Elle laissa tomber son téléphone sur le siège passager pour se concentrer sur les courbes qu'elle devait prendre trop rapidement. Elle savait qu'elle pourrait faire une sortie de route dans un champ une fois la courbe en épingle passée, lorsque la route ne suivrait plus la rivière.

Elle entendait la voix de l'opératrice à travers son téléphone, mais elle avait besoin de ses deux mains pour contrôler la voiture.

Elle était trop rapide pour la courbe. Elle tenta à nouveau de ralentir mais rien n'y faisait. Elle ne pouvait pas faire tenir sa petite voiture sur la route. Elle sentit la voiture quitter la route et pour une fraction de seconde, elle devint légère, avant de sentir le brusque choc de la voiture contre les pierres du rivage. Le sac gonflable se déploya brusquement contre son visage, elle sentit la ceinture s'enfoncer dans sa peau et tout devint noir.

Pour ce qu'elle considéra n'être que quelques secondes tout au plus. Elle se sépara de son corps par son cordon ombilical et elle se mit à flotter au-dessus de la voiture. Elle tenta de revenir à l'intérieur de son corps, mais c'était sans espoir. Elle savait qu'elle ne pouvait rien faire d'autre que d'attendre que son corps soit prêt à la reprendre. Elle regarda autour d'elle et ne put s'empêcher de grimacer en voyant l'état de la voiture, ainsi que l'homme qui attendait sur le bord de la route. Il lui envoya la main. Dominic ne devait pas être loin et son compagnon savait exactement ce qui venait de se produite, mais avant d'avoir pu flotter jusqu'à lui pour lui dire sa façon de penser, elle se sentit aspirer par son corps.

Le silence était surréel. Elle regarda autour d'elle, la vitre de son pare-brise et celle de sa porte avaient éclatées et elle en était couverte. Son téléphone avait disparu dans la tôle froissée du siège passager. Maribelle fronça les sourcils. Elle devrait avoir mal, ou être morte. Elle était certaine qu'elle ne ressentait aucune douleur, ses jambes fonctionnaient parfaitement, et si elle était morte, elle le saurait.

Elle détacha sa ceinture. Peut-être aurait-elle des bleus au matin pour confirmer son accident. La porte refusait de s'ouvrir. Elle enleva sa veste en grimaçant, l'utilisa pour entourer ses mains, brisa les derniers morceaux de vitre de la fenêtre avant de se glisser par la fenêtre. Elle était sur le bord de la rivière, quelques mètres de plus et elle aurait été dans l'eau. Elle frissonna à l'idée d'être inconsciente, dans la rivière.

Elle était chanceuse d'être en vie, mais sans savoir à quoi elle devait cette chance. Elle s'arrêta pour réfléchir un moment avant de remonter la pente et se mettre en marche vers le village. De tout façon, la police et les ambulanciers arriveraient bientôt et elle ne pouvait pas disparaître sans explication. Elle se laissa tomber sur une grosse pierre en bordure de l'eau à quelques mètres de sa voiture dont il ne restait pas grand chose.

Des roches glissèrent le long de la pente derrière elle.

« Est-ce que tu es blessée? » Maribelle regarda ses mains et ses jambes. Elle avait des coupures, elle tremblait, elle se sentait pâle, mais rien d'impressionnant.

« Non, enfin, je ne crois pas, je ne sais pas trop... » Elle passa ses mains dans ses cheveux, et grimaça en touchant sa tempe. Une coupure. Dominic s'agenouilla devant elle et regarda immédiatement sa tempe.

« Tu dois être sous le choc. Ne bouge pas, j'ai appelé une ambulance. Laisse-moi regarder." Elle voyait son compagnon à ses côtés, plus clairement qu'elle ne l'avait jamais vu. Elle savait que l'homme devant elle se nommait Dominic, elle reconnaissait sa voix. Il enfila des gants blancs avant de passer ses mains sur sa tête, le long de son cou, ses bras et ses jambes. Elle le laissa faire, tout était mécanique et son touché l'aidait à remettre les pieds sur la terre, à s'accrocher à quelque chose de réel. Les images devant elle devenaient floues. Elle essaya de se rappeler où elle avait rencontrer cette homme, sans succès. « Ton nom? » Elle secoua la tête. Une question routinière, mais la réponse ne lui venait pas.

« J'en sais rien. » Il s'arrêta un moment.

« Ton nom est Maribelle. » Oui, ça lui disait quelque chose. Elle s'était vraiment tapée la tête solidement dans l'accident.

« Est-ce que tu te souviens de ce qui s'est passé? » Il montra la voiture, son ton froid et détaché.

« Mes freins... ils ont lâché. » Elle le connaissait, elle en était certaine. Pourquoi est-ce que son nom lui échappait? Pourquoi est-ce qu'elle oubliait? L'homme hocha la tête en lui prenant le poignet. Il y avait un autre homme à côté de lui. Il semblait soucieux. « Qui êtes-vous? »

« Tu me parles à moi? » Elle secoua la tête, mais l'autre ne répondit pas. Dominic regarda autour de lui avant de reporter son attention sur elle. « Est-ce que tu peux me décrire qui tu vois? »

« Il est plus grand que toi, les cheveux blonds, lissés sur les côtés, les yeux verts. Il ne parle pas. » Elle était étourdi et fermer les yeux ne faisait qu'empirer la sensation.

« Reste avec moi! » Il la secoua et elle ouvrit les yeux. Elle regarda autour d'elle, effrayée.

« Qui êtes-vous? Lâchez mon bras! » Elle retira son bras et se leva. Elle ne savait pas où aller, mais elle avait peur du deuxième homme. Elle n'aimait pas comment il la regardait, comment son visage restait flou. Dominic la rattrapa et la força à s'asseoir.

« Où est-ce tu penses que tu vas? » Des sirènes s'approchaient de leur position. Maribelle regarda l'homme devant elle en tentant de retirer son bras à nouveau. Il la tenait cette fois-ci, tout en restant concentré sur sa montre. Le deuxième homme posa sa main sur son bras. Elle sentit la douleur l'envahir et il la relâcha aussitôt. Elle avait une coupure au bras qu'elle n'avait pas vu plus tôt.

« Je vais bien, je dois partir. » Elle gardait ses yeux sur le deuxième homme.

« Pas tant que les ambulanciers ne seront pas ici. Tu vas aller à l'hôpital, tu as une blessure à la tête, et une autre au bras. » Il sortit une compresse et l'appliqua sur son bras. Deux ambulanciers arrivèrent derrière elle, suivit de près par deux policiers. « Ils vont s'occuper de toi. » Elle tenta de se dégager le bras à nouveau, mais il la tenait fermement, jusqu'à ce qu'un ambulancier prenne la relève.

« Elle est sous le choc, elle a commencé à perdre la mémoire. » L'ambulancier le remercia et Dominic se leva et s'éloigna pour parler avec les policiers. L'un des policiers prit quelques notes avant de s'approcher d'elle. L'ambulancier qui avait remplacé Dominic tentait d'attirer son attention.

« Ne bougez pas, nous allons vous étendre sur la civière. » Maribelle tourna la tête vers le deuxième ambulancier qui préparait les courroies.

« Vous ne devriez pas bouger la tête. Vous avez eu un choc et nous voulons nous assurez qu'il n'y a pas de dommages à la tête. » Elle le regarda pendant un court instant, suffisamment pour que l'autre ambulancier lui glisse un col autour du cou. Elle le repoussa et détacha le col.

« Il n'est pas question qu'on me mette ça. Je n'ai pas de

problèmes au cou, ni à la tête, ni à ma colonne vertébrale. Je vais bien, regardez! » Elle se leva en tournant la tête dans tous les sens. « Tout fonctionne à merveille! » L'ambulancier qui s'occupait de son bras l'avait échappée et il tentait de rattraper son bras. Le sang s'était remis à couler. Du coin de l'oeil, Maribelle vit Dominic la regarder en fronçant les sourcils.

Elle ne comprenait pas pourquoi cet homme la regardait avec cette air de supériorité. Dominic s'approcha d'elle, suivit des deux policiers, comme si c'était lui qui dirigeait la scène.

« Maribelle, calme-toi! » L'ambulancier qui s'était occupé de son col la força à se rasseoir. Dominic se planta devant elle, mais elle était furieuse.

« Je dois aller au manoir, je dois parler à grand-mère, elle a quelque chose de très important à me dire! » Dominic se pencha pour la regarder droit dans les yeux.

« Qu'est-ce qu'elle a à te dire? » Maribelle ne savait pas s'il était sérieux ou s'il se moquait d'elle.

« Elle veut me montrer comment activer le médaillon... »

« Qu'est-ce que le médaillon fait? » L'ambulancier tenta de repousser Dominic, mais celui-ci lui fit signe d'attendre un instant.

Maribelle pouvait voir l'homme qui suivait Dominic lui faire signe de se taire et il pointait quelqu'un derrière elle. Elle se retourna pour ne voir que le deuxième ambulancier. Elle se leva.

« Qu'est-ce que le médaillon fait? » La voix de Dominic était déformée et sa vision se referma devant elle.

« Je ne me sens pas très bien. » Elle sentit les mains de Dominic l'attraper avant que tout ne devienne noir.

Chapitre 15

Guillaume était arrivé à l'hôpital pour prêter main forte à Maribelle. Il était contente du travail fait sur les freins de sa voiture, et il avait eu la preuve que Maribelle était capable de faire beaucoup plus que ce qu'elle prétendait auparavant. Il l'avait vu sortir de son corps et flotter au-dessus de la scène.

Elle n'aurait pas du s'en sortir en vie. Il avait tout prévu pour la tuer. Les freins, le poison. Pourtant, elle n'avait que quelques égratignures sur le corps, un peu de sang. Il sourit. Elle avait passé son test.

Il s'approcha de la chambre où reposait la jeune femme. Il avait hâte de la revoir après tout ce temps. Lui dire qu'il savait qu'elle avait des pouvoirs et que c'était inutile de les lui cacher plus longtemps. Qu'il saurait comment l'aider à vaincre les personnes qui lui voulaient du mal.

Il n'était pas le seul à s'intéresser à elle, il y en avait beaucoup avec des agendas différents du sien. Il avait la certitude qu'il pourrait gagner sa confiance, une fois qu'elle verrait le pétrin dans lequel elle était et que sa seule issue serait de lui faire confiance.

La porte était ouverte. Il la regarda un moment, la couverture qui bougeait au rythme de sa respiration, ses lèvres rouges entrouvertes, ses cheveux bruns étendus autour de sa tête, ses yeux verts qu'elle gardait caché sous ses paupières fermées aux longs cils. Il avança vers le lit, ses doigts effleurèrent ses mèches. Il en prit une qu'il porta à son visage. Son odeur était étourdissant.

Il aurait voulu caresser sa joue, mais il était encore trop tôt. Elle aurait peur de le voir à ses côtés, alors qu'elle ne savait pas qu'il la suivait. Il devait la préparer à leur rencontre, à ce qu'elle lui fasse confiance et qu'elle comprenne qu'ils devaient collaborer pour leur survie mutuelle.

Si elle ne coopérait pas, c'était la fin de tout ce en quoi il avait mis de l'énergie depuis son enfance. Faire reconnaître leur condition unique au monde entier. Éliminer ceux qui se mettaient sur leur chemin.

Maribelle était la clé de sa victoire. Si elle venait avec lui, les autres suivraient. Elle était une Rostland, tous les membres de sa famille étaient connus parmi les leurs, bien plus qu'elle n'osait le dire. Bien plus qu'elle ne le savait.

Les autres n'attendaient que la prise de position des Rostland, et elle serait de son côté à ce moment-là. Il devait savoir le secret que Maribelle et sa grand-mère gardaient jalousement. Il aurait ainsi une monnaie d'échange avec les autres, et le gouvernement.

Un homme approchait de la chambre. Guillaume se détacha de la vue de la jeune femme et s'éloigna dans la direction opposée. Il ne pouvait pas encore être vu en sa présence tant qu'elle n'était pas de son côté.

« Bientôt, Maribelle. » Il sortit de l'hôpital avec un dernier regard vers la fenêtre de sa chambre. Si elle ne faisait rien, il avait d'autres moyens de la convaincre. Les pions étaient déjà en place autour d'elle. Il sourit. Il pouvait sentir le sang de la victoire dans sa bouche. Les gouvernements tomberaient dès que Maribelle serait de son côté, et les gens l'accueilleraient comme un dieu.

Si Maribelle ne collaborait pas, il se débarrasserait de sa famille au complet. Il ne pouvait pas prendre de chance. Elle aurait trahi la cause et il ne pouvait pas faire preuve de faiblesse, même envers la femme dont il était amoureux.

Chapitre 16

Dominic était en chemin vers la maison de sa mère après avoir eu des nouvelles de Maribelle. Le médecin n'avait pas semblé optimiste, surtout lorsqu'il avait su qu'elle avait commencé à oublier avant de perdre connaissance. Maribelle ne pouvait rien lui apprendre de plus, pas tant qu'elle restait dans le coma. Il devait aller au manoir des Rostland et fouiller dans toutes les pièces jusqu'à ce qu'il trouve ce qu'il voulait. Autant il espérait que Maribelle s'en sorte, et les chances n'étaient pas de son côté, autant il ne pouvait plus compter sur elle.

Il n'aurait pas dû la laisser sans surveillance. Elle lui avait laissé un message sur la table de la cuisine disant qu'elle allait récupérer sa voiture au manoir. Il ne savait pas qui l'avait aidée, mais la maison de sa mère était au milieu du village. N'importe qui aurait pu la conduire au manoir.

À la lumière de ce que Maxime lui avait dit au téléphone, il avait gardé un oeil sur les deux policiers qui étaient arrivés sur les lieux de l'accident pour éviter qu'ils ne partent avec un objet important pour sa mission, s'ils travaillaient pour Guillaume.

Après avoir maugréé et reçu un coup de fil d'un supérieur, Luc lui avait donné l'autorisation de fouiller les décombres de la voiture et un mécanicien lui avait dit que les freins avaient été trafiqués. L'accident n'était pas un hasard.

Le manoir semblait désert, il n'y avait qu'une lumière au-dessus de la porte. Il stationna sa voiture juste en retrait de l'entrée et la porte s'ouvrit. Violaine se tenait dans l'encadrement de la porte, le sourire aux lèvres, habillée d'une robe de soleil jaune. Elle lui fit un signe de main pour l'inviter à entrer.

« Est-ce que tu es toute seule? » Elle lui jeta un coup d'oeil par-dessus son épaule.

« Pourquoi? Tu préfèrerais? » Ils entrèrent dans le salon, elle lui offrit une place sur le fauteuil et disparut dans la cuisine. « Tu veux quelque chose à boire? De la limonade, de l'eau, du café, ou du vin peut-être? »

« Je ne bois pas lorsque je travaille. Limonade me semble parfait. » Elle revint rapidement en portant un plateau avec une carafe rempli de limonade et deux verres. Elle lui en servit un et sa main frôla la sienne lorsqu'il prit la boisson. « Merci. » Elle but une gorgée avant d'aller s'asseoir à côté de lui. Beaucoup trop proche pour qu'il se sente à l'aise. Il se déplaça.

« Où sont les autres? » Elle haussa les épaules en détournant le regard.

« Tobias est encore au bureau, il ne passe pas beaucoup de temps au manoir. Cléa est à la galerie d'art, elle avait une exposition aujourd'hui, elle ne devrait pas revenir avant tard ce soir, on a tout notre temps. »

« Qui a utilisé la voiture de Maribelle pour la dernière fois? » Elle fronça les sourcils et admira la réflexion du soleil sur son verre.

« Elle, elle est venu la chercher ce matin, après être sortie de prison. Tu dois savoir, toi, qui a payé sa caution? »

« Moi. » Elle déposa son verre sur la table à côté du divan et croisa les bras sur sa poitrine.

« Elle a réussi à t'entourlouper également? C'est la même chose pour tous les gars qu'elle rencontre, il n'y a jamais de place pour les personnes comme moi! Je ne compte pas? » Dominic était surpris que la conversation est glissé aussi rapidement sur un sujet délicat.

« Elle a beaucoup de copains? » Il se mordit la lèvre, mais la question lui avait échappée.

« Je sais qu'elle en avait plusieurs lorsqu'elle était en ville, et les quelques uns qui se sont pointés ici étaient complètement sous son charme et ne voulaient pas partir. »

« Tu as des noms? Quelqu'un qui pourrait lui en vouloir? » Elle haussa les épaules en tremblant.

« S'il y a quelqu'un qui a une bonne raison de lui en vouloir, c'est moi. Depuis qu'elle est ici, elle me rend la vie impossible. » Dominic lui tendit un mouchoir lorsqu'elle se mit à pleurer. « À côté d'elle, je ne suis rien! Je disparais! »

Dominic posa sa main sur son épaule pour la consoler. Elle se tourna vers lui et cacha son visage dans son épaule. Dominic hésita avant de refermer ses bras autour d'elle. Il pouvait sentir son parfum au jasmin, sa chaleur contre lui. Elle leva la tête pour le regarder.

« Est-ce que je suis attirante? Qu'est-ce qui ne va pas avec moi? » Il essuya les larmes qui coulaient sur ses joues.

« Tu es très attirante. Arrête de te comparer à Maribelle, vous êtes complètement différentes. » Il ne savait pas quoi penser de son attitude. Elle sourit à travers ses larmes, elle était adorable. Il se surprit à reprendre sa respiration.

« Tu trouves? Est-ce que tu me voyais au secondaire? » Dominic du faire un effort pour la revoir à cet âge. Elle avait des broches sur les dents, de l'acné et elle suivait sa cousine comme un petit chien de poche. Les gens se moquaient d'elle, de son poids de trop, de sa maladresse, qui n'était rien en comparaison avec celle de Maribelle. Elle n'avait rien d'extraordinaire et il ne pouvait s'empêcher de la comparer à Maribelle. Elle était sans intérêt à côté d'elle.

« Tu n'étais peut-être pas la plus belle fille de la classe, mais je pouvais voir ce que tu deviendrais. » Il se mordit la lèvre. Il ne pouvait jamais savoir comment les femmes prenaient ses tentatives de compliment. Il était maladroit à la tâche.

Mais elle lui sourit à travers ses larmes.

« C'est vrai? » Il hocha la tête. Un petit mensonge ne ferait pas de mal. Elle se redressa et essuya ses larmes. « Je suis idiote. Je sais que tu ne penses qu'à Maribelle, que je ne serai jamais rien d'autre que la méchante cousine. »

« J'essaie d'aider Maribelle, il n'y a rien entre nous. »

« C'est ce que le dernier gars me disait. » Il sentit son estomac se nouer.

« Qu'est-ce que tu veux dire? » Elle haussa les épaules.

« Il sortait avec moi pour approcher Maribelle. Deux semaines après, je les ai surpris ensemble. Je n'ai pas été capable de lui pardonner. Je leur ai crié après, mais ça n'a rien changé. Lorsqu'elle s'est tannée de lui, elle l'a planté là. »

« Pourquoi est-ce que tu me racontes ça? »

« Je sais que Maribelle est belle, intelligente, qu'elle a cet aura de mystère qu'elle cultive autour d'elle. Mais elle joue avec les sentiments de tout le monde. Elle essaie toujours de se faire passer pour la victime, elle est super gentille avec toi, semble t'aider, mais lorsqu'elle se tanne, elle n'en a rien à faire de l'opinion des autres. Je t'aime bien, je voulais que tu saches dans quoi tu t'embarques si tu décides de tomber en amour avec elle. »

« Tu mens... » Il ne voulait pas la croire, il ne voulait pas penser à Maribelle dans les bras d'un autre homme, pour le manipuler. Il ne voulait pas être manipuler par elle. Mais elle était souvent la victime, et la description de Violaine tombait trop bien dans le tableau qu'il s'était fait de Maribelle depuis deux jours. Il pouvait voir le dégout dans le regard de Violaine.

« Tu essaies de te convaincre qu'elle est parfaite. Elle ne l'est pas, je suis désolée. Je ne crois pas qu'elle irait jusqu'à tuer quelqu'un, mais tu n'as qu'à fouiller dans son passé et tu vas comprendre ce que j'essaie de te dire. »

« Dans son passé? »

« Des gars ont utilisé des moyens extrêmes pour attirer son attention. Elle n'a pas la conscience tranquille. » Il ne voulait pas l'écouter, il aurait du partir du manoir en voyant qu'il serait seul avec elle, mais elle avait semé le doute. Maribelle utilisait ses bons sentiments pour ne rien lui dévoiler tout en obtenant sa protection et son aide. Il secoua la tête. Il ne pouvait pas laisser ses émotions l'empêcher de terminer sa mission. Il devait l'emmener devant ses supérieurs. Une fois entre leurs mains, il passerait à autre chose.

« Écoute, je t'aime bien et j'ai toujours tenté d'attirer ton attention quand on était encore au secondaire. Je ne me suis peut-être pas montré sous mon meilleur jour lorsque tu es arrivé ici, mais tu m'as déstabilisée. Et je ne pouvais pas croire que tu te faisais avoir par elle comme tous les autres gars. Tu n'as pas changé en toutes ces années, tu la suis comme un petit chien de poche. Elle n'en vaut pas la peine. »

Avant qu'il ne sache ce qui se passait, elle prit son visage entre ses mains et l'embrassa.

Chapitre 17

Guillaume était de retour parmi les siens. Il aimait les voir se tasser de son chemin, par la peur ou l'admiration. Il aimait savoir que ses hommes étaient avec lui pour avoir l'honneur d'être à ses côtés lorsque le temps serait idéal.

Il marcha à travers les pavillons qu'il avait fait construire dans un coin reculé du pays, à une bonne distance de la famille des Rostland pour ne pas qu'ils sentent sa présence. Il devait faire attention à cause de tous ceux qui tentaient de l'arrêter. Jusqu'à présent, ils étaient restés passifs, ils ne pouvaient aller contre la décision du possesseur du secret.

Il se mit à rire seul. Il s'arrêta dans un pavillon qui surplombait une rivière à l'eau tellement clair qu'il pouvait voir les pierres du lit. De chaque côté, la forêt cachait son repère et gardait la rivière à l'abri des regards. Il avait fait construire une ville ici, sous les arbres, et personne à l'extérieur de son groupe n'avait eu vent de ce qu'il faisait.

Il regarda derrière lui, la ville qui ressemblait tant à une ville de la Grèce antique, ou plutôt à la demeure des dieux sur l'Olympe. Chaque pavillon était entouré de colonnes et des tissus blanc légers séparaient l'intérieur de l'extérieur. Il aimait sentir l'air frais entrer dans sa demeure. Certains de ses hommes avaient rechigné à l'idée de dormir à l'extérieur, mais ils s'étaient vite fait à l'idée que les températures dans cet endroit étaient idéales. En hiver, ils se réfugiaient dans les sous-terrains sous les pavillons. Il était fier, il avait deux villes devant lui, indépendante l'une de l'autre.

Un homme vint le rejoindre mais ne dit rien tant que Guillaume ne se retourna pas. Guillaume savait ce que l'homme allait lui dire, il dégustait l'appréhension qui envahissait l'homme. Il l'entendait se racler la gorge pour attirer son attention, il bougeait d'une jambe à l'autre, ne sachant pas trop si les informations qu'il avait valaient la peine qu'il dérange son maître. Guillaume se décida finalement à se retourner vers Tobias.

« Qu'as-tu appris? »

« Lorsqu'elle a commencé à perdre la mémoire, elle a dit que sa grand-mère devait lui montrer comment activer le médaillon. » Il se tut. Guillaume se retourna à nouveau vers le paysage.

« Où est le médaillon. »

« Personne ne sait. »

« As-tu parlé à Cléa? »

« Elle dit avoir fouillé la chambre de notre grand-mère à plusieurs reprises mais elle n'a rien trouvé. »

« Ne revient pas ici avant d'avoir trouvé le médaillon. » Il sentit Tobias hésiter derrière lui, mais il n'en avait rien à faire. Le secret des Rostland tenait dans un médaillon qu'il devait trouver avant Maribelle. Tobias se retira et Guillaume pouvait sentir un mélange de frustration et de résignation dans ses pas.

Il trouverait le médaillon. Il ne pouvait faire autrement. Il savait que sa vie en dépendait.

Il se tira de sa rêverie pour retourner vers la cour arrière où plusieurs hommes et femmes s'entraînaient au tir. Ils seraient prêts à détruire la Terre entière pour lui faire plaisir. Guillaume était prêt à la détruire s'il n'obtenait pas ce qu'il voulait.

Il les regarda un moment. Cléa vint le rejoindre peu après.

« Maribelle est toujours dans le coma. » Il ne daigna pas la regarder.

« Où est le médaillon? » Il sentit la jeune femme se figer.

« Je ne sais pas de quoi tu parles. »

« Je te conseille de prendre tes renseignements. Maribelle connait l'existence du médaillon, pourquoi pas toi? Ta grand-mère avait moins confiance en toi? Garde un oeil sur Maribelle, dès qu'elle sort du coma, je veux être mis au courant. » Cléa hocha la tête. Elle n'avait rien d'autre à dire.

Cléa retourna dans la chambre que Guillaume avait mis à sa disposition. Elle détestait cet endroit, elle détestait l'impression que tous ceux qui travaillaient pour Guillaume n'étaient que des zombies qui ne pouvaient penser par eux-même.

Elle ne voulait pas devenir comme l'un d'eux. Elle alluma des chandelles aux quatre coins de la pièce. Une bleue à l'est.

« Gardien de l'est, ouvre-moi la porte. » Une chandelle rouge au sud.

« Gardien du sud, montre-moi la route. » Verte pour l'ouest.

« Gardien de l'ouest, protège-moi. » Une chandelle noire au nord.

« Gardien du nord, laisse-moi passer. » Elle s'assit au centre de la pièce, sur le tapis marocain. Les flammes prirent vie et s'étirèrent pour monter jusqu'au plafond de sa chambre, sans brûler les murs qu'elles léchaient. Les flammes se mirent à danser, à se rejoindre pour former des murs de feux tout autour de la pièce. Cléa sentit un souffle la projeter en dehors de son corps. Elle s'envola.

Derrière elle, il y avait ce cordon d'or qui s'étirait pour la laisser aller où elle voulait dans le monde. Elle n'avait pas peur, elle avait fait ce cheminement à plusieurs reprises. Elle s'assura que Guillaume était occupé avant de quitter sa ville en direction du village, de l'hôpital où Maribelle reposait.

Maribelle respirait lentement grâce aux machines qui l'entouraient. Cléa était horrifiée de la voir dans un tel état. Elle tenta de communiquer avec elle, mais son esprit était fermée. Elle plaça ses doigts astrales sur la tête de la jeune femme, mais elle ne sentait rien. Maribelle n'était plus là. Cléa recula sous l'effroi.

Guillaume avait réussi à tuer la conscience de sa cousine. Cléa était maintenant l'héritière des secrets.

Chapitre 18

« J'ai besoin d'un taxi pour aller au manoir des Rostland. »
L'homme derrière la vitre ne lui prêta pas attention et continua
de remplir le formulaire devant lui. Jade frappa à nouveau sur la
vitre. « Un taxi? » L'homme lui pointa le comptoir suivant.

« Les taxis sont là-bas, mais personne ne vous conduira au
manoir. » Jade s'arrêta.

« Pourquoi pas? » L'homme se pencha vers elle, les yeux
brillants, conspirateurs.

« Il semble qu'il y aurait eu un meurtre il y a deux jours... »
Jade hocha la tête. « La grand-mère. Et voilà que la meurtrière
est dans le coma. » Elle se mit à trembler.

« Qui? » Il regarda autour de lui.

« Maribelle de Rostland. Tout le monde croit qu'elle a tenté de
se suicider à cause de ça. » Son coeur s'arrêta un moment, elle
était arrivée trop tard. Même si elle détestait Cléa, elle devait
l'avertir du danger.

« Est-ce que quelqu'un pourrait m'aider à me rendre au
manoir? C'est très important! »

« Personne va oser. Vous pouvez toujours aller au poste de
police et demander Luc, c'est lui qui est en charge et il pourra
peut-être vous aider, mais si vous voulez, je pourrais vous y
reconduire. » Il la regarda de la tête aux pieds en s'attardant sur
sa poitrine, qu'elle savait volumineuse, mais qu'elle gardait bien
contenue sous des vêtements qui n'en dévoilaient pas trop. Elle
n'avait pas l'intention de le laisser s'approcher d'elle, même avec
un bâton. Elle le remercia et sortit de la gare.

Le village, qui était maintenant une belle petite ville en
banlieue de Montréal, avait bien changé depuis qu'elle l'avait
quitté 8 ans auparavant. Elle et Maribelle s'étaient jurées de ne
plus y remettre les pieds pour mieux oublier leurs sottises.

Maribelle voulait surtout oublier sa famille. Au point où Jade avait été surprise lorsque Maribelle lui avait annoncé qu'elle irait passer quelques semaines au manoir, et malgré ses nombreuses questions et ses doutes, Maribelle n'avait pas changé d'avis. Les quelques semaines s'étaient transformées en quelques mois et Jade avait cru que la famille la gardait en otage.

Elle n'avait pas été capable de rejoindre son amie depuis le coup de téléphone raté et elle voulait lui dire qui était derrière tout cela. Maintenant qu'elle n'était plus dans le tableau, et elle espérait qu'elle s'en sorte, elle devait éviter que la même chose n'arrive à Cléa.

Grâce aux recherches avec Justin de Rostland, elle avait pu retracer toutes les personnes qui s'étaient montrées curieuses des compétences de son amie. Un seul nom s'était imposé par sa ténacité et par ses contacts actuels. Guillaume Chamberland. Ce n'était pas une surprise.

Il s'était imposé à Maribelle et Jade, qui habitaient ensemble, dès les premiers cours à l'université, pour ensuite devenir de plus en plus présent partout où elles allaient : au centre d'achat, dans les soirées, au restaurant, à l'épicerie. Maribelle l'avait confronté en lui disant qu'elle ne voulait rien savoir de lui, mais il avait continué de la suivre. Jade avait imploré son amie d'appeler la police, car elle n'avait pas confiance au gars, il était dérangé. Maribelle s'était contentée de hausser les épaules et de passer à autre chose.

Les fleurs étaient arrivées ensuite. Tous les jours, un bouquet était déposé devant sa porte d'appartement. Sans carte, sans explication. Contre l'avis de son amie, Jade avait contacté le fleuriste, mais il n'avait pas pu confirmer qui les envoyait. Tout était payé en argent comptant et il ne laissait aucune trace derrière lui. Si elle voulait en savoir plus, elle devait demander à la police d'avoir accès aux caméras.

Maribelle ne disait rien, ne semblait pas trouver cela bizarre. Elle continuait d'aller à ses cours, à son travail, de participer à toutes sortes d'activités où Guillaume ne manquait jamais de se présenter.

Jade s'était décidée à parler à Guillaume et celui-ci avait promis qu'il ne ferait jamais de mal à Maribelle, qu'elle était trop précieuse pour cela et qu'il était là pour la protéger. Il ne demandait rien d'autre que de pouvoir la voir tous les jours. Il n'y avait rien qu'elle puisse faire pour convaincre Maribelle que sa relation avec lui n'était pas saine.

Peu de temps après, des choses étranges avaient commencé à se produire. Des chandelles étaient allumées dans son appartement lorsqu'elle rentrait le soir, même si ni elle ni Jade n'y avait mis les pieds. Maribelle avait juré ne pas avoir fait de copies de la clé de l'appartement, mais des objets continuaient de s'y matérialiser. Des peluches, des livres de lecture, des cristaux, des dvds, des peintures. Tous dans l'appartement.

À chaque fois, Maribelle haussait les épaules et jetait l'objet dans la poubelle sans dire un mot. Jusqu'à ce que Guillaume soit dans l'appartement à l'attendre lorsque Jade était arrivée. Elle avait crié et l'avait mis à la porte, mais il jurait qu'il ne voulait que parler à Maribelle en disant « Ce n'est pas ce que tu penses! C'est important, elle doit m'écouter! »

Malgré tout, Maribelle avait refusé de porter plainte. Elle avait rassuré son amie en disant que ça passerait, que si elles ne prêtaient pas attention aux actions de Guillaume, il se tannerait et sortirait de leur vie pour ne plus jamais se faire remarquer.

Jade s'était assise avec son amie pour la secouer, pour lui dire que ce n'était pas un comportement normal, qu'un gars qui marchait toujours dans son ombre, ou l'attendait sous les arbres devant son appartement, qu'il déposait des cadeaux chez elles, que c'était un freak et qu'il pourrait décider de les tuer s'il se tannait d'être utilisé.

Elle avait du se l'avouer, Maribelle avait eu raison. Après plusieurs mois de poursuites et son propre déménagement en dehors de l'appartement de Maribelle, Guillaume avait cessé de les suivre.

Jade n'avait pas dit, à l'époque, pourquoi elle était partie de l'appartement. Guillaume l'avait directement menacée qu'il se débarrasserait d'elle si elle devenait trop gênante, si elle empêchait Maribelle de prendre possession de son héritage. Elle avait oublié, et maintenant, tout était devenu clair dans sa tête. Entre-temps, il était disparu.

Jusqu'à ce qu'elle reçoive deux lettres, dont la première anonyme.

Guillaume est revenu voir Maribelle trois jours avant son départ pour le manoir. Il veut encore lui parler du secret de la famille. Comme d'habitude, elle lui a dit qu'elle n'avait rien à dire là-dessus, qu'elle ne connait pas de secret. Que s'il y avait un secret, ce serait qu'il est facile pour sa famille de déshériter l'un des leurs.

Guillaume s'est fâché. Il lui a assuré qu'il avait une preuve et qu'il la lui montrerait bientôt. Qu'il était plus puissant qu'avant, qu'il y avait des gens qui croyaient à ses sornettes et qu'elle n'était pas la seule à avoir des pouvoirs.

Elle l'a mis à la porte, mais cette fois-ci, il lui a vraiment fait peur. Il n'est plus l'universitaire qui la poursuivait pour qu'elle lui enseigne des tours de magie, des vrais tours, et qu'elle repoussait en disant qu'elle ne connaissait rien à ça. Il lui a dit savoir qu'elle pouvait voir des êtres sur l'autre plan réel. Elle lui a rit dans la face en lui disant que plus personne ne croyait à ces idioties passé l'âge de 15 ans. Elle a peur de ce qu'il croit pouvoir faire. Elle a peur qu'il tente de le lui prouver.

Elle n'a pas eu le choix que de retourner au manoir pour savoir ce qui se passe. Elle voudrait que les connaissances de Victoria soit passé à une autre branche de la famille dont les membres sont plus à même de savoir quoi en faire.

Je ne peux pas aider Maribelle, je connais cet homme et il est très dangereux. Il sait tout ce qu'elle fait, qui elle côtoie, qui elle a côtoyé et dont il a dû se débarrasser pour garder Maribelle pour lui-même.

Elle avait communiqué avec Justin, mais il lui avait dit que tant que Victoria refuserait de lui parler, il lui était impossible de faire quoi que ce soit. La deuxième lettre provenait de Victoria elle-même. Elle lui confiait son dernier testament et lui demandait de le conserver jusqu'à ce que le moment soit idéal.

Elle devait parler à Cléa avant tout et se dirigea vers le poste de police. Luc pourrait probablement l'aider et lui donner les dernières nouvelles de son amie.

Chapitre 19

Dominic se détacha de l'étreinte de Violaine.

« Ne fais pas ça. » Violaine essaya de l'embrasser à nouveau mais il la repoussa plus fermement et se leva. « Je ne suis pas ici pour ça. »

« Toujours pour Maribelle, n'est-ce pas? Qu'est-ce qu'elle a que je n'ai pas? »

« Elle est dans le coma à l'hôpital et je suis ici pour savoir si c'est une tentative de meurtre ou un suicide. »

« Suicide. Elle ne pouvait supporter tout ce qui lui arrivait. Elle s'est rendu compte qu'elle avait déconné. En plus, t'es arrivé ici avant que tu apprennes pour ma grand-mère. » Il balaya son commentaire de la main.

« Je peux jeter un coup d'oeil au manoir? » Elle haussa les épaules.

« Va te faire voir! » Elle quitta la pièce. Son téléphone sonna. Il regarda le numéro.

« Xavier? » Il entendit son collègue bâiller à l'autre bout du fils.

« Maxime m'a demandé de m'occuper de toi. » Xavier était à la fois son meilleur ami et son collègue. Ils s'étaient rencontré dès leur arrivé à l'agence. Il était soulagé d'entendre sa voix, il ne voulait pas répéter à son patron d'être patient.

« Qu'est-ce que tu peux me dire sur les anciens copains de Maribelle? »

« Pas grand chose, la plupart sont morts. Je ne peux pas dire que c'était des copains, les gens les ont vu ensemble et leur relation publique s'arrêtait là. Mais ils se sont tous suicidés, du moins c'est ce que les rapports officiels disent. »

« La vérité? »

« Ils ont été assassinés de la même façon. Maribelle a prit le blâme de leur suicide, mais elle a des alibis pour chacun d'entre eux. Elle est hors de tous soupçons. »

« Elle a prit le blâme? »

« Elle a été voir les parents de chacun d'entre eux et a avoué qu'elle les avait poussés au suicide après avoir fait l'erreur de leur faire croire qu'ils avaient une chance avec elle. Il y a autre chose. » Dominic arrêta son inspection des étagères de la bibliothèque du salon. Il n'y avait rien d'intéressant. Des romans pour la plupart, quelques livres sur la politique.

« Quoi d'autre? »

« Ils sont tous morts à l'intérieur de trois semaines. Je ne sais pas si ça peut t'aider. »

« Merci. » Dominic se dirigea vers le deuxième étage. Il n'avait pas fait le tour de la maison comme Luc, il s'était contenté d'observer la scène du crime et avait tout de suite voulu voir Maribelle. Il se rendait compte maintenant qu'elle sa seule présence lui enlevait toute sa concentration sur sa mission, il n'avait pas suivi les étapes. Il avait voulu croire qu'elle lui donnerait ce qu'il demandait pour pouvoir repartir aussitôt du village.

Il monta à la chambre de Victoria, mais il n'y avait rien dans la pièce qui n'avait pas été tourné et retourné. Il allait sortir lorsqu'il remarqua l'asymétrie dans la tête de lit. Il s'approcha, toucha le cadre et un tiroir étroit lui resta dans les mains. Il n'y avait rien à l'intérieur. Il le replaça aussitôt et alla vérifier si la tête de lit avait la même particularité de l'autre côté.

« Qu'est-ce que tu fais ici? » Dominic se retourna vers Cléa qui le regardait faire de la porte. Elle ne semblait pas impressionnée par sa présence. Dominic regarda autour de lui.

« J'ai déjà parlé à ta soeur. Je suis ici pour trouver ce qui aurait pousser Victoria au suicide. » Cléa décroisa les bras et se dirigea vers le côté de la tête de lit avec un tiroir. Elle haussa un sourcil en le regardant et réajusta le tiroir.

« Ne joue pas à ça avec moi. Je ne suis pas aussi idiote que ma soeur. Tu es ici parce que tu crois que la famille a un secret. Tu es juste arrivé au mauvais moment, et tu essaies d'en tirer ton épingle. » Dominic hocha la tête.

« Nous avons besoin de ces connaissances. »

« Nous? » Il voulut répondre mais ell lui fit signe de se taire. « Il n'y a pas de secret dans cette famille qui puisse être partagé avec d'autres personnes. Je me suis occupée de tout récupérer dans la chambre de grand-mère et de Maribelle, tu ne trouveras rien au manoir. »

« Tu admets qu'il y a un secret? » Elle haussa les épaules et bailla. « Tu as toi aussi des pouvoirs, comme Maribelle. Est-ce que les autres ont également des pouvoirs? »

« Tout ça m'ennuie. Tout le monde croit qu'il y a un secret, et ils ont tous raisons. Mais nous avons passé des générations à le garder bien précieusement, ce n'est pas une personne comme toi qui va pouvoir me le faire cracher! »

« Ça va te prendre une personne comme Guillaume? C'est lui qu'on veut arrêter. » Il vit une lueur de peur dans les yeux de Cléa.

« Ne dis pas ce nom ici. Va t'en et laisse-nous tranquille! » Elle sortit un pistolet de son dos et le pointa sur Dominic qui leva les mains dans un geste instinctif. Elle lui fit signe d'aller à la porte. « Tu as peut-être une idée de ce qu'on est dans cette famille, mais il serait préférable que toi et tous tes petits copains nous laissiez nous débrouiller seuls. »

« Tu parles comme ta cousine, sauf pour le pistolet... » Elle lui sourit.

« On n'est pas aussi imbécile que tu le croyait. Va-t'en de ce village. Laisse ma cousine en dehors de tes petites manigances. » Il hésita avant de sortir de la pièce.

« Tu t'inquiètes pour elle? » Elle plissa les yeux.

« Dehors. » Sa voix était calme et son doigt se crispa sur la gâchette. Dominic n'argumenta pas et sortit du manoir sous le regard, et l'arme pointée, de la jeune femme.

Une fois dans sa voiture, il posa son front sur son volant. Il ne pouvait pas partir ainsi du village. Cléa et Maribelle semblait connaître l'homme qui leur causait autant de problème et il était maintenant certain que les Rostland étaient déterminés à s'occuper de Guillaume par eux-mêmes.

Jade sortie de ses pensées en voyant le poste de police devant elle. Elle se souvenait de Luc, et elle était confiante qu'il l'écouterait sans rire. Surtout pas après qu'il y ait déjà eu un meurtre et qu'elle apportait des preuves pour d'autres à venir.

« Bonjour, Jade. » Elle se figea sur place. Elle se souvenait de la voix, il hantait ses cauchemars. Elle se retourna pour faire face à Guillaume. Elle prit sur elle-même pour se forcer à lui sourire.

« Je ne m'attendais pas à te voir ici. Tu as de la famille dans le coin? » Guillaume l'invita à le suivre vers une terrasse tout près.

« Si on veut. Et toi? Tu ne visites pas souvent ta famille... » Jade se sentait mal, il était beaucoup plus agréable qu'à l'époque, semblait être un jeune homme bien élevé, des manières aimables. Peut-être que la lettre n'était qu'un leurre? Non, elle se souvenait trop bien de la persistance qu'il avait à l'époque et de la terreur qu'il avait fait naître chez elle. Même Maribelle avait montré de la peur envers lui juste avant de venir se réfugier ici. Encore une fois, elle n'avait pas d'autres preuves que la lettre.

« Je n'ai pas beaucoup de temps, avec le travail et tout... » Il tira une chaise et elle s'assied. Il prit place devant elle et commanda deux cafés. Qu'est-ce qu'elle faisait à être gentille avec lui?

« Tu n'es pas plutôt venu voir Maribelle? » Il ne perdait pas de temps.

« Au passage. Ça fait longtemps qu'elle a quitté Montréal. »

« J'ai entendu dire qu'elle avait quelques problèmes financiers? »

« Les rumeurs courent vite... » Il sourit.

« Tu ne devrais pas jouer à ce petit jeu avec moi. J'ai toujours dit que j'étais là pour protéger Maribelle, dévier les coups. »

« Est-ce que tu as quelque chose à voir avec ses soucis? » Il lui fit signe de se taire lorsque le serveur déposa les cafés sur la table.

« Comment aurais-je pu faire cela? Et pourquoi? »

« C'est à toi de me le dire. »

« Jade, Jade, Jade... toujours aussi sur la défensive. » Il laissa tomber un sucre dans sa tasse et deux dans celui de Jade. Elle haussa un sourcil et il se mit à rire. « Ne sois pas aussi surprise. Protéger Maribelle n'a pas que des inconvénients, ça me permet de savoir les goûts des personnes autour d'elle. »

« Tu n'as jamais cessé de l'observer... » Il secoua la tête et prit une gorgée de café.

« Ne sois pas jalouse, je t'ai également gardée sous bon oeil. Je ne peux pas te laisser traîner autour de Maribelle, à lui dire des mensonges sur moi sans que je m'intéresse à toi. » Jade se mit à trembler. Il savait exactement ce qu'elle venait faire ici. Elle ne trouvait pas la force de s'éloigner de lui.

« Je suis là également pour protéger Maribelle. » Il fixa le fond de sa tasse.

« Personne ne peut la protéger comme moi. Tu es l'une des personnes qui l'ont empêchée de développer son plein potentiel, ses pouvoirs. Je ne peux pas te laisser lui parler. »

« Comment vas-tu m'en empêcher? »

« Premièrement, Maribelle est dans le coma. Mais je vais te dire un secret. » Il se pencha vers elle. Sans réfléchir, Jade fit de même. « Elle va s'en sortir, j'ai un très bon ami qui va la remettre sur ses pieds, de la même manière qu'il a causé l'accident. »

« Pourquoi un accident? »

« Pour la forcer à demander de l'aide, mon aide. Mais je ne peux pas le faire ouvertement avec tous ceux qui l'observent. Elle est un peu hors de ma portée pour l'instant. Deuxièmement, j'ai tué Victoria pour forcer Maribelle a assumer ses pouvoirs. » Il lui prit la main et l'aida à se lever. Jade savait qu'elle aurait du crier, ou demander de l'aide, mais son attention était complètement sur lui. Il était fascinant. Elle le suivit vers sa voiture. « Viens, je vais te conduire à l'hôpital. Elle devrait se réveiller d'ici deux ou trois jours. »

« Non, pas besoin. Je vais aller voir ma famille. » Elle devait trouver un moyen d'avertir Cléa, de lui dire qui avait tué sa grand-mère.

« Je ne crois pas. » Elle ouvrit la bouche pour crier, mais rien n'en sortit. Il se mit à rire. Elle tenta de courir, mais il avait prévu sa réaction. Il attrapa son bras et la força dans la voiture. Personne n'était là pour l'aider. La porte se referma et il n'y avait aucun moyen de l'ouvrir de l'intérieur. Guillaume prit place à ses côtés.

Elle sortit le pistolet que Justin lui avait donné et qu'elle portait toujours avec elle et tenta de s'en servir sur l'homme. Guillaume se mit à rire, attrapa le pistolet qui ne voulait pas coopérer et la lança sur la banquette arrière, dans un geste qui ne montrait aucun effort. Elle ne pouvait plus bouger, une force inconnue la maintenait dans son siège.

« Qu'est-ce que tu veux de moi? »

« J'ai entendu dire que tu aurais certains documents qui m'appartiendraient. »

« Non, je n'ai rien. »

« Allez, fait un petit effort pour t'en rappeler! » Il souriait. Elle refusait de lui donner quoi que ce soit. Il tendit la main et elle le sentit prendre le contrôle de son corps. Elle se pencha vers son sac, sortit les deux lettres en tremblant, les froissa dans sa main. Elle ne voulait pas, elle devait les protéger. L'emprise psychique qu'il avait était trop forte et elle déposa les lettres dans sa paume.

Comme si rien ne s'était produit, il ouvrit les lettres et les lut. Jade tenta à nouveau de reprendre le contrôle de son corps, mais tous ses muscles étaient tendus à lui faire mal.

« Je te remercie, c'est tout ce que j'avais besoin. » Il démarra la voiture. « Malheureusement, je ne peux pas te laisser aller voir ton amie. »

Chapitre 20

« Aarrgh! » Maribelle s'était réveillée dans un lit d'hôpital, avec le visage de Dominic penché au-dessus d'elle. Elle croyait lui avoir demandé de disparaître de sa vie, pas d'être le premier dans sa chambre d'hôpital. Elle sentait un mal de tête se pointer derrière ses yeux, mais elle se contenta de sourire au jeune homme devant elle.

« Bienvenue dans le monde des vivants. »

« Merci, je peux partir maintenant? » Elle repoussa les couvertures du lit, fronça les sourcils en voyant la chemise bleue. Où étaient ses vêtements?

« Pas encore, on a des choses à discuter. » Tant pis pour les vêtements, il aurait peut-être la décence de se retourner et la laisser s'enfuir, s'il ne voulait pas partir.

« Nope, pas le moindrement. On s'était entendu que tant que je n'étais pas sortie du pétrin, on ne discuterait pas. » Dominic fronça les sourcils.

« Est-ce que tu te souviens pourquoi tu es ici? » Elle haussa les épaules.

« Un accident de voiture. »

« Je suis certain que ça a quelque chose à voir avec toutes les cachotteries que tu fais. » Elle lui sourit en battant des paupières.

« Je ne me souviens pas qu'on sortait ensemble! » Elle l'entendit grogner et elle en ressortit une satisfaction qu'elle n'avait pas prévu.

« Comment va la tête? »

« Après trois ou quatre aspirines, je devrais être fraîche et dispose. » Elle hésita. « Mettons, cinq ou six. »

« Le médecin voudrait que tu restes ici encore un peu. »

« Non merci, je vais retourner au manoir, j'ai des choses à

régler. »

« Je croyais que tu allais habiter chez moi. » Elle leva les yeux vers lui, il semblait déçu.

« Je ne crois pas que mon accident était un accident, justement. Je veux des réponses. »

« Je peux te reconduire. » Maribelle avait réussi à s'asseoir sur le bord du lit et cherchait quelque chose à mettre dans ses pieds. Le sol semblait froid, et elle ne faisait pas confiance à la propreté des planchers dans un hôpital. Dominic ne bougeait toujours pas.

« Non merci, j'ai déjà trop abusé. Où est Jade? »

« Jade? Pourquoi? »

« Elle devait venir me rejoindre en ville. »

« Personne n'est venu te visiter dans les trois derniers jours. » Maribelle s'arrêta dans sa recherche de vêtements.

« Trois jours? Tu veux rire? »

« Tu as vraiment été sonnée. Le médecin ne veut pas te laisser sortir, mais j'ai signé les papiers. » Elle grimaça en se mettant debout sur le sol. Elle avait toujours le bras attaché à un sérum et elle songea un moment à le traîner derrière elle. « Qu'est-ce que tu crois que tu fais? » Elle venait d'arracher le collant qui retenait l'aiguille souple dans son bras et se concentra à la retirer. Dominic fit les trois pas qui les séparaient, mais il était trop tard pour l'arrêter.

« Je retourne chez moi. » Il la regarda de la tête aux pieds pour ensuite s'attarder sur les ouvertures de la chemise d'hôpital.

« Et tu crois t'y prendre comment? » Elle haussa les épaules.

« En sortant d'ici. » Elle n'avait pas songé aux détails, mais elle devait retourner chez elle. Elle avait perdu déjà trop de temps. Dominic la repoussa vers le lit d'une main ferme.

« Ok, finis les gamineries. Tu vas te tenir tranquille et ne pas faire de conneries pendant quelques minutes. Est-ce que tu es capable de faire ça, ou c'est trop te demander? » Un policier entra à ce moment dans la pièce. Dominic sortit en le saluant et Maribelle se surprit à respirer. Elle ne voulait pas lui dire pourquoi elle avait quitté la maison de sa mère aussi rapidement.

« Luc? Ça me fait plaisir de te voir! Je croyais que Dominic était devenu ton remplaçant officiel. » Luc lui sourit.

« Ça peut en effet donner cet impression. Je suis heureux de savoir que je t'ai manqué, mais j'ai des question à te poser. Est-ce que ça t'arrive souvent de tenter le suicide? » Maribelle se mit à rire, mais s'arrêta en voyant l'air sérieux de Luc.

« Je ne suis pas suicidaire. Qu'est-ce que je peux faire pour toi? »

« Est-ce que tu fais régulièrement l'entretien de ta voiture? » Elle ne s'attendait pas à ce genre de questions, mais après tout c'était normal puisque les freins avaient lâché.

« Oui, à tous les six mois. Je venais de faire ajuster les freins et réparer mon pare-brise. »

« Quand? »

« Je passais à Montréal, peut-être il y a quatre mois? »

« Est-ce que d'autres personnes l'utilisent quelques fois? Ta tante, tes cousins, ta grand-mère? »

« Grand-maman disait toujours que les voitures allaient finir par tuer l'humanité. Dans ce cas-ci, ça se résume à moi. Les autres ont tous leur propre voiture, je ne vois pas pourquoi ils prendraient la mienne. De toute façon, je n'ai qu'un set de clés que je garde toujours avec moi. » Il griffonna dans son calepin en hochant la tête.

« Tu étais en chemin pour faire quoi? »

« J'étais au manoir pour récupérer ma voiture. Je revenais pour m'expliquer à Dominic, mais j'ai dû oublier de ralentir avant la courbe." Luc arrêta d'écrire pour fixer son regard sur la jeune femme. Maribelle se sentit rougir sous l'attention, quelque chose la contrariait dans l'attitude du policier et elle ne réussissait pas à mettre la main dessus.

« Tu as oublié de ralentir? » Elle se mit à jouer avec les plis de sa couverture, sans croiser son regard.

« Je ne vois pas d'autres explications. »

« Tu as placé un appel juste avant de prendre le clos en disant que tu n'avais plus de freins. » Maribelle s'en voulait d'avoir oublié de ce petit appel, ça aurait tellement été plus simple.

« J'ai peut-être exagéré la situation. Il n'y avait pas de problème avec ma voiture. » Luc et Dominic se dirigèrent vers la porte et ils parlèrent à voix basse. Dominic quitta la pièce et Luc ferma la porte derrière lui. Il s'assit ensuite sur le deuxième lit et se pencha vers la jeune femme. Il prit ses mains dans les siennes et la força à le regarder.

« Je sais que tu as vécu plusieurs événements qui t'ont beaucoup affectée dans les derniers jours, mais tu sais que tu peux compter sur moi, et même sur Dominic pour t'aider. Est-ce qu'il y a quelque chose que tu n'oses pas dire? Si tu me mens, je ne peux pas vraiment t'aider. On n'appelle pas le 9-1-1 avant un accident s'il n'y a pas un problème réel. »

« Je ne vois pas ce que tu veux dire. »

« On s'inquiète pour toi. Je sais ce que tes cousines ont a dire sur toi et j'ai parlé à quelques personnes au village et on m'a dit que tu ne sortais que de plus en plus rarement avant la mort de ta grand-mère. »

« Je n'aime pas les raporteurs. » Luc secoua les épaules.

« Tu ne devrais pas rester au manoir pour les prochains temps, tu devrais accepter l'offre de Dominic. »

« Toi aussi tu crois aux légendes autour du manoir? Il n'y a pas de fantômes, ou d'esprits ou de démons. Nous ne sommes pas des sorciers ou peu importe ce dont on nous accuse. Je vais retourner au manoir et prouver à tout le monde qu'il n'y a pas de problèmes! » Maribelle se sentait hystérique. Elle refusait d'avoir peur. Luc se leva brusquement, lissa son uniforme avant de reprendre un ton plus neutre.

« Après tout ce qui vient de se passer, je croyais que tu me ferais confiance et qu'on pourrait discuter ensemble pour t'aider. » Il lui tendit une carte d'affaire. « Si tu veux parler, elle travaille pour nous et elle est excellente et discrète. Elle n'est pas de la région, elle n'a pas entendu parler des légendes, tu devrais la rencontrer. »

Maribelle regarda la carte. Marlène Guité, psychologue. Elle leva la tête vers Luc. Il croyait qu'elle était folle? Il ne lui laissa pas le temps de parler et s'éloigna vers la porte.

« Même si tu avais des problèmes à Montréal, ça ne vaut pas la peine de mettre un terme à tout ça. »

« Des problèmes à Montréal? Qui t'as mis ça dans la tête? » Il ouvrit la porte « Je ne suis pas suicidaire. » Il s'arrêta et se retourna vers elle.

« Tu as une meilleure explication pour l'accident? » Maribelle était incapable de soutenir son regard et contempla le paysage à l'extérieur de la tête. Elle entendit ses pas s'éloigner dans le corridor.

Maribelle avait vu le médecin discuter avec Dominic et il avait changé d'avis sur la nécessité de tests supplémentaires. Il s'était dit surpris des progrès de Maribelle et n'avait plus d'excuses pour la garder plus longtemps à l'hôpital. Dominic lui avait trouvé des vêtements et l'avait suivie vers le lobby où Luc lui avait à nouveau confié Maribelle, sous le mécontentement de celle-ci.

Dominic ouvrit la porte à la jeune femme avant de prendre place devant le volant. Maribelle refusait de lui adresser la parole, même pour le remercier de se donner la peine de l'aider.

« Alors, tu viens chez moi? » Elle secoua la tête.

« Non, je veux retourner au manoir. Je n'ai pas besoin de ton aide. » Il soupira.

« J'ai besoin de la tienne. » Elle se contenta de regarder par la fenêtre. Elle ne voulait pas de sa pitié après tout ce qu'elle lui avait dit avant son accident. Elle ne voulait pas poser ses yeux sur ses muscles qu'elle pouvait voir grâce au gilet à manches courtes qu'il portait pour conduire. Elle ne voulait pas regarder ses cheveux bruns vagués, ses yeux bleus si brillants ou son sourire qui semblait se moquer d'elle en permanence.

« Écoute, tu n'as pas à faire tout cela. Ça ne changera rien à ma décision. Je vais régler les choses à ma manière et tout va redevenir normal. »

« Et Guillaume? » Maribelle fronça les sourcils.

« Guillaume? » Dominic lui jeta un coup d'oeil avant de changer de sujet.

« Tu sais, les gens changent. J'aimerais que tu cesse de me voir comme l'ennemi. Nous avons un but commun, empêcher cette homme de mettre le trouble. Il est très dangereux, et c'est pour ça qu'on a besoin de ton aide. »

Maribelle ne répondit pas et regarda sur la banquette arrière de la voiture. L'accompagnateur de Dominic était toujours là. Il la salua, mais il semblait plus pâle que la dernière fois qu'elle l'avait vu, comme si il était malade.

Dominic ne le voyait toujours pas et elle décida de l'ignorer malgré son sourire aussi moqueur que celui de Dominic. Celui-ci la regarda et posa sa main sur son front.

« Tu fais de la température. Tu veux retourner à l'hôpital? »
Sa main était douce, fraîche et agréable. Elle aurait voulu qu'il
la laisse là jusqu'à ce qu'elle arrive chez elle. Mais il la retira et
elle se retint pour ne pas lui demander de la remettre là où elle
était. Elle s'endormit avant de pouvoir répondre.

Guillaume serra les poings en regardant Dominic s'éloigner
de l'hôpital avec Maribelle. Il avait été si près d'elle, il pouvait
encore sentir l'odeur de la jeune femme sur ses vêtements. Elle
et Dominic ne semblaient pas être en de bons termes ce qui le
fit sourire.

Il se dirigea vers sa voiture. Il savait où elle allait se réfugier,
et que Dominic ne resterait pas au manoir pour veiller sur elle.
Il avait une fenêtre d'opportunité pour la prendre dans ses filets
qu'il ne laisserait pas passer.

Violaine s'occuperait de rendre Maribelle à bout et de couper
son lien avec Dominic. Il était certain que c'était elle qui le
protégeait depuis tout ce temps, inconsciemment, et que tant
que Dominic serait là, il ne pourrait devenir dieu.

Il serait le prochain dieu, il ne lui restait plus qu'à trouver le
médaillon. Cléa avait flanché et lui avait donné tous les outils
pour accéder à la puissance des Rostland. Dans quelques jours,
tout serait à lui.

Une fois séparé de Maribelle, Dominic ne serait plus un
problème. Il se tourna vers Tobias qui se tenait à ses côtés, en
silence. Tobias lui tendit un cahier.

« On a trouvé ça dans la chambre de Cléa. » Guillaume prit le
cahier et le feuilleta. Il y avait de l'écriture sur seulement une
partie des pages. Il se mit à sourire.

« Le médaillon? » Tobias secoua la tête. Guillaume s'arrêta
sur une page. « Nous n'avons pas besoin du médaillon pour
l'instant. Je veux Maribelle au centre dès que possible, sans
éveiller les soupçons. »

« Personne n'a été capable d'éliminer Dominic. D'après nos...
informateurs... il est là pour rester, même si votre plan pour les
séparer fonctionne. »

« Ne t'en fais pas pour lui, je m'en occupe. » Il lui redonna le
cahier. « Pour l'instant, mets tes talents à construire ça. » Le

cahier s'ouvrit à une page en particulier. Tobias lu les instructions et analysa le diagramme.

« Ça va prendre un certain temps pour trouver le matériel. »

« Je te donne 7 jours. » Tobias feuilleta les pages précédentes mais il n'y avait rien d'autre. Guillaume lui fit face. « Gardes l'agence occupée. »

Chapitre 21

Dominic aida Maribelle à s'installer dans sa chambre et la borda dans son lit. Elle était fatiguée et elle voulait être laissée seule quelques heures, le temps qu'elle reprenne de l'énergie.

Dominic ne s'obstina pas, ne tenta pas de lui soutirer de l'information.

« Merci. » Il s'apprêta à partir sans répondre lorsqu'il se décida à prendre une chaise et s'assied à califourchon, les bras sur le dossier.

« Je ne suis pas sensé être ici, Cléa m'a fait clairement savoir que je n'avais rien à faire dans le manoir la dernière fois qu'on s'est vu. » Maribelle fronça les sourcils et se coucha sur le côté pour lui faire face.

« Ne t'en fais pas pour elle, elle ne fait que prendre la relève de ma grand-mère. » Il haussa les épaules. « Je te dois des excuses pour la manière dont je t'ai traité dernièrement. Je sais que tu veux arrêter Guillaume et qu'il est dangereux pour le monde entier. Ça fait longtemps qu'on en a entendu parler. Mais comprends que je ne peux pas dévoiler quoi que ce soit, pas maintenant. »

« Quand? » Maribelle regarda la fenêtre derrière lui.

« Quand je saurai que c'est pour le mieux de la majorité. »

« Quand? » Maribelle évita son regard, joua avec sa couverture.

« Quand on saura ce qu'il veut réellement faire. »

« Pourquoi? » Elle s'assied mais Dominic la repoussa pour la forcer à rester couchée, mais elle réussit à se défaire de sa prise, se leva et se mit à faire les cent pas dans sa chambre.

« On ne peut pas prendre une décision sur ce que quelqu'un pourrait faire. Nous devons avoir la preuve qu'il veut faire quelque chose, et que ce quelque chose pourrait briser une balance. »

« On sait qu'il a envoyé une personne attaquer le premier ministre. »

« Il s'agit d'une personne. Rien de plus. Les Rostland ne se mêleront pas de chaque personnes problématiques. »

« Tu avoues pouvoir faire quelque chose contre lui? » Elle soupira.

« S'il est aussi puissant que vous le croyez, peut-être que les Rostland peuvent. Pas moi. »

« Qui? »

« Ma grand-mère, mais elle a été assassinée. » Elle se mit à transpirer et elle dut s'asseoir au bout de son lit pour reprendre son souffle.

« En parlant de ta grand-mère, Luc a reçu les résultats de l'autopsie pendant que tu prenais du repos. » Maribelle sourit à son choix de mots. « Elle s'est suicidée. Elle avait un taux élevé de benzodiazepine dans le sang. » Maribelle haussa un sourcil. « Un sédatif. »

« Et tu crois vraiment ça? »

« Au moins, plus personne ne peut dire que tu l'as tuée. » Maribelle se rallongea dans son lit.

« Merci. J'ai besoin de prendre du repos. Tu sais où est la sortie. »

Violaine monta à la chambre de sa cousine. Elle frappa légèrement à la porte.

« Tu peux entrer. »

Violaine prit le temps de fermer la porte derrière elle avant d'aller s'asseoir près de Maribelle qui n'avait pas réussi à trouver le sommeil depuis le départ de Dominic.

« Tu es toujours fatiguée? » Maribelle hocha la tête et déposa le livre qu'elle avait commencé à lire.

« J'ai l'impression d'avoir manqué quelque chose. Je sais qu'il ne s'est pas passé beaucoup de temps entre mon accident et mon réveil, mais tu pourrais me dire que ça a prit des années avant que j'ouvre les yeux et je te croirais. » Violaine regarda autour d'elle pour éviter d'avoir à regarder sa cousine directement. La chambre de Maribelle était si sobre, très peu de décoration, des livres un peu partout, mais rien d'extravagant.

« Je voulais te dire que maman n'est pas très contente que tu sois encore ici. »

« Je n'ai pas vraiment d'autres endroits où aller. Le médecin m'a dit de me reposer environ deux semaines avant de penser partir d'ici et me remettre au travail. »

« Je te rappelle que tu n'as plus de job. » Maribelle eut un sourire forcé.

« Merci de me le rappeler. Mais je vais me trouver autre chose. »

« Pour l'instant, tu ne peux même pas payer maman pour tout ce qu'elle fait pour toi. » Elle se tourna juste à temps pour voir la lueur de douleur passer dans le regard de Maribelle. Elle ne put s'empêcher de sourire et elle se redressa dans sa chaise. « Qu'est-ce que tu croyais? Que tu pourrais vivre ici après la mort de grand-mère sans payer de loyer? »

« On n'a toujours pas trouvé le testament de grand-mère? »

« Et même si on le trouvait, après ce que tu lui as fait, je ne crois pas qu'un seul juge te laisserait avoir ta part du gâteau. »

« Elle s'est suicidée. » Violaine haussa les épaules.

« C'est ce que tu dis, tu n'as aucune preuve du contraire. Il n'y avait que toi et moi ici et je sais très bien que je ne l'ai pas tuée. Il ne reste que toi. »

« Qu'est-ce que tu penses de la théorie du suicide? Dominic vient juste de me dire qu'ils ont reçu le rapport d'autopsie et ils ont confirmé le suicide. » La voix de Maribelle tremblait légèrement. Violaine se mit à rire.

« Tu blagues? Tu crois vraiment que quelqu'un va croire qu'elle s'est suicidée? Pour quelle raison? Non, tout le monde va savoir ce que tu as fait lorsque tu étais encore à Montréal et à quel point tu avais besoin de l'héritage de grand-mère pour t'en sortir. » Maribelle soupira et détourna le regard.

« Je ne savais rien de mes problèmes avant que tout le monde m'en parle après la mort de grand-mère. Je ne crois pas que ta présence dans cette chambre soit encore la bienvenue. Tu peux partir et aller dire à ma tante que je vais lui rembourser jusqu'au dernier dollar tout ce que je vais vous avoir coûté. »

Violaine rit à nouveau et se leva pour faire le tour de la chambre.

« Tu vas en avoir pour longtemps à nous rembourser. Tu as

mangé gratuitement, as une chambre, on a tout fait pour toi. »

« Je suis venu ici pour m'occuper de grand-mère à la demande de Léanne. Et je crois avoir fait ma part dans cette maison. Tu n'as pas eu à lever un seul doigt pour faire à manger, ni faire le ménage... »

« Tu en profitais pour me voler des trucs. »

« Comme quoi? » Violaine haussa les épaules.

« Si tu ne t'en souviens pas, je ne t'aiderai pas. De toute façon, ça n'a plus d'importance, maman veut que tu quittes le manoir demain matin. Et elle va vérifier ce que tu emportes avec toi. »

« Merci, tu peux partir maintenant. » Violaine secoua la tête, elle se sentait d'attaque à rester près de sa cousine.

« Pas encore, j'ai une autre chose à te dire. Ne compte pas sur Dominic pour te sortir de ton prochain faux pas. Lui et moi, nous nous sommes embrassés pendant que tu étais dans le coma. Si tu tentes de le contacter avant ton départ du village, je vais lui montrer la magnifique photo qu'on a reçu il y a quelques semaines et que maman a dû donner beaucoup d'argent pour la garder secrète. Tu ne sais pas quand t'arrêter. »

« Quelle photo? » Maribelle semblait alarmée. Violaine parut hésiter avant de sortir une photographie de sa poche et la tendit à Maribelle.

« Je ne voulais pas te la montrer, mais tu ne me donnes pas le choix. Tu nous rends la vie impossible malgré tout ce qu'on a fait pour toi. » Maribelle regarda la photo avec un haut-le-coeur.

« Ce n'est pas moi! » Elle voulu la déchirer mais Violaine fut plus rapide et la lui reprit. Elle la rangea dans un livre qu'elle glissa sous son bras.

« Personne ne peut vraiment savoir si c'est toi ou non. Mais si tu t'approches de Dominic, je vais me faire une joie de la lui montrer pour qu'il se rende compte de la personne que tu es, qu'il ne peut pas te faire confiance et que tu n'es pas la jeune femme innocente qu'il croit. Ça va m'être assez facile de convaincre les gens que tu as baisé Luc ou le docteur pour changer le résultat d'autopsie. »

« Pourquoi est-ce que tu fais ça? »

« Parce que je le peux. Et parce que tu n'as jamais vu le potentiel de Dominic, moi je l'ai vu lorsqu'on était encore au secondaire. Tu as presque brisé sa réputation en sautant dans la piscine lors du party. J'ai entendu ce que les gens disaient sur toi, je ne voulais pas le croire, je ne voulais pas croire qu'une personne de ma famille pourrait agir ainsi en publique, salir sa réputation et celle de la famille en même temps. Dominic n'a pas voulu me regarder après cet événement-là, et maintenant qu'il est de retour dans ma vie, il n'est pas question que je te laisse te mettre entre nous. »

« Je n'ai jamais voulu faire de mal à la famille. J'ai fait une erreur, mais est-ce que je dois la porter jusqu'à ma mort? » Violaine sentait son coeur battre plus fort dans sa poitrine en voyant le besoin de reconnaissance de sa cousine. Pour une fois qu'elle n'avait pas l'avantage sur elle, Violaine le dégustait lentement.

« Comme maman l'a si bien dit, tu faisais partie de la famille juste parce que grand-mère te voyait encore comme sa petite-fille. Maintenant qu'elle n'est plus là, tu n'es plus l'une des nôtres. » Elle sortit de la pièce sans avoir laisser le temps à Maribelle de réagir.

Guillaume serait fier d'elle et lui apporterait toutes les preuves qu'elle aurait besoin pour entacher publiquement la réputation de sa cousine. Elle n'avait plus personne vers qui se retourner, et elle avait Dominic pour elle toute seule. Sa récompense pour tout ce qu'elle avait fait pour Guillaume.

Si cela ne fonctionnait pas, elle prendrait les choses en main et éliminerait Maribelle pour de bon, peu importe ce que disait Guillaume.

Chapitre 22

« Merci d'être venu me chercher. Je ne me sentais plus à l'aise au manoir. » Dominic prit le sac qu'elle avait empaqueté rapidement avant le retour de sa mère et le plaça dans le coffre de sa voiture.

« Ils t'ont mis à la porte? »

« Est-ce que tu sais à quel point c'est humiliant de se faire mettre à la porte? » Maribelle n'osait le regarder. Elle avait rapidement pris sa décision après sa discussions avec Violaine, avait cherché partout dans sa chambre pour le cahier que sa grand-mère lui avait remis et était partie lorsqu'elle s'était rendu compte que quelqu'un d'autre avait mis la main dessus.

Malgré les paroles de sa cousine, Maribelle avait décidé de faire confiance à Dominic et d'accepter son offre d'habiter chez sa mère le temps que les choses se replacent. Elle connaissait sa position, il voulait avoir le secret, et il l'aiderait avec la promesse d'en savoir plus. Par la suite, elle disparaîtrait de sa vie et il ne voudrait plus rien savoir d'elle.

« Est-ce que tu pourrais me rendre une autre service? » Dominic grogna mais ne répondit pas. « Mon amie Jade devrait être au village et je n'arrive pas à mettre la main sur elle. »

« Je vais demander à Luc de mener une enquête, il ne devrait plus rien avoir à faire maintenant que le cas de ta grand-mère a été réglée. »

« Il va falloir que quelqu'un s'occupe des funérailles. »

« Cléa s'en est occupée. Ta grand-mère a déjà été placée dans le caveau. » Maribelle sursauta.

« Quoi? Déjà? Qu'est-ce que j'ai manqué d'autre pendant que j'étais... endormie? »

« Rien que tu ne saches déjà. La cérémonie était très émouvante, Violaine nous a servi un discours à faire pleurer tout le monde. »

« Est-ce qu'il y avait beaucoup de monde? »

« Ta grand-mère était très appréciée au village. Elle a aidé beaucoup de personnes pendant sa vie. L'église était pleine. » Maribelle dut retenir les larmes qui montaient à ses yeux. Elle aurait voulu lui dire au revoir une dernière fois.

« Qui a ouvert le caveau? » Dominic sembla surpris et du réfléchir avant de répondre.

« Cléa. Elle est également la dernière personne à l'avoir quitté. Quand elle est sortie, j'ai vraiment cru qu'elle allait s'évanouir » Maribelle hocha la tête pensive.

« Elle n'aime pas aller dans le cimetière, elle doit probablement m'en vouloir de lui avoir causé cet autre problème. » Elle s'arrêta pour prendre son souffle. « Si j'accepte de vous aider, à vous dire toute la vérité, êtes-vous prêt à me protéger? » Il s'arrêta en bordure du chemin et se tourna vers Maribelle. Du bout des doigts, il lui prit le menton et la força à le regarder dans les yeux.

« Je te promets que rien ne t'arrivera si tu nous aides. Tu n'es pas la première avec des capacités à passer entre nos mains, quoique tu as plus de problèmes que tous les autres réunis, mais on peut s'en occuper. » Elle sourit et se sentit soulagé d'un poids.

« Merci, on a beaucoup de travail à faire. »

« Alors? Par quoi est-ce qu'on commence? » Maribelle se laissa tomber dans le divan du salon. La maison de la mère de Dominic sentait le pain frais et les tartes aux pommes. Elle vait déjà hâte au repas.

« Qu'est-ce que vous savez exactement de ma famille? » Dominic lui servit un verre d'eau avant de prendre place devant elle.

« À vrai dire, pas grand chose. D'après nos informateurs, l'héritier possèderait de très grands pouvoirs, et le secret d'une arme qui pourrait changer la manière dont les guerres seraient gagnées. » Maribelle siffla d'admiration.

« As-tu déjà entendu parlere des légendes qui entourent le manoir? »

« Comme tout le monde ici. Les nuits de pleines lunes, des

sorciers se rassemblent dans le cimetière et un portail vers l'au-delà est ouvert. Si on les dérange à ce moment-là, les décédés ne trouveront plus jamais le repos et vont hanter les vivants. Si ça arrive, le chaos et la fin des temps. »

« J'ai entendu les mêmes légendes. Il y a une partie, une très petite partie de ces légendes qui est réelle. Il y a un portail. » Dominic se pencha vers elle.

« Quel genre de portail? Vers où? »

« C'est ça le secret! » Elle prit une gorgée d'eau.

« Qui est l'héritier? » Elle se pointa.

« Quoique mon accident a pu changer deux ou trois choses. Cléa est venue me visiter lorsque j'étais à l'hôpital et elle a réalisé qu'elle est l'héritière officielle. Je suis certaine que c'est Guillaume qui continue de me pourchasser. Il sait que j'avais des pouvoirs avant mon accident et il ne peut pas prendre la chance que j'en ai encore. En ce qui concerne la famille, je ne compte plus dans le tableau. »

« Tu veux parler de Léanne et tes cousins? » Elle hocha la tête, remonta ses jambes sous elle-même et serra son verre d'eau entre ses mains.

« Eux et les autres. Ceux dont il ne faut pas parler, d'après ma grand-mère. Je ne les ai jamais rencontré. » Dominic se leva et ferma les rideaux, plongeant le salon dans la pénombre. Maribelle le regarda sans trop comprendre.

« Pour t'aider, je dois en savoir plus sur ce que tu peux faire. »

« Je ne suis pas prête à parler du secret. » Il secoua la tête.

« Je ne parle pas du secret. Je parle de tes pouvoirs. Ce que tu peux faire. Tu disais pouvoir voir mon compagnon, je suppose que tu peux toujours? » Elle hocha la tête. Elle posa son verre d'eau sur la table à côté du divan et plaça son menton sur ses genoux. Dominic s'assied plus près d'elle et posa sa main sur son bras. « Je sais qu'après avoir refusé de parler de tes pouvoirs depuis que j'ai été un parfait imbécile, ça peut être difficile de changer d'avis. Je te jure que j'ai changé depuis cette époque, j'en ai vu avec des talents beaucoup plus fous que simplement voir ce que les autres ne peuvent voir. »

Maribelle se balança sur elle-même. Elle l'observait d'un oeil critique. Elle voulait finalement partager ce qu'elle pouvait faire avec quelqu'un qui la comprendrait, mais elle s'était déjà fait avoir par lui, même si ça remontait à son adolescence.

Lorsque Victoria avait voulu lui faire comprendre qu'il ne lui restait pas beaucoup de temps, Maribelle avait refusé de l'écouter et avait rejeté son aide, et la famille. Elle s'était mise dans le pétrin elle-même. C'est elle qui avait mis la famille de côté bien avant que sa tante ou ses cousins ne le fassent. Ils n'avaient fait que suivre son exemple et parler des pouvoirs individuels de chacun des membres de la famille était devenu tabou.

Elle pouvait changer tout cela maintenant. Elle sentait l'air dans la pièce s'électrifier, s'illuminer, prendre vie. Il n'y avait plus de pénombre, tout était clair. Elle vit Dominic froncer les sourcils et regarder tout autour de lui. Son compagnon s'approcha d'elle et tenta de lui adresser la parole, mais elle ne parvenait pas à l'entendre. Il y avait des centaines de voix qui tentaient d'attirer son attention.

Elle aurait cru que de les laisser se manifester ainsi, elle ne pourrait plus s'entendre et que quelqu'un essaierait de s'imposer à elle. Tout le monde parlait, mais elle se sentait ignorée. Personne ne cherchait à prendre contact avec elle.

Elle pouvait avoir le contrôle. Elle ferma les yeux, prit une respiration et les rouvrit. Le compagnon de Dominic était toujours présent, mais les autres voix s'étaient calmées. Elle les sentaient maintenant à l'attention. Ils attendaient de voir ce qu'elle ferait.

« Je peux faire quelques trucs comme ceci. » Les rideaux bougèrent sous l'effet de la brise qui venait de pénétrer dans le salon.

« Du vent? » Il semblait déçu, elle se mit à rire.

« Ça fait longtemps que je n'ai rien tenté, et je suis fatiguée. Je peux en faire plus, mais comprends que j'ai encore peur. Depuis que tu m'as si gentiment repoussée, j'ai refusé tout ce qui avait rapport avec ça. Je ne voulais pas que les gens se rendent compte que j'étais différente. »

« Mais tu es une Rostland. Tu ne peux pas changer cela, et tous ceux qui ont accepté leurs talents n'attendent qu'une chose, que les Rostland les guident. »

« Nous ne sommes pas les seuls dans le monde, mais je vois ton point. Toi, as-tu accepté tes pouvoirs? » Dominic secoua la tête.

« J'ai accepté que j'en avais, mais je ne sais pas comment les découvrir. Tous ceux que j'ai rencontré ne veulent pas m'enseigner. » Maribelle sourit.

« Tu ne peux pas être enseigné. Je vais te montrer. » Elle étouffa un bâillement. « Demain. »

Chapitre 23

Maribelle était montée se reposer. Dominic était restée dans le salon, à feuilleter un livre, sans vraiment le lire. Il n'avait pas réussi à rejoindre Xavier et il s'inquiétait que Maribelle ne croit pas en ses promesses. Il avait laissé un message à son collègue pour qu'il le contacte dès que possible, mais il n'avait toujours pas entendu parler de lui.

Ses paupières se faisaient lourdes. Maribelle n'avait pas voulu lui en dire plus sur ses capacités avant d'avoir la confirmation de l'agence qu'ils étaient prêt à la protéger. Elle ne voulait pas prendre de chance, et il la comprenait. Il se décida à monter à son tour pour dormir lorsqu'il entendit la porte s'ouvrir derrière lui et se retourna, s'attendant à voir Maribelle sortir pour prendre de l'air. Il n'y avait personne, la porte donnant sur l'extérieur s'était ouverte d'elle-même, sous la brise nocturne.

Dominic fronça les sourcils. Il était certain que sa mère avait verrouillé la porte avant de monter à sa chambre et ni lui ni Maribelle ne s'en étaient approchés depuis. Il se dirigea vers la porte, sur la pointe des pieds, complètement réveillé.

La lumière à l'extérieur était allumée et il ne pouvait voir plus loin que les premiers mètres dans la cour arrière. Il n'y avait rien. Il haussa les épaules. Ce ne devait être qu'un animal sauvage. Il ferma la porte mais s'arrêta dans son mouvement. Le bruit qu'il venait d'entendre venait de l'intérieur de la maison. Il n'y avait aucun doute et ce n'était pas un animal. Les pas étaient trop précis et trop lourds.

Il ferma la porte, la verrouilla derrière lui et se glissa vers la cuisine. Il sortit l'arme de sous son veston et la leva devant lui. Il ne voulait pas prendre de chance et la personne dans l'autre pièce n'avait nulle part où aller.

Il n'y avait pas de lumière dans la cuisine, et la lune était cachée derrière les nuages. Tout était sombre et ses yeux durent s'habituer à la noirceur avant d'avancer.

Un bruit sur sa droite le fit se tourner et il sentit un coup à la base de sa nuque. Il tomba à genoux tout en se tournant vers la direction du coup. Il n'osait pas encore tirer à l'aveuglette, il ne voulait pas que sa mère ou Maribelle se précipitent dans la cuisine en entendant le tapage et qu'il leur tire dessus par erreur.

La personne était silencieuse.

« Qui est là? » Il pouvait sentir la présence de l'autre personne à sa gauche. Il ferma les yeux, ses sens ne l'avaient jamais trompé jusqu'à présent. Il sentait son coeur battre dans sa nuque à l'endroit où il avait été frappé. Il toucha de sa main libre la blessure. Sa main était moite. La respiration de la personne était proche de lui, à quelques pas. Il tourna son arme vers elle et tira un coup.

Aussitôt, il entendit les pas des deux femmes à l'étage. La personne dans la pièce trébucha, brisa la fenêtre au dessus de l'évier et se précipita à l'extérieur. Dominic n'hésita pas et se lança à sa poursuite.

Il suivit le son des pas vers le chemin. Il avait la certitude que quelqu'un y attendait la personne. Il devait l'attraper avant qu'il ne rejoigne son comparse. Les lumières dans la maison derrière lui s'allumèrent et la porte d'entrée s'ouvrit.

« Dominic? Qu'est-ce qui se passe? » Il n'avait pas le temps de répondre à sa mère, mais il jeta un coup d'oeil vers elle. La lumière à l'intérieur de la maison transformait sa mère en une cible impeccable.

Un coup de feu se fit entendre et il eut tout juste le temps de voir Maribelle accrocher le bras de sa mère et de la mettre au sol. Il était furieux que quelqu'un s'en prenne à sa mère et ne se préoccupa plus que de l'homme qui venait de tirer sur elle. Il couru dans la direction du coup de feu. Il sentait qu'il approchait de plus en plus de l'homme. Celui-ci tira derrière lui et Dominic sentit une balle frôler son bras.

Il n'était plus qu'à une dizaine de mètres du chemin. Dominic s'élança sur l'homme, lui attrapa la cheville et l'entraîna dans sa chute. L'homme portait une cagoule que Dominic tenta d'arracher.

L'homme le frappa au visage, roula sur lui-même et un autre

homme empoigna Dominic par derrière. Il repoussa Dominic plus loin, aida le premier homme à se remettre sur ses pieds et ils se dirigèrent vers la voiture qui démarra sur les chapeaux de roue dès que les deux hommes furent à l'intérieur. Dominic se releva et couru derrière la voiture. Il ne pouvait voir la plaque de licence et la voiture se trouva bientôt hors de sa portée.

Il retourna vers la maison, entra dans le salon, attrapa ses clés et allait se mettre à leur poursuite lorsque Maribelle se glissa entre lui et la porte.

« Tasse-toi, je n'ai pas le temps! » Il la poussa, mais elle resta fermement sur place.

« Ils sont déjà beaucoup trop loin. » Elle avait raison et il dut faire un effort pour se calmer et reprendre ses esprits. Sa mère, pâle mais calme, le regardait du divan dans le salon et il alla l'y rejoindre.

« Pourquoi est-ce qu'on a tiré sur moi? Dans quoi est-ce que tu es impliqué? » Dominic regarda Maribelle s'approcher de sa mère.

« Ils n'ont rien contre Dominic, ils étaient ici pour moi. Ce sont les mêmes qui ont tué ma grand-mère. »

« Qu'as-tu fait? » Maribelle secoua la tête.

« Elle est ici parce que je dois la protéger. Elle connait des personnes dangereuses, mais elle n'a rien fait. Ils veulent tout simplement l'éliminer avant qu'elle ne parle. » La mère de Dominic se tourna vers elle.

« Elle doit passer en procès? Oh, ma pauvre chérie! » Sa mère enlaça la jeune femme et l'embrassa sur les joues. Maribelle le regarda et Dominic retint un sourire. « Quand sera le procès? »

« Dans deux semaines, ensuite elle pourra retourner à Montréal. » La mère de Dominic les regarda tour à tour et embrassa finalement son fils.

« Prenez soin de vous. Maribelle, tu peux compter sur moi pour n'importe quoi, n'hésite pas à me demander. » Elle monta à sa chambre en souriant à la jeune femme.

Chapitre 24

« On a encore essayé de la tuer hier soir. Si on la garde ici, elle risque d'être la prochaine victime. Son accident de voiture n'était qu'un avertissement et je suis certain que toute cette histoire d'héritage est juste là pour la faire sauter un plomb. » Dominic pouvait entendre Maxime soupirer à l'autre bout du fils.

« Ça fait combien de fois? Quatre? Cinq? »

« Trois, que je sache. »

« Trois, alors. » Il y eut un silence à l'autre bout du fils et Dominic l'entendit jouer avec des feuilles. « Tu crois qu'elle accepterait de venir chez nous pour un bout de temps? »

« Je crois qu'à ce point-ci, elle est désespérée. Tout le monde lui ment, et je ne sais plus si elle accepte de collaborer juste pour avoir un moment de paix. »

« Alors ce serait la meilleure chose à faire, elle ne pourrait pas nous filer entre les doigts et Guillaume ne pourrait pas mettre la main sur elle. Tu es certain que Guillaume en a contre elle? »

« Ce n'est qu'une théorie, mais dès qu'on prononce ce nom autour de quelqu'un dans la famille, tout le monde semble paniqué et on refuse de me parler par la suite. » Dominic fit un signe de main à Maribelle qui venait de se lever pour le rejoindre dans la cuisine. Il lui servit une tasse de café qu'elle accepta sans dire un mot. Elle se brûla, lui jeta un regard accusateur et il lui sourit en haussant les épaules.

« J'ai quelqu'un qui peut aller la ramasser ce matin. Tu l'accompagnes? »

« Elle est toujours ma mission. Et tu ne veux pas la rencontrer lorsqu'elle est de mauvaise humeur. » Elle lui envoya un sourire forcé avant de se servir des oeufs dans son assiette. « Eh, c'est à moi ça! » Elle haussa les épaules et tira l'assiette à elle.

« Moi qui croyait que tu n'aurais qu'à apparaître, elle te donnerait les infos et ensuite on déciderait quoi faire d'elle. J'ai l'impression qu'elle vire tout cela à l'envers. »

« On va être au village. » Dominic raccrocha.

« Alors? »

« Il n'y a pas de problème. » Elle fronça les sourcils.

« Tu ne me regardes pas. Il y a un problème. »

« Ils ne sont pas contents de ne pas savoir exactement dans quoi ils s'embarquent. »

« Pourtant je ne suis pas la première qu'ils approchent, non? »

« On sait toujours à l'avance ce qu'ils peuvent faire. Tu ne nous fait peut-être pas confiance, mais ils sont aussi méfiants que toi. » Elle continua de manger.

« Tu n'as jamais cru que c'étaient eux les méchants? » Dominic secoua la tête en cassant des oeufs dans une poêle.

« Ils ont toujours été francs avec moi et j'ai pu voir leurs méthodes pour comprendre qu'est-ce qu'il y avait de différent avec nous. »

« Et puis? »

« On utilise une autre partie de notre cerveau. On émet également des ondes très différentes. »

« Est-ce que c'est commun dans la même famille? » Il plaça les oeufs dans son assiette, beurra ses rôties et s'assied devant elle avant de répondre.

« Non, c'est vraiment au hasard dans la population, quoiqu'ils ont découverts qu'il y avait plus de personne avec des talents nés dans les trente dernières années. Mais le plus drôle c'est que la plupart ne savaient pas qu'ils avaient ces talents avant les derniers cinq ans, comme si quelque chose les avait déclenchés. » Maribelle ne dit rien et se contenta de manger. « Est-ce que tu as une théorie? » Elle secoua la tête et regarda l'horloge.

« On devrait se mettre en route si on ne veut pas être en retard. » Elle sortit de la cuisine en ramassant le sac qu'elle avait déposé à ses pieds.

Guillaume ferma les poings sous la colère. Elle avait dévoilé à Dominic qu'elle avait des pouvoirs. Quelque chose qu'elle avait toujours refusé de lui avouer, à lui, lorsqu'il s'était montré aimable avec elle. Il ne croyait pas ses hommes lorsqu'ils lui disaient que Dominic était impossible à éliminer. Comme pour tous les hommes qui côtoyaient Maribelle, s'il le laissait faire, il prendrait un numéro pour baiser avec Maribelle. Il ne pouvait pas laisser les choses se dérouler ainsi.

Cléa lui mentait ouvertement et maintenant Maribelle savait qu'il était à nouveau sur ses traces. Violaine avait également échoué, elle n'avait pas réussi à garder l'attention de Dominic sur elle-même. Il ne pouvait compter que sur lui-même. Il ne devait pas laisser Dominic la lui voler. Il avait vu les regards qu'ils s'étaient échangés, la haine qu'ils semblaient avoir l'un pour l'autre mais qui cachait leur véritable sentiment.

Il se passa la main sur le front.

Non, il ne devait pas se laisser aller à de telles pensées. Elle était trop indépendante et têtue pour se laisser tenter pas un homme comme Dominic. Elle n'oublierait pas l'histoire qui avait débuté leur conflit, et les mensonges que Violaine lui avait insufflé. Il repoussa la jeune femme inconsciente sur le pavée, se leva et sortit un téléphone de ses poches.

« Où est Maribelle? » Il y eut une hésitation à l'autre bout du fils.

« Toujours chez Dominic. L'agence veut la mettre sous leur protection, la faire disparaître jusqu'à ce qu'ils mettent la main sur vous. » Il regarda la jeune femme à ses pieds et il se retint de ne pas la frapper pour l'avoir déconcentré.

« Quand? »

« Ce matin. Ils vont les rejoindre au village. »

« Tu les interceptes. Je les veux en vie. »

« Sans problème. » Finalement, les choses n'allaient pas si mal. Il raccrocha et poussa le corps de la jeune femme en bas du pont. Il la regarda être emportée par le courant et disparaître sous la surface de l'eau. Satisfait, il retourna à sa voiture. Il pouvait se concentrer sur le futur sans avoir peur du passé.

Dominic reconnu les cheveux roux de Maxime. Celui-ci les attendait devant une boutique. Il regardait à travers la fenêtre même lorsque Dominic et Maribelle s'approchèrent de lui.

« Je suis content de faire votre connaissance. Dominic dit que vous êtes un cas assez unique, et il espère que vous pourrez nous aider en échange de ce petit service. » Maribelle hocha la tête.

Il leur pointa une voiture pas très loin. « C'est votre transport. Je vais rester dans le coin pour garder un oeil sur les autres Rostland. Xavier va me rejoindre plus tard, il est maintenant sur le dossier. »

« Garder un oeil sur les Rostland ou Guillaume? » Maxime haussa les épaules.

« Il y a une différence? » Il entra dans la boutique sans faire attention à eux.

Dominic accrocha le bras de Maribelle lorsqu'elle voulu répliquer et l'entraîna vers un dépanneur. Maribelle résista mais se laissa faire lorsqu'elle vit ses yeux.

« S'il est pour rester dans le coin, vaudrait mieux qu'on ne donne pas de chance à ceux qui te poursuivent. »

« Tu ne veux plus compter sur ta chance? »

« J'aimerais la garder pour les moments vraiment utiles. » Il ramassa un sandwich et deux bouteilles d'eau avant de ressortir. Maribelle regarda autour d'elle mais ne vit pas la voiture.

« Où est-il? » Dominic lui tendit une bouteille et la poussa pour qu'elle se mette à marcher.

« Il nous attend plus loin. » Maribelle se tourna vers lui, sans ralentir.

« Et tu allais me dire ça quand? »

« Ça m'a échappé. » Ils marchèrent en silence. Il était près de midi et les gens avaient envahis la rue pour profiter du beau temps. Maribelle ne voyait personne qui l'observait ou suspicieux. « Arrête de regarder les gens comme ça, ils vont commencer à te poser des questions. »

« Probablement pourquoi je n'étais pas aux funérailles de ma grand-mère. »

« Grâce à Luc, et ta gracieuse famille, tout le monde sait que tu étais à l'hôpital. Les raisons qu'ils ont donné sont plutôt différentes, mais bon... » Maribelle se sépara de Dominic pour contourner une borne fontaine.

« Elles étaient? » Il se mit à rire et passa son bras autour de ses épaules.

« Tu ne veux pas savoir. » Maribelle aurait dû repousser son bras, mais elle se sentait en sécurité. Elle relaxa et sourit. Elle aimait son odeur et se rapprocha de lui. Elle aurait voulu que cette promenade ne se termine pas, mais la voiture les attendait au bout de la rue. Dominic retira son bras, lui ouvrit la porte arrière et prit place sur le siège avant. La voiture démarra.

« Où est-ce qu'on va? » Le chauffeur ne répondit pas. Elle haussa les épaules et regarda le paysage défiler.

Le chauffeur regardait souvent dans son rétroviseur et ralentit sur le bord de la route une fois sorti du village. Dominic se tourna vers lui.

« Quelque chose ne va pas? » Ce n'était pas tant la question que le ton dans la voix de Dominic qui rendit Maribelle mal-à-l'aise. Elle tenta d'ouvrir sa porte, mais elle était barrée. Elle croisa le regard du chauffeur par le rétroviseur.

« Dominic? » Dominic avait déjà sortit son arme et la pointait sur le chauffeur qui plaça ses mains bien en vue sur son volant.

« Vous n'êtes pas avec l'agence. » Le chauffeur se mit à rire. « Qui est derrière ça? »

« Dominic!!! » Dominic se retourna vers elle, mais le coup arriva trop rapidement à travers la fenêtre. Le chauffeur attrapa l'arme et la retourna vers Dominic. La porte s'ouvrit de l'extérieur et un homme tira Dominic à l'extérieur. Dominic se débattit, un deuxième homme apparut et le retint au sol pendant que le premier homme sortit une seringue et lui injecta un liquide.

Maribelle hésita. Le chauffeur ne faisait pas attention à elle. De ses deux mains, elle lui agrippa la main qui tenait l'arme et tenta de la lui arracher. Le chauffeur ne broncha pas. Grâce à sa poigne, elle se tira sur la banquette avant et continua de s'acharner sur l'arme. En désespoir de cause, elle lui mordit la main. Il laissa sortir un cri et la repoussa de son autre main. Elle ne lâcha pas l'arme et appuya sur la gâchette lorsqu'elle chercha une meilleure prise.

Elle sentit la douleur dans son bras et figea. Elle tourna la tête vers son bras gauche. Le sang coulait sur ses pantalons et le siège. Le chauffeur lui retira facilement l'arme. Elle se mit à trembler et un des hommes derrière elle lui enfonça une aiguille dans l'autre épaule. Elle se tourna vers les hommes à l'extérieur de la voiture, remarqua le corps inconscient de Dominic sur le sol.

« Il est mort? »

« Non, et vous allez le rejoindre bientôt. » Son champ de vision se rétrécit. Elle perdait le contrôle de la réalité. Ses muscles se relaxèrent, elle ferma les yeux.

« Il va me tuer... » La voix du chauffeur lui parvint de très loin, et elle ne sentit pas les hommes la soulever et la traîner dans une autre voiture.

Luc s'approcha de Cléa qui se tenait les bras croisés, en bordure de la rivière.

« Alors, tu passais par ici et tu as découvert le corps? » Cléa lui lança un regard qui l'aurait fait reculer s'il en était à sa première rencontre avec elle.

« Je suis encore chez moi. » Elle pointa le manoir derrière elle. Luc haussa les épaules et se pencha vers le corps. Un de ses hommes lui tendit le contenu des poches.

« Aucune identité. Juste des clés et un billet de train. » Cléa se mit à rire, se pencha vers le corps et tourna sans ménagement la tête de la morte vers Luc, sous les protestations des policiers. Elle n'était pas morte depuis très longtemps.

« Elle ne te semble pas familière? J'admets qu'elle n'a jamais vraiment été jolie et la mort ne lui va pas très bien, mais tu devrais la reconnaître. » Luc poussa les policiers pour mieux voir son visage. Elle semblait jeune, et Cléa avait raison, elle lui était familière mais son nom lui échappait. Cléa laissa tomber la tête qui frappa le sol avec un bruit sourd. Luc grimaça mais ne dit rien. « Jade Michaud. » Elle semblait exaspérée de son manque de collaboration.

« Elle n'habite pas à Montréal? Comment son corps aurait pu se rendre jusqu'ici? » Elle se releva en secouant ses pantalons sur lesquels s'étaient déposé un peu de terre.

« Elle a probablement voulu venir voir par elle-même les problèmes que Maribelle avaient causés. »

« Merci, Cléa. Tu passeras au poste pour signer ta déclaration. » Cléa croisa les bras.

« Je n'ai pas de temps à perdre avec les amis de Maribelle. Vous nettoierez tout ça avant que ma mère ne revienne demain matin. Vous êtes chanceux qu'elle ait dû s'absenter tout de suite après les funérailles, parqu'après la mort de ma grand-mère, si elle voit cela, vous allez avoir un autre meurtre sur les bras. » Luc la regarda s'éloigner en direction du manoir. Elle s'arrêta et se retourna vers lui. « Je veux également que vous remettiez le terrain en ordre. Ce n'est pas parce qu'il y a un corps chez nous que vous pouvez conduire vos voitures sur le gazon. » Elle se remit en marche. Luc passa sa main sur ses yeux et se retourna vers ses hommes.

Il espérait que Maribelle n'ait pas pensé s'enfuir de chez Dominic.

Chapitre 25

Maribelle ouvrit les yeux. Elle pouvait entendre des cloches résonner dans ses oreilles mais elle se convainquit que ce n'était que son imagination qui travaillait un peu trop. Il y avait beaucoup trop de lumière autour d'elle pour qu'elle soit dans sa chambre au manoir. Son bras lui faisait souffrir, mais elle n'était pas en train de mourir, ce qui était une bonne chose.

La couverture posée sur elle était très mince et ne la gardait pas au chaud. Elle frissonna et regarda sous la couverture. Elle ne portait qu'une chemise bleue d'hôpital. Elle était dans une chambre d'hôtel, les rideaux fermés sur la fenêtre qui couvrait un mur complet. Elle se releva dans le lit et pu voir un coin de la chambre transformée en salon, une petite cuisine près de la porte et une salle de bain à côté de l'entrée.

Un homme aux tempes grisonnantes, des espadrilles, des jeans et un manteau de laboratoire blanc, entra dans la chambre. Elle remonta la couverture sous son menton.

« On a utilisé une dose un peu trop forte pour vous endormir. » Maribelle secoua la tête pour remettre ses idées en place. Elle l'observa un moment. Il ne semblait pas à sa place dans la pièce. Un docteur dans une chambre d'hôtel. Elle porta la main au front. Son cerveau voulait exploser et se transformer en une masse gluante. Elle pouvait déjà le sentir s'échapper par ses oreilles.

« Vous n'auriez pas des aspirins, ou quelque chose du genre? » Il lui tendit des cachets qu'elle s'empressa d'avaler. « Est-ce que c'est ça que les gens ressentent lorsqu'ils boivent trop? » Il n'osait pas la regarder. Elle haussa un sourcil, elle l'intimidait?

« Je ne pourrais pas le savoir, je ne bois jamais. »

« Vous devriez essayer, ça détend. Et vous êtes? » Il

s'empressa de lui tendre sa main en serrant son autre main autour de sa tablette de métal à s'en blanchir les jointures .

« Matthew. » La mémoire lui revint dès que sa main l'effleura. Elle sauta hors du lit malgré son manque de vêtements. Matthew se retourna aussitôt, son visage tournant au rouge homard.

« Vous n'êtes pas avec l'agence, je me trompe? »

« Vous êtes dans le tort... » La porte s'était ouverte sans qu'elle ne l'entende et elle se tourna pour voir un homme en uniforme entrer dans la pièce. Elle n'avait aucune idée comment reconnaître le rang d'un militaire par les décorations, qui étaient jolies, mais pas très utiles. Matthew en profita pour s'éclipser avant qu'elle n'ait pu lui attraper le bras.

« On m'explique alors? »

« Je suis le lieutenant Jason Beaulieu. » Le militaire restait droit, la voix monotone. « Il y a eu un petit malentendu lors de votre transport. » Maribelle se mit à rire.

« Un malentendu? » Elle pointa le bandage sur son bras. « Vous appelez ça un malentendu? »

« Le chauffeur qu'on vous avait envoyé avait d'autres plans en tête. Il nous a trahi pour un bon prix. Mais nous nous en sommes occupés, il ne vous ennuiera plus. » Maribelle restait sceptique.

« Et la seringue? »

« Les complices du chauffeur. Lorsque nous sommes arrivés, vous étiez déjà tous les deux inconscients. Dominic s'est réveillé un peu avant vous, il ne devrait pas tarder. »

Comme s'il avait entendu, Dominic entra à son tour dans la pièce. Maribelle se permit de respirer. Il n'avait pas de menottes, il n'était pas accompagné de gardes, tout semblait être en ordre. Elle pointa la chemise qu'elle portait.

« On pourrait peut-être me trouver quelque chose d'autre que ça? » Le lieutenant lui montra la petite armoire derrière elle.

« Vous trouverez tout ce que vous avez besoin là-dedans. » Maribelle fixa Dominic. Quelque chose clochait, il aurait du se montrer plus heureux maintenant qu'elle se décidait à coopérer. Elle regarda le compagnon de Dominic qui la fixait. Il ne disait rien, mais elle pouvait voir à ses yeux qu'il voulait lui faire comprendre quelque chose d'important. Elle devait trouver un moment pour se concentrer et savoir ce qui se passait.

« On vous donne cinq minutes pour vous changer. » Dominic n'avait toujours rien dit. Il se tourna vers la jeune femme.

« On va t'attendre ici, ce n'est pas comme si tu pouvais t'enfuir. » Elle haussa un sourcil. Il aurait dû être occupé à remplir des formulaires, à donner des rapports, plutôt que d'avoir l'air d'un zombie à côté du lieutenant. Maribelle alla prendre un ensemble dans l'armoire, des pantalons de coton beige et un gilet vert forêt, et entra dans la salle de bain. Elle se changea rapidement.

Il y avait une fenêtre placée au-dessus de la toilette. Mue par la curiosité, Maribelle monta sur le réservoir et tenta de pousser la vitre, mais elle dut se rendre à l'évidence qu'elle n'avait rien à en tirer. Il y avait un mur de ciment quelques centimètres derrière la fenêtre. Elle était enfermée. Son estomac se contracta sous la réalisation. Elle était prisonnière, il n'y avait pas eu de malentendu. Dominic devait également être prisonnier, ou il jouait très bien la comédie. Elle préférait qu'il soit également prisonnier. Elle ne voulait pas être toute seule dans le pétrin, pour une fois.

Elle retourna dans la pièce où le lieutenant l'attendait assis à la table à manger. Dominic n'était plus là.

« Dominic aurait aimé rester pour entendre ce que vous avez à dire, mais il avait autre chose à faire. » Il n'y avait toujours aucune émotion dans la voix du lieutenant. Il l'invita à prendre place à la table à manger. « Parlons un peu de ce que vous pouvez nous apporter. »

« J'aimerais parler à Dominic, ou au moins qu'il soit présent. » Il resta de marbre devant elle.

« Il est occupé. »

« Je ne veux parler qu'à Dominic. C'est à cause de lui que je suis ici. »

« J'ai mes ordres, et vous ne pouvez rien y changer. » Maribelle se cala dans sa chaise et croisa ses bras sur sa poitrine. Ils se fixèrent d'un côté et de l'autre de la table. Ils étaient dans une impasse.

« Écoutez, je ne comprends pas pourquoi je ne peux pas parler seule à seule avec Dominic, pourtant il était ici il y a quelques minutes. »

« Comme je vous l'ai déjà dit, il y a eu un malentendu et quelqu'un en qui nous avions confiance nous a trahi. Dominic doit passer des tests pour s'assurer qu'il travaille toujours pour nous. »

« Mais je suis ici. » Maribelle ne savait pas si elle devait le croire. Il parlait comme si rien ne le touchait. Il était là pour faire passer un message, pour recevoir des informations et ne pas être impliqué.

« Peut-être, mais vous-même n'avez pas voulu lui dévoiler ce que vous savez sur le secret. Comprenez que cela peut nous faire nous interroger. » Elle hocha la tête. Il commençait à la convaincre. Après tout, il ne l'avait pas encore menacé de mort, ce qui était toujours un point positif. Un téléphone sonna et le lieutenant se leva pour répondre. Elle n'entendit pas la conversation, mais il revint. « Mettez-vous confortable, je vais revenir. » Il quitta la pièce.

Dès que la porte fut refermée, Maribelle se précipita vers celle-ci. Elle était verrouillée. Elle ouvrit le rideau, mais ne découvrit qu'un immense miroir qui couvrait l'entièreté du mur. Ils la mettaient au pied du mur, ils la tentaient, ils voulaient voir ce qu'elle pouvait faire.

Elle sourit. Elle allait les tenter à son tour, mais elle devait en premier parler à Dominic. Elle posa un coussin sur le sol au milieu du salon, s'y assied, prit une grande respiration, ferma les yeux et se concentra.

Elle pouvait sentir ses jambes prendre racine dans le sol, elle était attachée à la terre. Elle était loin de la terre, il y avait plusieurs étages sous sa chambre. Elle s'ancra fermement au plancher et se projeta à l'extérieur de son corps. Encore mieux que la dernière fois. Dans cet état, elle pouvait flotter au-dessus de son corps et se promener à sa guise sans que personne ne puisse la voir, à l'exception de l'homme qui suivait Dominic. Elle devait le trouver. Elle traversa le mur derrière son lit.

Dominic avait raison, elle ne pouvait pas s'enfuir de ce côté. Il y avait plusieurs chambres les unes à côté des autres, mais un espace d'environ un mètre séparait chacune des pièces. Des lumières avaient été fixées au plafond pour permettre de patrouiller les corridors étroits. Sympathique, pour un complexe sous-terrain.

De plus, il y avait des détecteurs de mouvements à plusieurs endroits. Il était impossible de tous les éviter, si une personne était faite de chair et de sang. Elle passa dans la chambre suivante, vide. Elle s'y attarda.

Elle savait, pour avoir écouté les légendes et lu les histoires de ses ancêtres, qu'à la mort de quelqu'un dans la famille, les pouvoirs des autres changeaient légèrement, devenaient plus puissants. D'un autre côté, aux naissances, les pouvoirs diminuaient pour garder une balance.

Elle entendit la porte de sa chambre s'ouvrir. Au même moment, elle sentit le cordon qui la retenait à son corps se briser. Paniquée, elle tenta de regagner son corps mais elle se frappa au mur de la chambre. Elle regarda ses mains. Elle sentait les objets, et elle entendait le lieutenant dans l'autre pièce, ou devant elle, elle n'en était pas certaine. Elle pouvait voir les deux images se surimposer, l'une étant plus pâle que l'autre, suffisant pour garder un oeil sur ce qui se passait dans l'autre pièce.

Elle était à deux endroits au même moment. Le lieutenant ne semblait pas trouver la situation étrange. Il lui demanda si elle se sentait bien et si elle était prête à continuer leur conversation. Elle lui répondit par la négative. Il eut un sourire coincé et lui indiqua la chaise dans la cuisine. Elle l'y suivit.

Elle se mit à rire, mais pas son original. Ça pourrait toujours être utile. Il fallait seulement qu'elle sache comment réintégrer son corps sans que personne ne se rende compte qu'elle pouvait se dédoubler, et savoir si une blessure sur une affectait l'autre. Elle avait du temps.

« Alors? Où sommes-nous? Où est Dominic? » Elle avait réussi à ne faire parler que le corps original. Elle était dans le corps original. Elle pouvait bouger ses deux corps indépendamment. Elle n'avait qu'à garder le lieutenant occupé pendant que sa copie partait en reconnaissance.

« J'ai bien peur que Dominic ne puisse nous rejoindre pour un certain temps. » Il se tira une chaise devant elle. Maribelle sourit. Ce serait intéressant.

La copie de Maribelle était curieuse de trouver des réponses par elle-même. Elle avait entendu le lieutenant lui annoncer la nouvelle, et elle était déterminée à trouver Dominic pour qu'il le lui dise lui-même. Il n'y avait qu'un seul problème, elle était incapable de sortir de la pièce. La porte s'était ouverte, mais une force l'empêchait d'en sortir. Quelque chose n'allait pas.

Il y avait probablement une particularité qu'elle n'avait pas encore comprise. Elle ne pouvait pas se décourager maintenant, jusqu'à présent son pouvoir n'était pas si mauvais que ça. Elle pouvait passer à travers un mur et prendre un corps physique de l'autre côté, qui pouvait en dire autant?

Elle ne pouvait pas rester debout dans la chambre, à ne rien faire.

« J'étais certain d'avoir fermé cette porte. » Un homme portant un veston qui laissait voir son arme, s'approcha de la chambre. Elle ne devait pas se faire surprendre ici, elle était supposée être dans l'autre pièce. Son coeur se mit à cogner contre sa poitrine. Elle ne savait pas comment faire disparaître ce deuxième corps. Elle ferma les yeux et se sentit sortir du corps. Lorsqu'elle les rouvrit, son corps avait disparu et elle était en chemin vers son premier corps. Elle n'avait aucun contrôle et se fit aspirer par son corps original. Elle était à nouveau unique.

« Est-ce que ça va? » Maribelle avait retenu sa respiration en se sentant revenir. Le lieutenant avait vu son sursaut. Elle hocha la tête.

« Oui, juste un relent de mon mal de tête. » Elle se sentait bien. Pourquoi ne pas réessayer. « Je peux avoir un verre d'eau? » L'homme hésita pour ensuite se lever et lui tourna le dos pour lui servir à boire. Elle en profita pour fermer les yeux, prit une grande respiration et réussit à se projeter à nouveau à l'extérieur de son corps. Lorsque le lieutenant lui tendit le verre d'eau, Maribelle était en chemin vers un autre endroit dans le complexe.

« Quels sont vos pouvoirs déjà? » Elle lui sourit.

Maribelle avait un endroit en tête. Elle cherchait l'homme qui accompagnait habituellement Dominic. Elle pouvait le sentir, il avait un parfum lorsqu'elle quittait son corps. Elle adorait le fait de pouvoir se déplacer à volonté, contrairement à ce qui se passait avant la mort de sa grand-mère.

L'homme était là, à l'abri des regards des gens. Il lui fit signe de le suivre, ce qu'elle s'empressa de faire. Il la conduisit vers Dominic enfermé dans une autre chambre semblable à la sienne. Il marchait en rond et se parlait à voix basse en appuyant ses paroles par des poings dans le mur.

L'homme la laissa et Maribelle avait envi de jouer un peu avec Dominic avant de passer aux choses sérieuses. Elle se coucha dans le lit, la tête sur sa main, et réussit à se matérialiser devant Dominic.

« Hello beau jeune homme! » Il se figea sur place en clignant des yeux à plusieurs reprises.

« Maribelle? Comment?... » Son regard allait de sa tête aux pieds. Il s'approcha du lit d'un pas hésitant, mais tourna la tête dans la direction opposée. Maribelle soupira et s'assied sur le bord du lit.

« Tu es la deuxième personne à voir une de mes capacités. Pourquoi est-ce que tu m'as laissée seule avec le lieutenant? Je ne l'aime pas. » Il se laissa tomber dans une chaise devant elle et lui toucha le bras pour s'assurer qu'elle était réelle. Elle frissonna.

« Je savais que tu avais des pouvoirs, mais c'est incroyable!!! » Il sourit. « Et utile. »

« Le lieutenant? »

« Ah oui... je ne sais pas si tu as remarqué mais je suis aussi prisonnier que toi. » Elle haussa un sourcil. « Quelqu'un était au courant qu'on devait te faire sortir, et la raison. »

« Pourquoi est-ce que le lieutenant t'a laissé me voir? »

« Pour que tu lui fasses confiance, pour que je confirme son histoire. Tu aurais fait la même chose si on m'avait menacée de te tuer et de me tuer. »

« Je n'en serais pas si certaine. » Elle ferma la bouche sous le regard de Dominic. Peut-être qu'elle aurait du réfléchir avant de parler. « Je croyais que tu avais parlé à des gens pour m'aider, pas pour profiter de moi? Heureusement que je n'ai encore rien dévoilé. »

« Je te jure que l'agence devait nous rejoindre. Je connaissais le chauffeur, alors je ne me suis pas méfié. »

« Et Maxime? » Il secoua la tête.

« J'espère qu'il n'est pas impliqué là-dedans. Il en sait beaucoup trop. » Maribelle fronça les sourcils et se leva.

« Est-ce que tu lui as parlé de mes pouvoirs? »

« Non. » Il se releva et alla vérifier la porte. Elle était toujours verrouillée. « Comment es-ce que ton pouvoir t'a aidé à me trouver? »

« J'ai eu un peu d'aide de la part de ton compagnon. » Elle pouvait voir le doute se peindre dans son visage.

« Mon compagnon? Il t'a magiquement transporté ici? Ils ne vont pas se rendre compte que tu n'es plus dans ta chambre? » Elle se mit à rire.

« Il est là pour te sortir du pétrin, et non il ne m'a pas magiquement transportée ici. Il m'a juste montré la voie. Je suis capable de me dédoubler, et ma copie originale discute, ou plutôt, refuse de discuter avec le lieutenant en même temps. » Il haussa un sourcil. Il ne la croyait pas, c'était évident. Il faudrait qu'ils voient les deux copies une à côté de l'autre pour chasser son doute. « J'ai eu un peu d'aide grâce à l'adrénaline. » Il s'arrêta de marcher et fit un geste de la main pour arrêter ses explications.

« Ok, alors comment est-ce qu'on sort d'ici? »

Le lieutenant quitta la pièce sans rien avoir obtenu de la jeune femme. Elle avait refusé de parler, malgré les promesses de protection que l'agence lui avait assurées avant qu'elle ne se fasse enlever par leur groupe. Tobias ne serait pas content de ses résultats, mais il ne pouvait rien faire sans lui dire la vérité. Elle avait compris que quelque chose clochait et peu importe ce qu'il pouvait dire pour la convaincre, elle ne dirait rien. Jason parcouru les corridors du complexe, sans prêter attention aux gardes qui le saluaient en chemin.

Le bureau de Tobias était au premier sous-sol du complexe, près du seul escalier montant à la surface. De sa fenêtre, il pouvait voir les activités qui se passaient plusieurs mètres sous lui, observer de loin le travail de ses collaborateurs. Jason monta l'escalier et entra dans le bureau. Tobias, un homme avec plus de muscles que de logique, l'attendait les bras croisés derrière son bureau. Devant lui, son visiteur habituel feuilletait un de ses rapports.

« Et puis? » Le lieutenant se tenait droit.

« Elle est suspicieuse, elle ne veut rien dire. » Tobias hocha la tête et se tourna vers l'homme qui avait gardé le silence.

« Faites-la parler. » Le lieutenant fronça les sourcils et voulut répondre mais Tobias lui coupa la parole.

« Et Dominic? » L'homme haussa les épaules.

« Si les méthodes normales ne fonctionnent pas, tuez Dominic et montrez la vidéo à Maribelle. Ils ne doivent pas être en présence l'un de l'autre, on ne sait pas encore ce qu'elle peut faire pour l'aider. »

Chapitre 26

Contrairement à ce que Tobias affirmait, Maribelle ne semblait pas dangereuse, certainement pas une terroriste prête à mettre des pays à ses genoux. Jason n'avait pu ordonner de la torturer tant qu'il n'en savait pas plus sur elle.

Dès qu'il était retourné voir Maribelle pour lui dire la vérité, qu'elle était prisonnière du gouvernement pour participation à un complot terroriste, elle avait refusé de se nourrir ou répondre à ses questions, après lui avoir dit sa façon de penser par une série de mots plus ou moins agréable à entendre.

Une fois calmée, le lieutenant l'avait fait changer de pièce pour avoir un meilleur contrôle sur elle. La caméra installée dans sa chambre montrait qu'elle avait un sommeil très agité et le lieutenant avait pensé à lui faire passer des tests pour analyser son sommeil. Sa nouvelle chambre était entourée de fenêtres derrière lesquelles les chercheurs prenaient des notes et consultaient leurs appareils. À plusieurs reprises, ils semblaient découragés que rien d'anormal n'apparaissent dans leurs écrans. Même les autres personnes dans le complexe avec une petite dose de talent avaient des résultats anormaux. C'était comme si elle n'avait aucune capacité paranormale.

Matthew avait cessé de trembler en présence de Maribelle. Le lieutenant lui avait fait clairement comprendre qu'elle n'était pas dangereuse tant qu'on ne la sortait pas de sa chambre et que tout restait sous contrôle. Il espérait avoir raison et que si elle n'avait encore rien tenté, c'était parce qu'elle n'en avait pas la capacité.

D'un autre côté, Tobias semblait avoir peur de sa cousine et il avait ordonné le silence sur qui dirigeait le centre. Depuis la mort de sa grand-mère, il s'était enfermé dans son bureau et ne recevait pas de visiteurs, à l'exception de cet homme avec qui il passait plusieurs heures derrière les portes fermées.

Jason n'avait jamais pu savoir ce qui se passait entre les deux hommes, mais depuis l'apparition de son visiteur, Tobias s'était renfermé sur lui-même, avait ordonné plus d'exécutions, plus de torture, et Tobias n'avait pas cru bon lui en donner la cause. Jason était mal-à-l'aise qu'un civil puisse ainsi diriger autant de personnel militaire, sous l'influence d'un inconnu. Maintenant, celui-ci avait ordonné la torture de Maribelle et la mort d'un innocent coincé au milieu de tout cela.

Le lieutenant resta un moment derrière un de miroir sans tain à observer la jeune femme étendue dans un lit étroit, les chevilles liées au lit, même si elle n'avait jamais tenté de s'enfuir, les yeux au plafond, ignorante de la présence des autres personnes autour d'elle. Les appareils autour de lui ne montraient rien d'anormal.

Après s'être assuré que tout fonctionnait, il pénétra dans la pièce. Il se pencha au-dessus d'elle lorsqu'elle ne broncha pas. Ses pupilles ne s'ajustèrent pas au changement de luminosité. Il trouvait cela de plus en plus inconfortable. Personne ne savait ce qu'elle était capable de faire, et cela le rendait fou d'être devant une personne en contrôle parfait de ses capacités, ou de se faire jouer par Tobias.

« J'ai des ordres. » Elle se tourna finalement vers lui, mais son regard restait vide.

« On a tous des ordres. Moi c'est de ne rien dire. » Il fronça les sourcils. Il ne s'était pas encore habitué à devoir lui parler. Les autres qu'il avait eu sous sa charge finissaient par crouler sous la pression, ils étaient tous des civils qui n'avaient aucune formation pour résister à la torture et qui avouaient tout après une séance ou deux. Quelques fois, seule la menace de torture les faisait parler. Il devait avouer que cette jeune femme était impressionnante.

« Si vous ne collaborer pas, vous allez mourir. »

« Ça pourrait être drôle. » Malgré son sourire, il l'avait vu frémir. Elle pouvait avoir peur. Elle s'assied dans son lit pour lui faire face.

« Je ne crois pas que vous aimerez ma façon de faire... »

« Bah, au moins cette fois-ci, vous ne pourrez pas vraiment mettre la faute sur moi. »

« Pardon? »

« C'est vous qui avez tué ma grand-mère? Ou ce cher Guillaume? » Le lieutenant ne broncha pas. Il savait qui était Guillaume, qu'il était un homme dangereux à côtoyer et qu'il ne savait pas s'il survivrait à sa rencontre. Si elle le connaissait, elle devait être aussi dangereuse que lui.

« Vous connaissez Guillaume? » Il ne bougeait toujours pas et la regarda s'activer. S'il la poussait juste assez, elle s'échapperait tôt ou tard.

« Vous êtes un très mauvais menteur, ou bien vous ne savez pas pour qui vous travaillez. Dans un cas comme dans l'autre, vous ne saurez rien de moi. Ah, et un petit message pour Guillaume. Il n'aura jamais accès au secret. Victoria s'en est occupée juste avant de mourir. Il n'y a plus personne qui le sait. Pouf! Disparu! » Il haussa un sourcil. C'était la première fois qu'il entendait parler d'un secret.

« Est-ce que votre grand-mère faisait également partie du complot? » Quelque chose dans le regard de la jeune fille le rendit hésitant.

« Un complot? C'est moi qui suit victime d'un complot! »

« Alors qui sont vos complices? Guillaume? » Il sortit une seringue de la poche de son veston. S'il ne pouvait pénétrer dans son esprit, il l'aiderait à parler. Maribelle ne quitta pas la seringue des yeux.

« Je n'ai pas de complice, je n'ai rien fait! Vous essayez de me faire peur avec toutes vos menaces que vous m'avez lancées sans agir. Et je ne veux rien avoir à faire avec Guillaume! » Elle croisa les bras sur sa poitrine.

Le lieutenant fit un signe de main à l'endroit des personnes qui les observaient de l'autre côté de la vitre. Il regarda la jeune fille et un soldat s'approcha d'elle. Elle tenta de l'éviter, mais il lui prit les deux bras qu'il tient derrière elle. Le lieutenant pouvait voir la douleur de cette prise sous les lèvres pincées de la jeune femme. Il s'approcha d'elle, enleva le capuchon de la seringue et remonta la manche de la chemise de la jeune femme.

« Qu'est-ce que vous faites? » Il y avait un tremblement dans sa voix qui n'y était pas quelques secondes auparavant. Elle se débattit, tenta de se mettre hors de sa portée mais le soldat derrière elle ne savait qu'une chose sur elle : elle était dangereuse. Le lieutenant planta l'aiguille dans l'épaule de la jeune femme et injecta le liquide avant de répondre.

« Je me suis montré patient et aimable avec vous. Je ne peux plus rien faire pour vous. Mais si vous changez d'avis, vous pourrez toujours demander à me voir... » Il se leva lorsque deux soldats et un médecin entrèrent. Il regarda la tête de la jeune femme s'affaisser sur sa poitrine. La drogue agissait rapidement, il aurait des résultats d'ici la fin de la journée.

Il s'assit près d'elle et lui avoua que tout se passerait dans son esprit, et qu'il pourrait lui faire croire tout ce qu'il voudrait grâce aux drogues qui abaissaient sa vigilance. S'il le voulait, il pourrait la tuer à plusieurs reprises et elle se réveillerait continuellement par la suite, se rappellerait la douleur avant qu'il ne recommence.

Il retourna se placer devant la fenêtre. La jeune femme venait d'être restreinte dans son lit par le soldat. Il lui poserait des questions plus tard, pour l'instant il se contenterait d'observer. Il attendrait de la voir se mettre à délirer, à imaginer ce que le docteur et les deux soldats pouvaient lui infliger. Elle ne pouvait compter que sur lui pour arrêter la torture, et il n'était pas dans la pièce avec elle. Il n'y avait qu'un soldat avec elle.

Maribelle regarda les trois hommes s'approcher, craintive. Elle ne savait pas quoi en penser. Est-ce que Guillaume voulait vraiment se débarrasser après avoir joué avec elle? Ou tentait-il simplement de lui faire peur pour qu'elle révèle le secret de la famille? Elle n'avait pas l'intention de rester ici pour le savoir. Tant pis s'ils découvraient qu'elle n'était pas ce qu'elle prétendait être. Elle n'aurait qu'à jouer la carte de l'innocence en disant ne pas avoir su qu'elle avait des pouvoirs. Si Guillaume était derrière tout cela, elle n'était pas certaine qu'il avalerait ce nouveau mensonge.

Elle ferma les yeux lorsque le médecin sortit des instruments de son sac. Sortir de son corps ne fut pas très difficile, surtout avec la drogue que le lieutenant lui avait injecté. Il croyait que cela allait l'empêcher d'utiliser ses pouvoirs, mais il n'y avait rien à faire contre elle. Du bout du lit, elle regarda autour d'elle, sortit de la pièce et s'attarda pour voir les chercheurs se pencher sur les derniers enregistrements derrière la fenêtre. Ils devaient certainement avoir vu que quelque chose s'était passée lorsqu'elle avait quitté son corps.

Maribelle ne savait pas ce que la torture ou la mort sur son corps original ferait. Elle n'avait pas le temps de réfléchir à ça. Elle pouvait déjà sentir la douleur l'envahir lorsque le docteur lui inséra un liquide dans les veines. Elle se sentit faiblir, mais elle continua d'avancer.

Chapitre 27

Un courant d'air l'entraîna dans son sillage. Elle tenta de rester en place, mais la force du vent était trop forte et elle cru un moment qu'elle allait se noyer dans l'air. Elle cria, mais aucun son ne sortit de ses poumons. Elle était seule à lutter contre l'air.

Elle allait de plus en plus vite. Elle voyait les murs défiler devant elle et elle fut projeté en dehors du complexe. Elle ne pouvait toujours pas se sortir du courant. Une voix commençait à se faire entendre.

« Maribelle! J'ai besoin de toi! » Elle ne reconnaissait pas l'endroit où le complexe était situé. Elle ne voyait que des arbres autour d'elle. Elle continuait de voyager et la voix se faisait de plus en plus forte, jusqu'à ce qu'elle la reconnaisse.

« Cléa? »

Aussitôt, elle se sentit aspirer à l'intérieur du manoir, dans la chambre de sa cousine.

Elle pouvait reprendre son souffle. Elle sentait son corps être plus faible à l'autre bout. Elle ne savait pas si elle devait prendre un corps ou rester dans son état actuel. Cléa lui fit face.

« Je sais où tu es, mais on a quelques trucs à discuter. Je ne peux pas prendre la chance de sortir de mon corps. » Maribelle décida de se matérialiser pour parler à sa cousine. Cléa recula d'un pas et cligna des yeux.

« Oh wow! Je m'attendais plutôt à te voir en fantôme. Tu es vraiment là? » Maribelle secoua la tête.

« Oui et non, je peux me dédoubler. Mon corps original est encore là-bas. » Cléa plissa les yeux.

« Là-bas, comme dans une prison? » Maribelle haussa les épaules.

« On peut appeler ça comme ça. » Cléa eut un rire cynique.

« Ça t'arrive de rester en dehors des problèmes? » Maribelle secoua la tête avec une moue de dépit. « Depuis quand est-ce que tu peux faire ça? » Cléa pointa le corps de sa cousine devant elle. Maribelle fit quelques pas pour s'asseoir sur une chaise. Le cercle que Cléa avait tracé sur le sol pour la forcer à venir la voir s'effaça sur un côté pour la laisser passer.

« Depuis la mort de grand-mère. Qu'est-ce que tu as reçu? »

« Pas grand chose. » Elle pointa un objet qu'elle projeta sur le mur de sa chambre.

« Eh, pas mal! Ça peut toujours être utile. »

« Je peux aussi rendre une personne malade. »

« Tu joues avec des poisons maintenant? » Cléa lui fit un sourire forcé et fronça les sourcils en fixant la jambe de sa cousine. Maribelle suivit son regard. Une tache de sang progressait sur son pantalon. Elle le leva et Cléa recula à la vue d'une coupure profonde qui courrait tout le long de sa jambe, de la cheville jusqu'au genoux. La douleur était sourde, mais sensible au touché. Elle pouvait voir le docteur enfoncer une sorte de crochet dans sa jambe et elle grimaça avant de se concentrer sur Cléa.

« Je vois que tu n'as pas vraiment besoin de moi pour être dans le trouble, je vais pouvoir arrêter de te faire suer... Qu'est-ce qu'ils te font? »

« Ils veulent me faire parler, me faire avouer que je suis complice dans un complot terroriste, mais je suis certaine que ce n'est qu'une excuse pour que je parle du secret des Rostland. Tu sais, l'arme ultime qui pourrait détruire le monde? Il semble que tout le monde sait qu'on la possède. » Elle roula les yeux sous l'idiotie de la chose. Cléa se mit à faire les cent pas dans la pièce.

« Complot terroriste? Il en a des drôles d'idées, lui! »

« Qu'est-ce que tu veux dire? » Cléa s'arrêta pour lui faire face.

« Je sais où tu es, sinon je n'aurais pas été capable de te faire venir ici aussi rapidement. Tobias a prit le contrôle d'un centre appartenant au conseil de famille. Il est avec eux. Et c'est là que tu es. » Maribelle jura entre ses dents.

« Comment sais-tu? » Cléa alla prendre les deux cahiers qu'elle avait récupéré dans la chambre de sa grand-mère et dans celle de Maribelle. Elle montra les deux premières pages du cahier de Victoria. Maribelle y lu le nom de son cousin dans le conseil de famille. « Ça fait du sens, Dominic est également au centre et... » Cléa lui arrache le livre des mains.

« Tu ne me dis pas ça parce que tu es amoureuse de lui? » Maribelle secoua la tête.

« Il pourrait nous aider à arrêter Guillaume, il a les capacités. » Cléa plissa les yeux.

« Et tu es certaine que tu ne peux pas quitter l'endroit? Tu n'as pas reçu d'autres pouvoirs? »

« Non, rien d'autre. Toi? Est-ce que tu as quelque chose pour m'aider? » Cléa réfléchit mais secoua la tête.

« Malheureusement.... » Elle s'arrêta lorsque Maribelle s'écroula sur le sol mais ne fit rien pour l'aider. « Tu peux tenir comme ça combien de temps? » Maribelle regarda une coupure se former sur son bras.

« J'en sais rien. S'ils continuent à faire de la boucherie sur moi, je ne crois pas que je vais pouvoir tenir plus de quelques minutes. Et je ne pourrai pas revenir. »

« Jade a été tuée... » Maribelle tourna la tête vers sa cousine.

« Tu peux arrêter tes eux avec moi. »

« Je l'ai trouvé sur le bord de la rivière. Elle ne m'a pas écouté. Des témoins l'ont vu arriver à la gare quand tu étais dans le coma et elle a disparu aussitôt. »

« Des suspects? » Cléa rangea les cahiers dans son bureau.

« Rien pour l'instant. En passant, merci de m'avoir laissé le plaisir de mettre grand-mère dans le caveau. »

« Je suis désolée, mais j'avais une bonne excuse. » Les traits de Cléa se détendirent. Elle avait peur des cimetières et de tous les endroits où les morts avaient trouvé le dernier repos. Cléa repoussa la pensée d'un geste de la main.

« J'ai cru que ton esprit était mort. Mais je vois que c'est un des trucs de grand-mère? » Maribelle hocha la tête.

« Ton esprit m'est également fermé. » Cléa sourit.

« Comme ça, on va finalement pouvoir garder nos secrets. En passant, l'agence pour laquelle Dominic travaille a envoyé du monde dans le coin. Tout le monde sent que Guillaume est dans la région. »

« Tu crois qu'ils se doutent de ce qui les attend? »

« Non, et justement, c'est une autre chose dont je voulais te parler. Tu ne crois pas qu'ils pourraient nous aider? »

« Ils ne peuvent rien contre Guillaume. Est-ce que le médaillon est en sécurité? » Cléa soupira d'impatience.

« Je sais ce que j'ai à faire. »

Maribelle sentit une douleur plus forte provenant de son bras. Elle cria sous l'oeil impassible de Cléa. Elle leva son regard vers elle.

« Ok, je retire ce que j'ai dit. Demande aux copains de Dominic de s'accélérer, ce serait très apprécié. »

« Et toi, essaie de rester en vie. Je ne veux pas faire ça toute seule. Si tu dois dire quelque chose, je ne t'en voudrai pas. Mais je continue de mon côté avec ma version des chose."

« Aide Dominic à sortir. » Maribelle retourna dans son corps.

Chapitre 28

Guillaume regardait les scientifiques et les paranormaux travailler à l'étage en dessous. De cet endroit, avec son ouïe, il pouvait entendre les cris de Maribelle. Elle serait bientôt prête à parler. Il se tourna vers Tobias assis derrière son bureau.

« Est-ce que tu sais quel est ce secret dont tout le monde parle? » Il savait que Tobias n'aimait pas être en sa présence, qu'il était mal-à-l'aise de ses décisions, mais il ne pouvait le quitter. Personne ne le pouvait. Tobias évita son regard.

« Non, c'est un secret qui ne se passe que par les femmes, il semblerait. »

« Maribelle, Cléa et Violaine? Et ta mère? »

« Je ne suis plus certain que Maribelle le connait. Après ce qu'on vient de lui faire subir, elle aurait dû craquer. Tout ce qu'on a réussi à obtenir d'elle c'est qu'elle avait des pouvoirs mais elle les a perdu depuis, probablement dû à son accident. Cléa n'a jamais semblé être intéressée par ce domaine et Violaine est trop idiote et naïve pour avoir pu garder un secret comme ça pendant tout ce temps. Léanne veut juste l'argent. »

Guillaume sortit une lettre de la poche intérieure de son veston et la laissa tomber sur la table devant un Tobias surpris.

« Qu'est-ce que c'est? »

« Un petit remerciement pour Léanne. Elle s'est tenue loin de toute cette histoire, elle a mérité ceci. »

Tobias ouvrit la lettre comme s'il avait peur qu'elle explose. Guillaume se tourna pour sourire.

« Le testament de grand-mère? Où était-il? »

« J'ai été faire un tour au manoir pour le récupérer avant que Maribelle ne mette la main dessus et le détruise parce qu'il confirme qu'elle n'héritait de rien. » Tobias était bouche bée.

Guillaume sortit du bureau. Tobias allait continuer de

travailler pour lui et Léanne allait rester hors de son chemin. Personne ne saurait que le véritable testament que Jade avait ramené au village, et qui donnait la moitié de tout à Maribelle et l'autre à Cléa, avait disparu et que ce qu'il venait de donner à Tobias était un faux. Un excellent faux.

« Tue Dominic. »

Le réveil fut pénible. Maribelle ouvrit les yeux pour revoir les mêmes lumières, les mêmes fenêtres que lorsqu'elle avait perdu connaissance. Elle ne ressentait aucune douleur et n'osait pas bouger, de peur que cela la déclenche. Elle ne voulait pas détruire ce petit moment de détente.

Elle avait appelé le lieutenant à plusieurs reprises. Il s'était présenté à chaque fois, calme et impassible, froid et sans broncher devant ses plaies, mais elle ne faisait que lui confirmer que cela ne fonctionnerait pas.

Il avait forcé un sourire à chaque fois et était reparti sans dire un mot. Elle le détestait. Un peu moins que son cousin, mais tout de même assez haut sur sa liste d'ennemis.

Elle avait tenté de quitter à nouveau son corps pendant la séance suivante, mais son esprit avait refusé. Elle ne pouvait plus compter sur ses pouvoirs pour fuir la douleur physique. Elle avait supporté en serrant les dents, et avait finalement craqué. Le lieutenant était revenu et elle lui avait dit qu'elle avait déjà eu des pouvoirs mais que c'était une chose du passé. Qu'elle les avait tous perdu lors de l'accident. Les pouvoirs qui lui restaient après le châtiment de sa grand-mère pour avoir parlé publiquement de ses pouvoirs. Elle avait également déclaré son innocence d'avoir mené un complot pour déstabiliser les gouvernements de plusieurs pays.

Il s'était penché vers son oreille et lui avait murmuré qu'il ne la croyait pas, qu'elle devrait faire mieux la prochaine fois. Il était reparti. Elle aurait voulu pleurer à ce moment-là, mais elle n'en avait pas eu la force. Il avait dû être heureux d'une partie de ses réponses car c'est à ce moment que la torture s'était arrêtée. Tout le monde avait quitté la pièce avant qu'il ne revienne.

Il lui donnait un moment de repos, pour que la prochaine séance soit plus efficace. Il lui avait également rappelé que tout se passait dans sa tête et elle avait attendu qu'il reparte pour vérifier ses dires. À l'exception de la blessure qu'elle avait reçu au bras lors de son enlèvement, elle n'avait rien. Le soluté aidait son esprit à se ressaisir, et elle craignait le moment où elle retournerait dans le monde du lieutenant. Elle devait retrouver Dominic.

« Si tu as une idée, ce serait le temps de m'en faire part. » Maribelle commençait à avoir de la difficulté à garder son deuxième corps dans la chambre de Dominic. Elle en avait profité pour donner une pause à sa copie originale, ce qui lui avait permis de rester un peu plus longtemps avec Dominic. Elle se coucha dans le lit et tentait de garder les yeux ouverts. Elle avait peur qu'en les fermant, elle se retrouverait dans sa copie originale et qu'elle serait trop fatiguée pour revenir.

« J'ai parlé au lieutenant Jason... » Elle plaqua ses mains sur ses oreilles.

« Ne me parle pas de lui, est-ce que tu as la moindre idée de ce qu'il m'a fait subir dans les derniers jours? »

« Il m'a tout dit, et on parle en terme d'heures, pas de jours. Il voulait en savoir plus sur nous et sur toi. J'ai l'impression qu'il n'est pas content des ordres qu'il reçoit. » Elle eut un rire feint.

« Il t'a convaincu en une séance de torture? » Dominic secoua la tête et essaya à nouveau d'ouvrir sa porte, en frappant de son épaule. Rien ne se produisit.

« On se connait. Il a travaillé à l'agence pendant un temps. Personne ne sait pourquoi il a quitté, et il n'a pas voulu être plus explicite. »

« Avoir autant de ressources et il est passé sous votre radar. Ça me fait un peu peur en pensant à Guillaume. »

« Ne t'inquiète pas, je vais trouver un moyen de nous sortir d'ici. Écoute, je suis désolé de t'avoir mise dans cette situation. »

« Ce n'est pas de ta faute, et tu es autant dans le trouble que moi. »

« Il faudrait que je contacte l'agence. » Maribelle étouffa un bâillement. Dominic s'assied à ses côtés. « Tu crois que tu pourrais sortir d'ici et communiquer avec eux? »

« Comment? Je ne suis pas capable de me déplacer aussi loin

que ça, je viens juste de découvrir que je peux me dédoubler, il faut me laisser une chance. Écoute, l'homme qui nous tient prisonnier... »

Une clé tourna dans la serrure. Ils se retournèrent tous les deux vers la porte.

« Je crois que je dois partir. À plus. » Maribelle ferma les yeux et se retrouva dans sa chambre. Le compagnon de Dominic l'y attendait. Il lui fit signe de le suivre et il passa à travers le mur. Elle se leva du lit, les jambes manquèrent de force et elle se retrouva la visage contre le sol. « Merde, les effets secondaires commencent à me faire suer... » Elle ne pouvait pas perdre plus d'énergie. Elle tenta de se projeter en dehors de son corps, sans succès. L'homme revint dans la pièce et lui attrapa le bras. Aussitôt, elle sortit de son corps, le laissant au sol derrière elle.

Il l'entraîna à travers les corridors, dans la direction opposée à la chambre de Dominic.

« En passant, moi c'est Maribelle. » Il secoua la tête et continua de la tirer derrière lui. Elle était fatiguée, elle voulait fermer les yeux, juste quelques secondes. Il la tira contre lui et la força à le regarder. Elle se sentait faiblir avec chacun des pas qu'elle faisait. Elle devenait de plus en plus lourde.

Il plaça sa main sur la tête de la jeune fille. Il ferma les yeux.

Elle pouvait voir Dominic se faire traîner en dehors de sa chambre par deux hommes. Il se débattait, mais les soldats continuaient de le traîner vers ce qui semblait être les douches communes. Ils le poussèrent au sol et il se retrouva aussitôt sur ses pieds pour faire face à ses assaillants. L'un d'eux leva son arme vers Dominic, mais un coup de pied projeta le fusil de l'autre côté de la pièce.

Le compagnon enleva sa main de sa tête et elle dut se retenir contre lui pour garder son équilibre.

« Je ne peux pas l'aider toute seule! On a besoin d'aide. » Il l'a pointa. Elle n'avait pas le choix, elle devait aller l'aider. Elle respira profondément avant de suivre le compagnon.

Ils se retrouvèrent aussitôt dans la salle d'eau. Dominic venait d'y être poussé au sol, il se releva pour faire face à ses assaillants. Maribelle tourna la tête vers le compagnon. C'était comme ça qu'il pouvait protéger Dominic. Il voyait le futur, et il lui en avait suffisamment montré pour qu'elle sache quoi faire.

Elle se mit en place. Dominic frappa la main de l'homme et le fusil se retrouva à ses pieds. Elle prit forme, ramassa le fusil et tira sur le deuxième homme. Dominic avait mis le premier homme à terre et regarda Maribelle debout devant lui.

Le recul de l'arme la projeta contre le mur derrière elle. Dominic assomma l'homme avant d'aller rejoindre la jeune femme assise au pied du mur.

« Maribelle? »

« Je suis fatiguée. »

« Il faut sortir d'ici avant que d'autres n'arrivent. » Elle se leva péniblement. Il l'aida à marcher en dehors de la pièce. « Est-ce que tu peux te transférer complètement dans ce corps? » Elle secoua la tête. La copie originale était trop bien ancrée pour qu'elle puisse la déloger. « Il faut aller te chercher. »

« Non, va chercher des renforts, je peux tenir jusque là. Ils veulent quelque chose de moi, ça va aller. » Elle perdit pied mais il la soutint.

« Je n'ai pas l'intention de te laisser ici. »

« Tu n'as pas le choix. Je ne suis pas en mesure de me sauver. La sortie est par là... » Elle lui pointa un corridor et Dominic accéléra le pas. Elle ferma les yeux et se retrouva dans sa chambre. Le lieutenant était à genoux, le visage penché au dessus d'elle.

« Vous êtes souffrante? » Maribelle essaya de se relever, mais elle en était incapable. Elle n'était plus capable de contrôler son corps. Elle était confuse par la note d'inquiétude dans la voix du lieutenant. Il parla dans un micro dans sa manche, et un médecin arriva presque immédiatement dans la pièce. Le lieutenant l'aida à soulever la jeune femme et la coucher dans son lit.

« Qu'est-ce qui se passe avec elle? » Maribelle pouvait suivre leurs mouvements du regard. Matthew tremblait sous le regard dur du lieutenant.

« Je..J'en...sais rien. »

« J'avais dit d'arrêter toutes les séances! Je veux une surveillance médicale en permanence. Et un garde dans sa chambre. » Un agent de sécurité entra dans la pièce.

« Dominic s'est enfui. »

« QUOI? »

« Il est encore dans le complexe, mais on ne sait pas où. » Le lieutenant quitta avec le garde, laissant le médecin sous le choc.

Maribelle s'endormit.

Chapitre 29

Dominic n'avait pas l'intention de quitter le complexe sans Maribelle. Elle venait de lui sauver la vie et il avait vu ce qu'elle était capable de faire. Sa poitrine s'était serrée en voyant Maribelle s'évaporer dans ses mains. Il savait qu'elle avait regagné sa première copie, mais il ne pouvait s'empêcher de croire qu'il l'avait perdu.

Il se cacha dans une pièce vide. Les corridors grouillaient de soldats et d'hommes en veston. Il sortit de la pièce lorsqu'il cru que le corridor était désert, avança progressivement vers la chambre de Maribelle. Il y avait un garde devant la porte. Il n'avait pas le temps d'être subtile. Il tira sur le garde qui s'écroula au sol.

Le bruit allait attirer les foules, il n'avait que quelques secondes. Il ouvrit la porte. Matthew leva aussitôt les mains et s'éloigna du lit.

« Maribelle! »

« Elle ne répond pas. »

« Ne bouge surtout pas. Tourne-toi vers le mur, les mains derrière la tête, à genoux. » Le médecin obéit sans dire un mot, tremblant comme une feuille de papier. Dominic garda un oeil sur la porte en s'approchant du lit. Il posa le fusil sur le lit, souleva la jeune femme et la plaça sur son épaule avant de reprendre son fusil.

« Pour qui travailles-tu? »

« Tobias de Rostland. » Dominic figea. Le cousin de Maribelle? Pourquoi avait-il voulu le tuer et garder sa cousine prisonnière? Il n'avait pas le temps de réfléchir, il pouvait entendre des soldats courir dans sa direction et il se précipita vers la porte.

Maribelle reprenait connaissance. Dominic courrait dans les corridors et il était près de l'escalier qui le mènerait à la surface.

« Pose-moi! » Dominic continuait sa progression.

« Est-ce que tu peux courir? »

« Je crois que oui. » Il la posa au sol, lui prit la main et la tira à sa suite. Pour s'arrêter aussitôt sous la pluie de balles.

« Il faut trouver une autre sortie. » Maribelle secoua la tête.

« Je t'avais dit de ne pas revenir me chercher. » Il fronça les sourcils.

« Je ne crois pas t'avoir demandé ton avis, et ce n'est vraiment pas le moment d'en discuter. » Maribelle se sentit faiblir. Dominic vérifia le magazine de son fusil. « Il ne me reste plus beaucoup de balles. »

« J'ai peut-être un autre tour dans mon sac. » Dominic jeta un coup d'oeil vers elle. Elle se redressa pour ne pas qu'il remarque sa faiblesse.

« Tu vas peut-être utiliser tes connections? »

« Pardon? » Maribelle était médusée. Dominic passa la tête dans le prochain corridor avant de tirer un garde.

« Je me demande pourquoi j'ai essayé de gagner ta confiance quand c'est toi qui me jouait dans le dos depuis le début. »

« Mais de quoi est-ce que tu parles? » Ses yeux se fermaient.

« Tu vas maintenant faire l'innocente? Tout ça appartient à ton cousin. » Il fit un signe pour englober le bâtiment.

« Tobias? Je voulais... »

« Un de vos petits secrets peut-être? »

« C'est un coup bas ça... » Il se décida à la regarder.

« Alors comment est-ce que tu expliques que tu te promènes partout ici, comme si ce n'était pas la première fois, en prétendant que c'est un pouvoir que tu as. Je ne crois plus à tes petites sornettes. »

« Ce ne sont pas des sornettes! » Elle n'avait pas remarqué l'homme qui s'était glissé derrière elle. Dominic avait à nouveau son attention fixé sur l'escalier principal. Il n'avait qu'une seule chance. Maribelle sentit une main se poser sur sa bouche et elle se fit tirer vers l'arrière.

Dominic réalisa qu'il avait été peut-être un peu trop sévère. Elle était peut-être innocente, peut-être que tout cela ne faisait que partie du coup monté contre elle. Il se tourna pour

170

s'excuser. Elle n'était plus là. Il regarda autour de lui, la panique brouillait son jugement. Il la vit se débattre contre un garde qui la tirait dans les corridors.

« Maribelle! » Elle mordit la main sur sa bouche.

« Va-t'en! » Il se leva pour suivre l'homme, mais il se sentit tiré par la manche. Maribelle était à côté de lui, aussi pâle qu'un fantôme. « Va-t'en! Je voulais te le dire. Un Rostland possède cet endroit, et je peux sentir la présence de Guillaume. Tu ne peux rien faire seul. » Elle disparut. Il se tourna vers le corridor où il pu la voir une dernière fois. Il tendit la main vers elle, mais elle venait d'être engouffrée par le complexe. Il serra le poing. Elle était une Rostland, elle trouverait le moyen de s'en sortir.

Par désespoir, il se leva et couru à travers le corridor, monta l'escalier en atteignant un ou deux gardes avant de manquer de balles. Il était à la surface, la porte était devant lui. Il sortit du complexe.

Une voiture s'arrêta devant la porte et Cléa lui fit signe de monter à bord. Une autre Rostland. Il ne savait pas si elle était du côté de sa cousine ou de son frère, mais elle était là pour lui. Il tenta sa chance et prit place dans la voiture. Elle quitta sous une pluie de balles, dans un crissement de pneu.

« On doit retourner et l'aider. » Cléa se contenta de vérouiller les portes pour empêcher Dominic de se tirer en bas de la voiture. Il se calma. « Pourquoi es-tu ici? » Cléa haussa les épaules.

« J'étais dans le coin et j'ai pensé dire bonjour à des gens que je connaissais. Tu semblais être dans le pétrin, j'ai changé un peu mes plans. » Elle regarda dans son rétroviseur et Dominic se tourna. Personne ne les suivait. « Tu as des copains stationnés pas très loin d'ici. »

« Maribelle est encore là-dedans, et Guillaume aussi. » Cléa restait impassible, les deux mains sur son volant.

« Pas après la sortie que tu viens de faire. »

« Comment savais-tu qu'on était retenu ici? »

« Votre disparition n'est pas passée inaperçue. Un certain Xavier Arnaud s'est pointé au manoir. Je lui ai dit que je ne savais rien et il m'a demandé de parler à mon cousin. Tu sais, depuis le retour de Maribelle dans ma vie, j'ai l'impression que c'est elle qui mène le bal pour me rendre folle. » Dominic ne voulait pas entendre la suite, il n'avait pas l'intention d'embarquer dans une autre histoire familiale.

« Alors tu savais qui nous retenait prisonniers? »

« Tobias. Mais l'agence ne le sait pas encore. Il doit être furieux, et il est trop tard pour lui faire une visite amicale. » Dominic frissonna sous la cruauté de son sourire.

« Pourquoi m'as-tu aidé? Pour le rendre encore plus furieux et qu'il s'en prenne à Maribelle? »

« C'est compliqué. Des histoires de famille. Et Maribelle est assez grande pour se débrouiller toute seule. Tu as vu comment tous les gars sont prêts à se tirer devant un train pour elle? Elle ne les regarde même pas et on peut les voir baver comme des chiens. »

« Je croyais que tu la détestais? »

« C'est beaucoup plus que ça. On se déteste, mais personne ne peut toucher à la famille sans conséquences. Si ce n'était que mon frère, je le laisserais faire, mais un autre homme tire les ficelles derrière. On croit que c'est Guillaume. C'est à cause de lui que j'ai décidé d'aider tes petits copains. » Elle arrêta la voiture en bordure du chemin.

« Comment as-tu... » Les mots se brisèrent dans sa gorge. Il respirait normalement, tenta à nouveau de parler, mais une douleur à la base de sa gorge l'empêchait d'émettre un son. Cléa le regardait comme si elle ne voyait rien d'anormal. Il tenta de faire passer la douleur en avalant sa salive à plusieurs reprises. Il porta ses mains à sa gorge et Cléa pencha la tête de côté. Elle ricana.

« Comment j'ai su que mon frère était impliqué? J'ai raconté à Xavier que Tobias connaissait l'existence de l'agence et qu'il en était jaloux au point d'avoir menacé à plusieurs reprises qu'il allait l'infiltrer. » Elle sourit. « Bien sûr, il m'a cru et a voulu aller lui parler, je lui ai dit que tant qu'il n'avait pas de preuves, il ne pourrait rien faire contre mon frère. C'est pour ça qu'ils sont ici, ils n'ont besoin que d'une excuse pour entrer dans le bâtiment. Ils vont y trouver toutes les preuves qu'ils veulent. » Elle se pencha vers lui pour mieux le dévisager. « Comme ma cousine, j'ai des moyens détournés de savoir les choses. » Il lui pointa sa gorge et la tension se relâcha.

« Pourquoi? » Il croassait.

« Je voulais simplement faire valoir mon point. D'après ma cousine, tu es le seul qui puisse nous aider à nous débarrasser de Guillaume. Elle croit en toi. » Elle le regarda, dégoutée. « Et je ne sais pas encore pourquoi. » Elle se retourna et remit la voiture en marche.

« Où est Xavier? »

« Pas très loin. Ils ont trouver un couple prêt à les aider et ils ont envahis leur maison. » Ils gardèrent le silence. Dominic se tourna, mais il n'y avait toujours personne qui les suivaient.

« Pourquoi est-ce que je devrais te faire confiance? »

« Parce que je déteste encore plus Guillaume que ma cousine. »

Elle ralentit la voiture et se stationna devant une maison de briques rouges. Il n'y avait qu'une autre voiture et l'endroit semblait désert.

« Il est avec moi. » Dominic n'avait pas vu qu'elle avait une radio et s'en voulu d'avoir manqué ce détail. S'il voulait être d'une quelconque utilité à Maribelle, il devait faire plus attention, mais la savoir être entre les mains de Tobias lui mettait les nerfs à fleur de peau. Il observa autour de lui, prêt à bondir.

Maxime sortit de la maison, la surprise peinte sur son visage, suivit de Xavier. Des agents sortirent des buissons et s'approchèrent de la voiture et levèrent leurs armes sur eux. Maxime les calma d'un signe de main et s'approcha à grand pas.

« Va la sortir de là avant qu'elle ne parle. Si elle meurt, je mets la faute directement sur toi. Tu ne veux pas avoir tous les Rostland contre toi. » Elle lui fit signe de sortir de la voiture et il n'avait pas l'intention d'argumenter avec elle. Dominic fronça les sourcils en regardant Cléa s'éloigner. Il se tourna vers son collègue. La journée allait être longue.

Chapitre 30

Maxime lui montra un document. Sa tasse de café dans une main, et un crayon dans l'autre, il se laissa tomber sur une chaise dans la petite cuisine. Le couple s'était retiré dans leur chambre en laissant les deux hommes seuls dans la pièce. Xavier discutait avec d'autres agents dans le salon.

« Est-ce que tu es capable de garder cette fille sous contrôle? » Dominic se laissa tomber sur une chaise. Il n'avait pas de temps à perdre, il devrait déjà être de retour au centre pour sortir Maribelle et éliminer Guillaume. « On sait que Maribelle n'est pas coupable de la fraude. Le testament était un faux, l'argent lui revenait de droit. Léanne croyait que l'argent lui revenait et lorsqu'elle n'a rien reçu, Tobias a dénoncé Maribelle. »

« Où est l'argent? » Maxime lança son crayon sur le comptoir de la cuisine.

« Xavier a réussi à suivre la trace jusqu'au conseil de la famille Rostland et à Tobias en particulier. On a contacté un certain Justin, l'homme à la tête du conseil, et il a été surpris d'apprendre d'où venait l'argent. Il disait avoir reçu le montant de façon anonyme et il l'avait remis à Tobias pour qu'il ouvre un centre dans la région pour aider des personnes avec des maladies mentales à réintégrer la société. »

« Le lien entre Justin et ceux qu'on connait? »

« Neveu de Victoria. »

« Donc Maribelle est innocente. »

« De la fraude, du meurtre de sa grand-mère, de celui de Jade... » Dominic l'arrêta.

« Jade? » Maxime hocha la tête.

« Elle a été trouvée sur les berges de la rivière à côté du manoir par Cléa. L'autopsie a dévoilée qu'elle est morte par strangulation, deux heures avant qu'on ne la trouve. Comme Maribelle était chez toi ce matin-là, elle n'est pas sur la liste de suspect. Tu aurais dû voir la face du policier... Luc je crois, lorsqu'il a su qu'elle était innocente. Il commence à poser un peu trop de questions sur les Rostland. »

« Qu'est-ce qu'elle faisait ici? » Maxime se frotta les yeux en soupirant.

« Elle voulait voir Maribelle. »

« Pourquoi est-ce que vous avez été intéressés par Tobias? On n'a jamais enquêté sur des fraudes auparavant, ce n'est pas vraiment notre expertise. » Maxime se leva pour aller fermer la porte séparant la cuisine du salon où des agents prenaient leur pause. Xavier leur lança un regard inquisiteur mais ne dit rien. Maxime revint et sortit un autre document de son porte-document.

« Qu'est-ce que tu sais exactement du conseil de famille Rostland? »

« Qu'ils ont un rôle à jouer dans les différentes accusations contre Maribelle? » Maxime lui pointa le document. Il s'agissait d'un fichier d'un patient âgé d'une quinzaine d'années placé dans un institut psychiatrique. Le jeune homme aurait été interné après avoir tenté de se suicider parce que personne ne le croyait lorsqu'il disait qu'il pouvait voir le futur. Il y avait la transcription de certaines séances qu'il avait eu avec son docteur dans lesquelles il racontait ses rêves et à quel point ils étaient réels. Il rêvait également d'une prophétie qui aiderait à mettre un terme aux guerres dans le monde lorsque les gens se regrouperaient sous un dieu unique qui aurait vu le jour parmi eux. Dominic ferma le dossier et le tira sur le comptoir.

« Ça ne m'avance pas. » Maxime soupire et se frotta à nouveau les yeux avant de prendre une autre gorgée de café.

« Il a été pris en charge par un des centres dirigés par la famille Rostland. Depuis, plus aucune trace. J'en ai parlé à Justin et il a confirmé que les centres servaient de passage pour aider certains cas qui avaient mal été diagnostiqué. Il m'a fait entendre que les Rostland aidaient ceux que nous recrutions pour nos opérations. » Dominic se mit à rire.

« Ça devient fou. Est-ce qu'il a mentionné le fameux secret de famille en même temps? »

« Il m'a dit que beaucoup de personnes croyaient en une prophétie de dieu unique et que ça se référait à un Rostland. C'est peut-être ça, le secret. L'arme n'est pas un objet, mais une personne. » Il hésita un moment avant de prononcer le nom de Maribelle du bout des lèvres. Dominic se servit un café à son tour.

« Et elle est entre les mains de Guillaume, qui se trouve dans un centre tenu par un Rostland. » Les deux hommes se regardèrent avant que Maxime ne se lève précipitamment.

« On doit lui mettre la main dessus, et il n'est plus question qu'on joue gentiment avec elle. » Il quitta la pièce pour aller discuter avec les agents et Dominic le suivit.

« Tu sais ce que j'ai peur? Que le secret se révèle à n'être qu'un cousin psychopathe caché dans le grenier. » Maxime ne prit pas la peine de lui répondre.

Guillaume voulait s'éloigner pendant quelques jours du complexe et laisser Tobias régler les problèmes. Il était retourné dans sa retraite et Cléa l'y avait suivit peu de temps après, mais il n'avait pas prit la peine d'aller la voir. Seul dans son bureau d'où la vue sur la rivière en contre-bas et des montagnes au loin était magnifique, Guillaume ouvrit le carnet de Victoria. La protection qu'elle avait appliqué à son cahier et qui avait aveuglé Cléa avait été contourné grâce à Maribelle. Lorsqu'elle avait été dans le coma, le cahier qui n'aurait du qu'être lu par elle, s'était révélé à la prochaine héritière, Cléa. Mais celle-ci n'avait pas cru bon les rouvrir et les protéger elle-même. Cela avait été un jeu d'enfant pour lui de les échanger. Il se réjouissait de ce qu'il allait y découvrir.

Victoria avait une fine écriture, délicate et élégante, qui seyait bien avec la noblesse de la dame. Il tourna les pages, se souciant peu de la vie quotidienne au manoir. À la moitié du carnet, il cru mourir d'ennui et que tous les efforts qu'il avait fourni pour mettre la main sur les secrets de la famille Rostland avaient été en vain.

Jusqu'à ce qu'il tombe sur une entrée datée de 5 ans plus tôt. Elle mentionnait sa petite-fille Maribelle.

« J'ai vu dans le regard de Maribelle le même feu qui y brûlait lorsqu'elle était enfant. Peut-être un jour sera-t-elle prête à écouter la vérité sur la famille et à poursuivre ce qui a été malheureusement interrompu par moi. Mais je n'avais pas le choix pour les protéger.

Maribelle est la plus puissante de mes petits-enfants. J'espère seulement qu'elle va se réveiller et accepter que l'avenir de notre race repose sur ses épaules. Qu'elle seule peut choisir notre avenir. Elle est beaucoup trop têtue pour me suivre, je vais devoir me contenter de former Cléa à sa place.

J'ai espoir qu'il ne sera pas trop tard lorsqu'elle va se décider. Je vais retarder jusqu'au dernier moment avant de partager le secret. Je ne veux pas que ce soit Cléa. Elle est beaucoup trop hypocrite, égoïste et cruelle pour qu'elle ait autant de puissance entre les mains. »

Guillaume sourit. Il avait toujours su que Maribelle était puissante, mais il avait maintenant la confirmation qu'il n'avait plus besoin d'elle pour activer son plan. Cléa ferait l'affaire, en espérant que Victoria n'ait pas changé d'avis à la dernière minute.

Il referma les cahiers et sortit.

Cléa était étendue sur le gazon et savourait la chaleur du soleil pour la première fois depuis le début de l'été. Elle regardait les nuages défiler dans le ciel. Des pas dans l'herbe lui indiquèrent que Guillaume était tout près d'elle. Elle aurait reconnu son aura, son odeur. Il ne bougea pas et elle se tourna pour savoir ce qu'il faisait. Il ne lui sourit pas et vint s'asseoir près d'elle.

« Est-ce que tu ferais n'importe quoi pour moi? » Elle s'assit et lui passa un bras autour de ses épaules. Il regardait la montagne devant lui.

« N'importe quoi. » Elle avait projeté toute sa sincérité dans sa voix. Il posa sa main sur la sienne sans la regarder.

« Est-ce que tu m'aimes plus que ta famille? »

« Ma famille n'est rien pour moi. Tu es tout ce que j'ai besoin. » Il ne parla pas. Cléa posa sa tête sur les jambes de Guillaume. « Tu es tracassé. » Elle le sentait, elle pouvait le percevoir. Il pencha la tête vers elle.

« J'ai besoin de savoir si je peux te faire confiance. J'ai entendu une rumeur qui dit que tu m'aurais caché quelque chose. Quelque chose de précieux pas juste pour notre cause, mais pour nous deux. »

« N'écoute pas ce que les autres disent. Ils sont tous jaloux que nous soyons ensemble. »

« J'ai trouvé ceci dans tes affaires. » Cléa se releva pour voir les trois cahiers qu'elle avait cachés. Elle fronça les sourcils.

« Je ne comprends pas? »

« Je ne croyais pas que tu pourrais me faire une telle chose. J'avais confiance en toi! » La douleur dans sa voix lui serra la poitrine.

« Un des cahiers est à moi et je te l'avais remis dès la mort de ma grand-mère, mais je ne sais pas d'où viennent les deux autres cahiers. » Elle croyait les avoir bien caché dans le cimetière après avoir parlé à Maribelle. Cela lui avait tellement pris d'efforts pour entrer dans le cimetière qu'elle se mit à trembler. Qui pouvait bien l'avoir vu faire et la dénoncer à Guillaume? Il tira sa tête sur sa poitrine et se mit à la bercer.

« Tu as peut-être oublié? »

« Non, je ne les avais pas trouvé, je le jure! Où les as-tu eu? »

« Ça n'a pas d'importance. Est-ce que je peux te faire confiance? »

« Oui! » Elle l'avait crié. Il fallait qu'il lui fasse confiance. Il la força à le regarder.

« Alors laisse-moi entrer dans ta tête. »

Cléa se sentit faiblir et ses yeux s'alourdirent. Mais le regard sombre de Guillaume maintenait un pont entre leurs deux esprits et elle le sentit se buter contre sa nouvelle protection. Il n'avait pas tenté cela depuis la mort de sa grand-mère. Elle le sentit s'impatienter, se fâcher et elle se força à relaxer, elle ne devait pas s'opposer à lui. Il devait trouver ce qu'il avait besoin et la quitter aussitôt.

Il ne devait pas s'attarder dans sa tête.

Son corps ne réagissait plus, mais elle pouvait sentir la chaleur de Guillaume tout contre elle. Elle voulait se perdre dans ses bras, elle voulait qu'il l'embrasse et lui fasse l'amour ici, en ce moment. Elle le sentait dans chaque fibre de son corps, chaque nerf ne demandait que la caresse de ses doigts. Elle s'imaginait la douceur de ses lèvres sur sa bouche, sa langue qui tracerait un chemin le long de sa gorge, descendrait entre ses seins, et peut-être s'attarderait sur...

Le contact entre eux fut coupé et elle roula dans l'herbe fraîche. Elle n'avait pas la force de se lever et de lui faire face, elle avait peur de ce qu'il avait pu lire dans son esprit. Elle l'entendit rire.

« Je vois que tu as des pensées pour le moins... intéressantes. Peut-être que je t'accorderai ce voeu qui te tient tant à coeur. » Elle releva la tête et croisa son regard. Elle prit une grande respiration pour attirer son odeur jusqu'à elle. Il était heureux. Il n'avait pas vu sa trahison.

Elle sourit à son tour. Maribelle avait eut raison de la mettre en garde contre Guillaume, il était trop dangereux. Elle se leva et l'embrassa.

Guillaume retourna à son bureau après avoir embrassé la jeune femme. Il était dégoûté de voir que tous les Rostland étaient les mêmes. Prêts à trahir tout le monde autour d'eux pour parvenir à leur fin.

Cléa ne savait rien sur le secret. Il ne savait pas si tuer Maribelle lui transmettrait les connaissances. Il devait trouver un moyen de la faire changer d'avis. Elle était la seule à avoir résisté à ses pouvoirs, la seule qu'il ne pouvait pas même découvrir ce qu'elle pouvait faire.

Cléa lui avait caché les carnets, probablement pour mettre la main sur le secret avant lui. Elle voulait le suivre et l'arrêter à la dernière minute pour être celle que tout le monde suivrait après la révolution. Que tout le monde suivrait en tant que dieu.

Pour l'instant, même grâce aux connaissances qu'il avait acquises grâce à Cléa, il n'avait rien sur Maribelle. Comme si tout ce qui la touchait était effacé après son passage. Ses pouvoirs n'existaient pas dans la tête de Cléa. Pourtant, Maribelle n'était pas qu'une humaine. Il jura contre Victoria pour avoir placé cette protection sur sa petite-fille au moment de sa mort. Il aurait du savoir que Maribelle sentirait le trouble de sa grand-mère et se pointerait aussi tôt dans sa chambre.

Guillaume lança un livre de l'autre côté de la pièce sous la frustration. Peut-être que Maribelle n'avait pas menti et qu'elle était vraiment sans pouvoirs. Mais il l'avait vu flotter au-dessu de son corps après l'accident.

Elle n'avait peut-être pas conscience de ses pouvoirs, tout

était trop naturel pour elle. Si elle avait l'arme des Rostland, elle n'en était que plus dangereuse.

Il retourna au complexe pour prouver à Maribelle qu'il n'était pas le mauvais gars dans l'histoire.

Chapitre 31

Depuis que Dominic s'était enfui le matin même, le lieutenant s'était contenté de s'assurer qu'elle était confortable dans la chambre qu'elle avait occupé la première journée. Il lui avait fait apporté de la nourriture et n'avait posé aucune question. Elle n'avait rien dit, ne l'avait pas remercié de cette amabilité apparente. Il jouait la comédie, elle en était certaine.

Elle en profitait pour prendre du repos avant qu'il ne se décide à la torturer à nouveau. Elle espérait que Dominic se calmerait et l'aiderait à sortir de là. Elle n'avait pas encore regagné assez d'énergie pour se projeter à l'extérieur de son corps.

Un homme entra sans frapper dans sa chambre et elle se tendit, s'attendant à ce qu'on lui annonce que le bon temps était terminé. Un parfum envahi la place et elle le reconnu. Une subite montée d'adrénaline la propulsa à l'extérieur de son lit. Il ne semblait pas être affecté par sa réaction. « Qu'est-ce que tu fais ici? » Il leva ses mains pour montrer qu'il n'était pas armé.

« Je suis ici pour t'aider. J'ai toujours dit que je voulais te protéger, mais jamais tu ne m'as fait confiance. Je sais, j'ai pu te paraître bizarre par moment, mais je tiens beaucoup à toi. » Il lui tendit la main et la laissa tomber lorsqu'elle ne réagit pas. « Nous n'avons pas beaucoup de temps. Si tu veux, tu peux attendre que les autres rappliquent et te torturent, ou tu peux me faire confiance. »

« Qui me dit que tu ne travailles pas pour mon cousin? » Il semblait confus par sa remarque.

« Ton cousin? »

« Ne fais pas l'idiot. Tobias. »

« Je ne l'ai jamais rencontré. »

Elle avait devant elle l'homme que tout le monde recherchait. L'homme qui avait causé une partie de ses ennuis. L'homme qu'elle avait fui en retournant au manoir pour se mettre sous la protection de sa grand-mère. L'homme qui ne voulait qu'une chose, être plus puissant.

Et dans ce monde, être plus puissant exigeait d'avoir le secret des Rostland pour soi-même. Elle n'était pas prête à le lui donner, encore moins qu'à son frère ou au lieutenant. Il s'approcha d'elle mais elle recula en levant les mains devant elle pour se protéger. Elle savait qu'il était dans le complexe, mais elle n'avait pas cru qu'il viendrait lui-même devant elle sans en savoir plus sur ses pouvoirs.

À moins qu'il ait un moyen de le savoir.

« Écoute, tu peux penser ce que tu veux de moi, mais je suis ici pour t'aider. Je sais qui a tué ta grand-mère, qui t'a foutu cette fraude sur la tête, et qui a tué ton amie Jade. » Elle fronça les sourcils.

« Jade? » Elle se souvenait de ce que sa cousine lui avait dit, mais elle ne voulait pas qu'il se doute qu'elle n'était pas immobilisée ici. Il hésita.

« Elle est venue te voir au village et elle est morte. » Elle grimaça lorsqu'il effleura son bras qui était encore douloureux de la blessure qu'elle avait subit lors de son enlèvement. « Je peux faire quelque chose pour ça... » Elle retira son bras. Elle ne voulait pas qu'il la touche.

« Je peux très bien me débrouiller avec ça. » Il regarda sa montre.

« Tout ce que je voulais, c'était que tu me donnes une chance. Je suis navré, mais tu dois rester ici tant que tu ne comprendras pas que je suis ici pour toi. » Elle ne répondit pas. Il était beaucoup trop différent de la dernière fois qu'ils s'étaient vu. C'était un piège. Elle secoua la tête.

« C'est toi qui a ordonné ma torture. » Il se fâcha.

« Pas du tout! Je n'étais pas là lorsque tu es arrivée et malgré mes ordres, il t'a torturée pour le plaisir. Je te jure qu'il ne te touchera plus jamais, tu es sous ma protection. »

« Pourquoi m'avoir enlevée? » Il sourit.

« Tu es beaucoup trop têtue pour entendre raison. Tu ne m'aurais pas laissé faire un pas dans ta maison, ou tu aurais refusé de prendre un café avec moi. Tout ce que je veux, c'est qu'on discute. »

« Tu as menacé ma meilleure amie, elle a déménagé à cause de toi. Tu l'as tuée pour la garder loin de moi, pour l'empêcher de se mettre entre nous deux. Je vois clair dans ton jeu... » Ses épaules s'affaissèrent et il lui fit dos.

« J'ai changé depuis ce temps. Tu m'as fait comprendre, par tes nombreux refus de m'enseigner les pouvoirs, que je n'étais pas prêt à les avoir. J'ai travaillé pour comprendre pourquoi tu agissais ainsi avec moi. Tu te protégeais de moi. »

« Je ne sais pas comment tu as fait pour que tout le monde soit après toi, mais ça me prouve que tu n'as pas changé. Tout ce que tu veux, c'est le pouvoir. Tu ne me vois que comme un outil pour devenir un... un... un dieu! » Il lui fit face. Ses yeux étaient devenus noirs, brillants, durs. Il s'adoucit aussitôt.

« J'espère qu'un jour tu verras ce que j'essaie d'accomplir pour le bien de l'humanité... » Elle soupira.

« Je n'ai pas de pouvoirs. » Il eut un rire triste.

« Ce n'est pas ce que tu as dit au lieutenant. »

« TU me les as enlevés en mettant en place mon accident. » Il sortit en la laissant seule derrière lui. Elle s'écroula dans son lit. Il avait tenté pendant toute la conversation d'entrer dans sa tête, et elle s'était battue pour le garder en dehors. Elle était reconnaissante de la sagesse de sa grand-mère à sa mort.

Elle ferma les yeux. Guillaume avait tué sa grand-mère, mais il n'y avait rien gagné.

Cléa attendait Dominic sagement assise sur le divan au milieu du salon, sous la surveillance de deux agents qui refusaient de lui parler. Il y avait un plateau de sandwich que le couple avait préparé pour les agents et Cléa y pigeait sans s'inquiéter du regard qu'il lui lançait Xavier.

« Il y a quelque chose qui ne tourne pas rond dans cette famille. Tu viens me rejoindre quand tu as terminé avec elle. Maxime est déjà là-bas. » La jeune femme se tourna vers eux et sourit à Dominic malgré le morceau de sandwich qu'elle n'avait pas encore avalé.

« Je suis ici pour vous aider. »

« Comment? » Dominic avait croisé les bras sur sa poitrine.

« Vous allez bientôt entrer dans le bâtiment pour libérer ma cousine et arrêter mon frère. Je pourrais nettoyer le complexe avant que vous n'y entriez. »

« Tu n'as pas d'entrainement pour prendre plusieurs dizaines d'hommes armés à toi toute seule. » Elle soupira et se servit un autre sandwich. Ils étaient délicieux, elle devrait demander la recette.

« Est-ce que tu sais pourquoi j'étais là pour te cueillir? »

« Je savais que tu n'étais pas là par hasard. Comment as-tu su? »

« Maribelle est venue me voir. Elle est devenue puissante. Comme la mort de notre grand-mère est encore toute récente, nos pouvoirs vont encore augmenter. »

« Pourquoi est-ce que tu me dis ça? »

« Je peux tous les tuer en les voyant. » Elle pu voir une lueur de crainte dans les yeux de Dominic. Son odeur changea légèrement. La peur. Elle sourit.

« Tu veux nous aider? En les tuant? » Elle hocha la tête. « Je ne peux pas accepter sous ses conditions. On ne peut pas te donner l'autorisation d'entrer là et de tuer tout le monde. » Elle pouvait sentir la présence du protecteur de Dominic. Elle ferma les yeux. Oui, il s'agissait de son odeur un peu sucré, comme un bonbon à la pomme verte.

« Pourquoi est-ce qu'on ne demanderait pas l'avis de Maribelle? » Il fronça les sourcils.

« À moins que tu aies les mêmes pouvoirs qu'elle, je ne vois pas comment. »

« Est-ce que tu sais comment ton copain s'appelle? »

« Mon copain? » Elle roula les yeux. C'était ça que sa cousine voulait utiliser pour mettre Guillaume à terre? Il hésita. « Non. »

« Tu lui parles au moins? »

« Qu'est-ce que tu attends de moi au juste? »

« Avant que tes petits copains entre dans le complexe et tuent mon cousin.. »

« L'arrêtent... »

« Peu importe, tu ne crois pas que j'ai le droit de demander un semblant d'assurance que c'est bien ce que Maribelle veut? »

« Maribelle n'a rien à dire là-dedans. On doit la sortir de là. » Cléa se pencha vers Dominic et le regarda droit dans les yeux. Il se raidit, mais ne détourna pas son regard.

« Pourquoi est-elle si importante? » Dominic hésita.

« Parce qu'elle est une Rostland. »

« J'en suis une également. »

« Mais personne, à part moi maintenant, ne sait que tu as des pouvoirs. Ne sois pas jalouse, lorsque je vais parler à mes supérieurs, ils vont vouloir te parler. Mais cela ne changera pas ce que les autres pensent. » Cléa était curieuse.

« Les autres? »

« D'autres personnes avec des pouvoirs et qui ont entendu parler des Rostland. » Cléa était satisfaite. Leur nom dépassait les simples limites de ce village.

« C'est génial, on va peut-être être capable de s'entendre sur certains sujets. Pour l'instant, je dois parler à ton copain. » Il haussa les épaules.

« Je ne sais pas où il est, ni à quoi il ressemble, je ne l'ai jamais entendu parler. »

« Oh, il est là. Malheureusement, je ne suis pas comme ma cousine. Elle le voit, je le sens. » Elle leva la tête pour mieux sentir et inhala à plusieurs reprises avant de choisir la direction pour parler.

« Maribelle ne peut pas sortir de son corps seul. Donne-lui un coup de main, ou un coup de pied, j'en ai rien à foutre, mais fait quelque chose. Si c'est douloureux, encore mieux. Je garde un oeil sur lui. » Elle pointa Dominic avec un bout du sandwich qu'elle tenait à la main. L'odeur resta un moment avant de s'estomper. Cléa se retourna vers Dominic. « Pendant qu'il est partie, si nous discutions un peu des autres personnes qui auraient des pouvoirs. » Dominic soupira, elle sentait qu'il ne voulait pas jouer à ce jeu, mais elle allait le forcer jusqu'à obtenir toutes les informations qu'elle avait besoin.

« D'après nos sources, la moitié ont peur de vous et de votre secret, l'autre vous ont en admiration et n'attendent qu'un geste de votre part pour faire surface pour accomplir la prophétie. »

« Faire surface? » Un agent entra dans la pièce et interrompit Dominic. Cléa pouvait voir le soulagement se peindre sur son visage. L'agent pinça les lèvres lorsqu'elle s'installa plus confortablement dans le divan en croisant ses longues jambes sous sa courte jupe. L'agent regarda ce qu'elle offrait et se tourna vers Dominic. Celui-ci lui fit signe de parler.

« Ils sont au complexe, ils vont attaquer d'un moment à l'autre. » Dominic et Cléa se levèrent en même temps. L'agent fixa Cléa. « Je ne crois pas que madame soit invitée. » Cléa se tourna vers Dominic.

« Est-ce que c'est un comme nous, ou un imbécile d'agent?"

« Imbécile d'agent » Il avait répondu avant Dominic. Il ne semblait pas heureux. Dominic fit taire Cléa d'un signe de main.

« Un imbécile d'agent qui a vu beaucoup de choses étranges dans sa vie. »

« Et si Maribelle se pointe? » Dominic se tourna vers l'agent.

« Elle vient avec nous. » L'agent se dressa et murmura quelque chose comme quoi elle n'avait pas la sécurité nécessaire pour voir leurs opérations mais les précéda vers une voiture qui les attendait.

L'agence avait dressé une tente en retrait du complexe. Celui-ci semblait désert. Un agent pointa son arme vers la jeune femme.

« Bonjour, moi c'est Cléa de Rostland. Ma cousine est là-dedans. » Elle pointa le bâtiment derrière l'homme.

« Je croyais que la consigne était pas de civil? »

« Elle est une Rostland et elle a offert sa collaboration. » Il hésita avant de leur faire signe d'aller rejoindre Maxime. Xavier n'était pas dans les environs. Au même moment, une brise se leva. Cléa donna un coup de coude à Dominic.

« Ouch! Qu'est-ce que je t'ai fais? »

« Maribelle est ici. » Un agent se retourna vers eux avec curiosité et son regard se fixa à côté de Dominic. Il frappa son collègue et finalement tout le monde regarda dans la direction générale de Dominic. « Vous pouvez retournez à votre travail. » Personne ne l'écouta.

Le compagnon de Dominic était apparu dans sa chambre. Elle était encore sous surveillance, mais elle avait réussi à se remettre de sa fatigue rapidement depuis que Guillaume s'en était mêlé. Elle lui avait dit de la laisser tranquille, mais il venait faire un tour à toutes les heures pour s'assurer qu'elle était confortable et qu'elle ne manquait de rien. Elle préférait lorsque c'était le rôle du lieutenant.

Il prenait soin de vérifier qu'elle n'était pas disparue de sa chambre par une méthode qu'il n'aurait pas prévu. Elle était incapable de sortir, elle avait tenté de plusieurs façons, mais il semblait avoir mis en place une bulle autour de la chambre qu'elle ne parvenait pas à franchir. Elle n'avait rien laissé paraître de sa frustration, elle ne voulait pas lui donner la joie de confirmer qu'il avait trouvé la faiblesse dans ses pouvoirs. Elle ne savait pas combien de temps il se montrerait patient avant d'avoir recours à la torture à nouveau. Elle voulait partir, elle devait trouver une autre façon que par ses pouvoirs.

Elle tournait en rond depuis plusieurs minutes, ruminant le mauvais sort qui lui avait fait tirer le plus petit brin d'herbe lorsqu'elle et Cléa n'avait que 16 ans, ce qui l'avait forcée à poser la question fatale à Dominic. Elle était devenue, dès ce moment, une personnalité publique pour les gens avec des pouvoirs. Elle était certaine maintenant que Cléa avait forcé le hasard pour rester dans l'ombre. Pourquoi, elle ne le savait pas encore.

L'être était apparu à ce moment et lui avait tendu la main.

« Je ne peux pas partir d'ici, il me bloque. » Pour la première fois, elle entendit un son provenir de l'homme. Il riait. Il lui fit signe de venir la rejoindre, ce qu'elle fit sans hésiter. Aussitôt, elle quitta son corps et il l'entraîna à l'extérieur de la pièce, vers l'extérieur.

« Est-ce que Dominic est à nouveau prisonnier? » Il secoua la tête. « Dans le complexe alors? » Même réponse. « Il est en sécurité? » Il hocha la tête avant de continuer sa progression vers la sortie.

« Un moment! Je dois vérifier deux ou trois trucs avant de te suivre. » Il se retourna vers elle, les bras croisés sur son torse, visiblement mécontent. Elle l'ignora et suivit les corridors, entrant dans certaines pièces. L'être la suivait et elle pouvait le sentir vibrer derrière elle. Il n'était pas content d'être éloigné de Dominic pour une si longue période. Elle se sentit obligé de lui expliquer ce qu'elle cherchait pour qu'il se calme.

« Je dois trouver Tobias. » L'être lui indiqua une direction générale. Sans hésiter elle fonça, l'être sur ses talons.

Elle s'arrêta lorsqu'elle vit Tobias penché sur des feuilles de papier. Il était si concentré qu'il ne sentit pas sa présence dans la pièce. Elle se plaça derrière son épaule pour regarder ce qu'il lisait. Un testament. Est-ce qu'il n'était qu'intéressé par l'argent de la famille et c'était sa seule raison pour transformer sa vie en un enfer?

La porte s'ouvrit et Maribelle recula en voyant Guillaume. Tobias laissa tomber ses papier sur le bureau.

« Alors? Est-ce que tu as obtenu quelque chose d'elle? On commence à s'impatienter. » Guillaume ne semblait pas dans un mode amicale.

« Non. Je te rappelle, Tobias, qu'elle est ici grâce à moi. N'oublie pas qui a le contrôle. » Tobias soupira.

« Nous ne voulons que la même chose. La différence entre nous c'est que je ne vois pas en quoi ma cousine pourrait nous aider ou non. D'une manière ou d'une autre, depuis qu'elle sait, par une façon dont j'ignore, que je suis en charge de ce complexe, elle ne me fait et fera plus jamais confiance. Il va falloir nous en débarrasser. »

« Pas si vite. Nous avons besoin de ses connaissances. »

« Tu parles du secret? J'ai vécu au manoir depuis mon enfance. J'ai parlé à d'autres membres de la famille qui ont également vécu là. Les seules personnes qui ont su le secret sont mortes : Victoria, Likalie et toutes les autres avant elles. À part ce qu'elles ont prétendu, personne ne sait c'est quoi le secret, ou bien sa localisation, ce qu'il fait. Il n'y a que des rumeurs. »

« Il est dangereux pour toi de douter de ta propre famille. »

« Je ne doute pas, je crois que ce ne sont que des rumeurs que mes ancêtres ont concoctées pour garder le manoir et l'argent entre leurs mains, et pour garder les gens hors de leur terrain. »

« Leurs pouvoirs sont réels. »

« Ça oui, mais elle ne peut rien faire contre ta petite protection, elle ne peut rien faire pour nous empêcher de mettre notre plan à exécution. »

« Est-ce que le bâtiment a été sécurisé? »

« Tous les dispositifs sont en place. Il ne restera rien une fois la mission terminée. Ceux qui se sont opposés ont déjà été exécutés, les autres ont déjà été évacués vers ton domaine. Tu feras ce que tu voudras de Maribelle. Qu'elle parle ou non, tu vas te rendre public dans deux jours. Le... » Guillaume

l'interrompit et regarda autour de lui, à l'affut. « Qu'est-ce... »
Tobias devint attentif, s'était levé et s'approcha de la position de
Maribelle et l'être. Maribelle agrippa l'être et sortit de la pièce.
L'être lui indiqua la direction de la sortie et Maribelle n'hésita
plus un seul instant.

Maribelle ne se préoccupa pas de la foule lorsqu'elle prit sa
nouvelle apparence. Elle entendit quelques exclamations de
surprises, un recul d'effroi peut-être.

Elle s'était matérialisée derrière Dominic qui s'était décidé à
regarder dans la même direction que les autres agents et sembla
soulagé de la voir intact. Elle regarda autour d'elle et fixa son
regard sur un groupe d'homme qui s'approchait de l'entrée
principale du bâtiment.

« Qu'est-ce que vous faites? » Dominic suivit son regard. Il y
avait quatre policiers en uniforme d'assaut qui s'approchaient du
bâtiment.

« Ils vont te sortir de là. Reste dans ta chambre jusqu'à ce
qu'ils arrivent à toi. » Une femme s'apprêta à dire quelque
chose, probablement relié au fait que Maribelle était présente
devant eux, mais elle se tut. Maxim s'approcha d'elle, les yeux
plissés.

« Comment es-tu ici? » Cléa se mit à rire.

« Ils ne doivent pas entrer, il y a des explosifs partout qui
risque de tuer tout le monde en dedans, y compris moi et les
autres participants plus ou moins volontaires. »

« Arrêtez-les! » Dominic avait crié l'ordre et un homme
s'empressa de passer l'ordre aux hommes sur le terrain.
Maribelle les regarda hésiter avant que l'ordre soit à nouveau
donné et qu'ils battent en retraite.

« J'espère que tes informations sont bonnes. » La voix de
Maxime était sévère.

« Je les ai entendu parler de ce qu'ils allaient faire une fois
leur mission terminée. » Son regard se porta à nouveau sur ce
qui se passait devant la porte principale. Deux hommes
sortaient du bâtiment, les mains levées.

« Tu les reconnais? » Maribelle se concentra pour mieux voir
leur visage. Guillaume. La panique la gagna et la menaça de lui
faire perdre l'emprise sur son deuxième corps.

« C'est Guillaume! Dites-leur de l'abattre, il n'est pas là pour parler. » Dominic se retourna vers l'agent qui passait les ordres à l'escouade. Il tapa sur sa radio avant de se réessayer. La radio n'émettait que du bruit. Un autre agent lui donna une nouvelle radio, mais elle ne fonctionnait pas plus. « Essayez plus fort! » Quelqu'un se mit à courir vers l'escouade à travers les buissons qui les séparaient du bâtiment. Maribelle avait les yeux figés sur Guillaume. Il souriait. « Éloignez-vous!!! » Elle avait crié, avec l'infime espoir qu'ils l'entendraient malgré la distance. Cléa s'était levée, se concentra, mais rien ne se produisit.

Soudain, une boule de feu remplaça le bâtiment et ils vacillèrent sous l'onde de choc. Le son était assourdissant. Les hommes de l'escouade étaient au sol, et ne bougeaient plus. Guillaume et son compagnon avaient disparu. Maribelle s'effondra au sol, en pleurs.

Dominic se pencha au-dessus d'elle. Les radios fonctionnaient à nouveau, les agents parlaient tous en même temps, aboyaient des ordres. Maribelle restait prostrée. Malgré tous ses pouvoirs, elle avait été incapable d'arrêter une tragédie. Elle entendit vaguement qu'il y avait des morts du côté de l'escouade, que le bâtiment était au sol, dans les flammes.

Elle pouvait sentir la fumée. Elle vérifia que son corps original était intact et elle avait déjà commencé à pousser la porte, mais elle était bloquée.

« Qu'est-ce qui s'est passé? »

« Je dois retourner là-bas. »

« Je vais avec toi. » Maribelle lui pointa l'écran.

« C'est trop dangereux, je vais être correct. » Dominic cria mais Maribelle était incapable de l'entendre. Le bruit des coups de feu autour de sa chambre, en plus des éboulements au-dessus d'elle. Dominic la tenait dans ses bras et elle ne voulait pas quitter ce confort, mais elle sentait la chaleur du feu sur sa peau. Elle devait sortir de là.

Cléa se pencha devant sa cousine et échangea un regard avec Maribelle. Elle posa un papier près de Dominic, se leva et quitta dans la confusion.

« Ne fait pas d'idiotie, je vais te chercher. » À nouveau, il fut impuissant lorsqu'elle disparut entre ses mains.

À côté de lui, il y avait la carte du complexe.

Chapitre 32

« Vous ne pouvez pas y aller! » Dominic avait prit une radio et un fusil avant de courir vers le bâtiment, mais se fit barrer la route par un policier. Il le repoussa, mais celui-ci posa sa main sur son épaule et l'arrêta. Dans le même mouvement, Dominic se retourna, le frappa et le mit au sol. Un autre policier courut dans leur direction mais Dominic était déjà à l'entrée principale du bâtiment. Il pouvait déjà sentir la chaleur du feu. Un membre de l'escouade le rattrapa lorsqu'il toucha à un bloc qui lui bloquait l'accès à l'ouverture.

« Il pourrait y avoir d'autres explosifs. »

« Il y a des gens là-dedans, encore vivants. »

« Vous ne pouvez pas le savoir! » Il tenta de l'éloigner. Dominic se dégagea, poussa le bloc et entra dans la petite ouverture. Il entendait ses collègues tenter de le dissuader par la radio mais il devait aller sauver Maribelle.

Maribelle toussait sous l'épaisse fumée qui trouvait son chemin sous sa porte. Elle était toujours barrée et ses tentatives de l'ouvrir étaient restées vaines. Elle ferma les yeux mais ce qui bloquait son esprit était encore présent. Elle baissa les bras de frustration et se coucha au sol pour donner un répit à ses poumons. Elle ne pouvait pas abandonner à cause de Guillaume. Elle n'allait pas le laisser gagner.

S'il avait trouvé ses faiblesses, il devait certainement en avoir lui aussi. Il ne pouvait pas avoir pensé à toutes les subtilités possible. Il devait y avoir une faille. Elle tenta à nouveau, mais rien n'y faisait. Elle pouvait voir les lueurs orange des flammes sous la porte. Elle toussa à nouveau, elle était étourdie.

Elle perdait rapidement le peu d'énergie qu'il lui restait après avoir été projetée auprès de Dominic. La distance avait été trop grande malgré l'aide qu'elle avait eu et elle voulait dormir. Elle ferma les yeux et s'imagina s'enfoncer dans le plancher, aller rejoindre la terre comme ses ancêtres avaient fait avant elle. Elle ne faisait qu'une avec la terre. Elle se sentait bien. Elle pouvait voir sa grand-mère qui l'attendait à bras ouvert, avec le sourire, mais ses yeux projetaient de la tristesse et de la déception.

Maribelle rouvrit les yeux. Elle était toujours dans sa prison. Elle était une Rostland, personne ne pouvait se mettre sur son chemin. Elle inspira et ferma les yeux pour se recentrer. Elle pouvait voir une mince membrane scintillante tout autour de sa chambre et elle réussit à projeter son esprit à l'intérieur. Une fois sortie, elle s'approcha de la surface et poussa légèrement. La membrane s'étendit mais ne laissa rien passer. Elle frappa la membrane qui se mit à vibrer.

Elle concentra son esprit en un point précis et se força à traverser, comme si elle lui appliquait une épingle. La membrane résista, trembla avant de se tendre pour éclater comme une bulle de savon. Elle en profita pour passer à travers la porte. Elle voulu prendre un corps pour débarrer la porte, mais le mécanisme n'était pas là et les flammes étaient presque arrivées à sa chambre. Elle ne savait pas ce qui se produirait si elle abandonnait son corps derrière elle, probablement rien de très intéressant.

À première vue, il n'y avait personne dans le corridor et elle avait besoin d'une carte magnétique pour se sortir de là. Elle s'envola vers la pièce contiguë à sa chambre, derrière le grand miroir, et que les scientifiques utilisaient pour l'observer. Il y avait un homme, une jambe prise sous les décombres. Elle ne l'avait jamais vu, et les autres l'avaient abandonné derrière eux lorsque l'explosion avait fait trembler tout le bâtiment.

Elle s'approcha de lui. Il respirait toujours, mais le sang qui s'échappait de sa plaie ouverte l'avait fait perdre connaissance. Elle prit forme devant lui. Dans l'état où il était, même s'il se rendait compte qu'il y avait deux Maribelle, personne ne le croirait.

Elle secoua son épaule et l'entendit gémir mais il n'ouvrit pas les yeux. Elle le secoua plus fort, sans plus de réaction. La poutre de métal qui bloquait sa jambe était cassée à deux endroits et elle ne semblait pas trop lourde pour la soulever par elle-même. Sauf qu'elle avait moins de force que sa copie originale. Après un peu d'effort, elle souleva la barre de métal, mais ne parvient pas à la déplacer. Si le scientifique était éveillé, il pourrait déloger sa jambe sans trop de problème.

Elle souleva à nouveau la barre, et frappa d'un pied la jambe de l'homme pour la déplacer. Elle gagna quelques centimètres avant d'avoir à la déposer. Elle était à bout de souffle. Elle avait besoin d'aide. Sa copie originale allait bientôt manquer d'air, et elle la suivrait immédiatement.

Le feu n'avait pas encore atteint la salle d'observation. Elle ouvrit la porte et jeta un coup d'oeil dans le corridor. Un garde était étendu au sol de l'autre côté. Elle se précipita vers lui et s'agenouilla. Elle secoua son bras, il ne répondit pas. Elle prit son pouls et bondit vers l'arrière en n'en trouvant pas. Elle pouvait mieux voir le visage de l'homme, les yeux ouverts, des lacérations au visage, le corps en sang, et une barre de renforcement qui traversait son cou de gauche à droite.

Elle retint la nausée et tourna les talons pour s'enfuir mais changea d'avis à la dernière minute. Elle s'approcha de l'homme, en gardant les yeux fixés sur ses pieds, tâtonna près de sa main pour ramasser le fusil qu'il avait. La mort l'avait surpris dans cette position et il ne lâcherait pas son arme à moins de couper sa main.

Maribelle sentit les larmes monter à ses yeux. Elle était coincée dans le complexe, sans possibilité de sortir, et elle mourrait probablement deux fois plutôt qu'une. Elle se mit à maudire sa malédiction qui lui donnait l'espoir de sortir, sans lui en donner la chance.

Elle n'osait s'éloigner de sa chambre, elle avait peur de se retrouver coincée et dans l'incapacité de retourner dans son corps, ou plutôt d'avoir à retourner dans son corps sans avoir de possibilité d'en ressortir. Elle retourna vers le scientifique en essuyant les larmes qui s'écoulaient le long de sa joue.

L'homme semblait avoir repris connaissance et il tendit sa main vers elle en la voyant.

« Aidez-moi! » Sa voix était faible et rauque. Elle se précipita vers lui et lui prit la main.

« Je vais soulever la poutre, mais vous devez m'aider en tirant votre jambe. » Il tenta de se relever pour mieux la voir.

« Vous n'êtes plus prisonnière dans l'autre chambre? J'aurais cru que vous resteriez coincée!Ils ont désactivé l'ouverture automatique des portes en cas de problème. »

« Ne pensez pas à ça. Vous m'avez entendue? Tirez votre jambe quand je vous le dis. » Il grimaça mais hocha la tête. Maribelle se replaça à la poutre. Elle tenta de la soulever, elle n'en avait plus la force. Sa copie originale n'en avait plus pour longtemps. Elle tapa sur le sol, frustrée.

« Qu'est-ce qui se passe? »

« Écoutez, je dois ouvrir la chambre dans laquelle je suis tenue prisonnière. »

« Mais.. » Il était confus et regardait dans toutes les directions.

« Ne posez pas de question. Comment est-ce que j'ouvre la porte?"

« Mais vous êtes... »

« Comment? » Son ton était ferme. Il fronça les sourcils, grimaça et lui pointa un clavier numérique dans le coin de la pièce, juste à côté de la fenêtre. Maribelle s'en approcha et pu voir son original étendue au sol, rampant vers la porte. Elle tenta de se raisonner et de la calmer. L'original se recroquevilla sur elle-même. « Le code? »

« 4...1...5...6...2 » Maribelle entra les chiffres, mais rien ne se produisit.

« Ça ne fonctionne pas! » Il fouilla dans sa poche de pantalon et lui montra une clé. Maribelle alla la chercher, la mit en place dans l'ouverture sous le clavier, prête à être utilisée.

« Il faut tourner la clé en même... » Un bruit assourdissant interrompit l'homme. Maribelle regarda avec horreur une partie du plafond au dessus de l'original s'écrouler. Elle sentie la douleur la pénétrer, entra les chiffres en tournant la clé et se volatilisa dans l'air.

Elle regagna son corps et roula sur elle-même avec le peu d'énergie qu'elle avait apporté avec elle-même. Le plafond tomba là où elle était une fraction de seconde plus tôt. Une bouffée d'air frais pénétra la pièce et elle resta quelques instants, étendue sur le sol, à prendre de profondes respirations.

Ses yeux piquaient à cause de la fumée, ses poings élançaient d'avoir trop frappé contre la porte. Elle devait sortir.

Elle se leva et sortit de la pièce en évitant les flammes. Ses poumons brûlaient, son corps était douloureux. Elle devait s'appuyer contre les murs du corridor pour rejoindre la pièce où le scientifique était.

« Tu ne m'as pas abandonné! » Il était de plus en plus conscient de ce qui se passait autour de lui et tentait de pousser la poutre par lui-même, sans succès. Maribelle pouvait entendre les structures tomber un peu partout dans le complexe. Elle devait se dépêcher si elle voulait avoir une chance de sortir de là en vie. Elle rampa pour traverser la pièce et rejoindre le scientifique.

Sans dire un mot, elle rassembla ses forces pour pousser la poutre. Elle n'y arrivait pas.

« Il faut pousser plus fort! »

« Je ne peux pas! » Maribelle eut l'envie de le laisser là et de sauver sa peau pendant qu'elle en avait encore le temps. Il n'y avait personne qui viendrait jusqu'ici pour les aider. Elle était son seul espoir. Elle chercha son souffle et poussa à nouveau.

« Un peu plus! » L'espoir qui perçait dans la voix de l'homme donna la poussée d'adrénaline nécessaire à Maribelle pour déplacer la poutre. « C'est bon! » L'homme se tortilla et termina de se dégager. Maribelle resta assise un moment, mais quelque chose tomba près de leur position et elle se remit sur pied.

« On doit partir, vous pouvez marcher? » Il regarda sa blessure, se leva et vérifia qu'il pouvait bouger ses jambes avant de hocher la tête. Aussitôt, il porta sa main à celle-ci et Maribelle le vit vaciller. « On ne peut pas attendre. » Il lui fit signe de montrer le chemin.

À l'extérieur de la pièce, il y avait encore plus de débris sur le sol. Maribelle avait à nouveau ses repères et la faible lueur provenant des lumières de sécurité tout le long des corridors lui permettaient de voir où elle mettait les pieds. Le scientifique la suivait de près et elle pouvait sentir son souffle sur sa nuque à plusieurs reprises.

Ils arrivèrent à un escalier et Maribelle tenta d'ouvrir la porte, mais celle-ci ne s'ouvrit que de quelques centimètres. Le scientifique essaya également, sans plus de succès. Ils pouvaient voir par l'ouverture que des débris des étages supérieurs s'étaient accumulés derrière la porte et il leur serait impossible de les déloger. Maribelle se laissa glisser au sol, épuisée. Ils s'étaient éloignés de l'incendie, mais ils étaient encore loin de la surface. La fumée les rejoindrait tôt ou tard. Le scientifique essaya à nouveau de pousser la porte.

« Vous avez une idée? »

« Vous voulez rire? Vous m'avez tenue ici contre mon gré et vous m'avez torturée. Vous espérez maintenant que je vais faire un miracle? Vous avez un plan? » Le scientifique s'assied à côté de Maribelle.

« Je n'avais pas le choix. Croyez-moi, en comparaison des autres ici, vous avez eu la vie facile. »

« Je suis contente de l'entendre... où sont-ils? » Le scientifique haussa les épaules.

« Un peu partout. Je n'avais pas beaucoup de contact avec eux, et ils ne cessaient d'être déplacés. »

« Est-ce qu'il y en avait d'autre sur ce niveau? »

« Non. » Maribelle avait espéré pouvoir aller en sauver un qui aurait des pouvoirs pour les sortir de là. « Vous n'avez pas des pouvoirs pour vous sortir d'ici? Comme par exemple apparaître dans une autre pièce pour vous aider vous-même. » Son ton avait changé, plus dur.

« Je ne sais pas de quoi vous voulez parler. Je n'ai pas de pouvoir. »

« Même lorsque vous êtes sur le point de mourir, vous ne voulez toujours pas avouer? »

« Je n'ai rien à avouer. Fermez-là si vous n'avez rien à apporter à notre situation. »

« Comment avez-vous fait? » Elle se tourna vers lui. Elle ne l'avait jamais vu auparavant. Même lorsqu'elle avait été capable de se promener librement dans le complexe, elle ne l'avait jamais vu. Elle regarda sa jambe. Il n'avait plus de blessure. Elle se leva d'un bond et s'éloigna de lui.

« Est-ce que tu vas me laisser tranquille à la fin? » Le scientifique haussa un sourcil.

« Qu'est-ce que vous voulez dire? »

« Tu as causé l'explosion, et Tobias t'a dit que tu pouvais faire ce que tu voulais avec nous. Tu as sauvé les autres, ils étaient sur le même étage que moi. »

« Le manque d'oxygène vous fait dire des choses que vous ne pensez pas vraiment. »

« Comment est-ce que j'ai pu être aussi aveugle? » Elle se leva, les larmes aux yeux. Le scientifique restait calme.

« Aveugle pour ne pas avoir vu quoi au juste? »

« Que tu es Guillaume! Et que m'enfermer n'était qu'une autre ruse! » Il se mit à rire.

« Guillaume est un homme puissant, dont il faut se méfier, mais je ne suis pas lui. »

« Et vous n'êtes pas qu'un médecin. »

« Vous avez raison. Il y a une autre personne qui a des pouvoirs sur cet étage. » Son visage devint vague pour être remplacé par celui du lieutenant. Maribelle recula.

« Pourquoi maintenant? On va mourir! »

« J'espérais pouvoir vous aider à sortir d'ici et vous donner certaines informations pour éliminer Guillaume. »

« Pourquoi vous cacher? »

« Je ne voulais pas vous faire peur et ainsi j'étais certain que Guillaume ne saurait pas que l'information viendrait de moi. » Il secoua la poussière de son pantalon.

« Il est dangereux? »

« Très dangereux, et je préfèrerais que vous ne lui soyez pas utile. »

« Vous avez trahi l'agence. » Il se mit à rire.

« Non, j'étais ici pour aider a trouver les terroristes qui attaquaient les gouvernements. Tobias m'a expliqué que vous étiez prête à donner le secret à une cellule terroriste et mon expérience leur a été utile. Mais Guillaume avait déjà corrompu Tobias et je ne l'ai compris qu'après vous avoir interrogé. »

Le lieutenant se leva.

« Qu'est-ce que vous savez sur lui, et comment est-ce qu'on fait pour s'en débarrasser? »

« Il va faire une annonce publique montrant ses pouvoirs pour que la population soit de son côté. Ensuite, il veut renverser différents gouvernements. Il croit qu'en prenant leur place, il va être automatiquement adoré. » Il lui tendit la main pour l'aider à se lever. Elle hésita un moment, mais il semblait confiant en lui. Elle se mit sur pieds. « Toutes nos découvertes, tous nos mouvements ont soigneusement été cachés par lui. Mais il est furieux que la population croit qu'il est à la tête d'une cellule terroriste. »

« Qu'est-ce qu'on peut faire contre ça? »

« Il veut votre participation. Pourquoi ne pas être un peu plus curieuse? » Elle réfléchit rapidement. Il y avait une certaine sagesse dans ses propos.

« Qu'est-ce que vous y gagner? »

« Me débarrasser de lui et de Tobias pour redonner un peu de crédibilité au conseil de famille. »

« Je ne vous suis plus. Le conseil de famille? »

« J'ai accepté l'offre du conseil de prendre cette position. Je les ai toujours admirés. Les Rostland ont monté cet organisme pour aider les personnes avec des pouvoirs, qu'ils soient innés ou acquis. Nous aider à contrôler nos pouvoirs, à comprendre jusqu'où on peut les pousser. Le conseil avait également pour mission de repérer les personnes qui pourraient être un danger pour la population et les gens autour d'eux et les garder sous observations. »

« Pourquoi est-ce que j'en ai jamais entendu parler? »

« Parce que votre grand-mère n'a jamais voulu en entendre parler. Elle vous a tenu loin du conseil, tout en nous donnant de l'argent. Mais ce n'est pas ce que le conseil voulait, même si ça nous a aidé. Guillaume est arrivé un jour en disant qu'il vous connaissait et qu'il pourrait vous amener à nous. Ce n'était pas vraiment une bonne idée de lui en montrer autant. »

« Il a tout appris par lui-même. Après le petit incident avec Dominic, je n'ai pas voulu me mêler des histoires paranormales. »

« C'est ce qu'il nous a dit et il est apparu comme notre seul espoir d'avoir votre collaboration. Le conseil voulait ravoir la puissante branche des Rostland. »

Le lieutenant tenta à nouveau de pousser la porte. Le feu n'était plus très loin et la fumée devenait de plus en plus épaisse.

Dominic sortit son arme et la pointa vers Guillaume qui était apparu au tournant d'un corridor. Guillaume ricana.

« Pas si vite, Dominic. » Des morceaux du plafonds

s'écroulaient un peu partout autour d'eux, des fils électriques pendaient et créaient des étincelles que Dominic tentait d'éviter. Il y avait un feu qui devenait de plus en plus intense dans un des corridors adjacents. Il pouvait sentir sa chaleur et le craquement du bois qui s'enflammait.

« J'espérais que tu sois mort dans l'explosion. »

« On ne se débarrasse pas aussi facilement de moi. »

« Qu'est-ce que tu me veux? » Il était prêt à tirer, mais la curiosité avait raison de lui.

« Je ne te laisserai pas avoir Maribelle. »

« Tu es prêt à la laisser mourir pour la garder pour toi? »

« Si c'est ce que ça prend, oui. » Dominic fit un pas vers l'avant, mais Guillaume ne bougea pas. Les éclairs électriques projetaient des ombres sur son visage. Il ressemblait à un démon. Dominic frissonna.

« Laisse-moi passer. »

« Je sais ce que tu veux d'elle, et c'est dommage qu'elle ait commencé à te faire confiance. Surtout après ce que tu lui as fait à l'époque. »

« Tu ne sais rien de ce qui s'est passé entre elle et moi. » Il fit un autre pas vers l'homme qui ouvrit les bras pour montrer qu'il n'était pas armé.

« Ne fais pas l'innocent. Tu as été raconté à tout le monde la conversation privée que tu avais eu avec elle. Les gens ne se sont pas moqués de la conversation elle-même, mais plutôt du fait qu'elle a couché avec toi. » Dominic sourit à son tour.

« Tes espions t'ont donné de mauvaises informations. »

Dominic tira sur Guillaume mais celui-ci l'avait prévu et avait fait un pas de côté à la dernière seconde. Il ricana.

« Tu n'arriveras pas à temps. » Dominic tira à nouveau et Guillaume reçu la balle au milieu de la tête. Il s'écroula au sol. Dominic baissa son arme et s'approcha du corps. Il sortit sa radio tout en gardant les yeux sur Guillaume.

« Guillaume est mort. » Il le poussa du bout du pied.

« Tu en es certain? » La voix de Maxime ne trahissait rien. Dominic se pencha et vérifia le pouls.

« Balle dans la tête. Fait venir quelqu'un pour ramasser le corps, je vais sortir Maribelle de là. » Il n'écouta pas ce que son collègue disait et il se remit en route sans un autre regard pour l'homme au crâne défoncé. Ça avait été si facile, qu'il se demandait pourquoi il avait hésité à le tuer avant même qu'il ne se mette à parler. Il se dirigea vers la cage d'escalier et ouvrit la porte. Malgré le danger d'effondrement, il s'y engagea, enjambant les blocs de bétons et les fils électriques, à la lueur de sa lampe de poche.

« Tobias a fait sortir les autres? » À l'exception du garde devant la porte de sa chambre et du lieutenant, elle n'avait vu personne d'autre. Les portes étaient ouvertes, mais tout était tranquille.

« Non, certains ont évacué le complexe avant l'explosion. Je devais exécuter les autres. » Maribelle s'éloigna de lui. Il arrêta de marcher et se tourna vers elle. « J'ai eu de l'aide de la part du conseil de famille. Pour Guillaume et Tobias, ils sont morts. Il ne reste que vous et moi ici. Tobias ne lèvera jamais le doigt pour protéger les personnes comme nous, surtout après qu'on ne leur soit plus utile. »

Maribelle et le lieutenant s'étaient mis en direction d'une autre cage d'escalier que le lieutenant venait de se rappeler. Pour s'y rendre, ils devaient passer à travers un corridor trop illuminé pour qu'il ne soit pas dangereux. Les flammes léchaient les murs mais le feu semblait localisé.

« Si on traverse ça, on risque d'y rester. Vous êtes certain que l'escalier se trouve là-bas? »

« D'après ce que je sais, personne n'y a posé de charge. On a une chance qu'il soit encore intact. » Il enleva sa chemise de laboratoire et l'enroula autour des bras nus de la jeune femme. Elle protesta en voyant qu'il ne portait qu'une chemise très légère, mais son visage se ferma et ses mouvements se firent plus brusque. « Vous ne pouvez pas vous blesser. Vous êtes trop importante pour le reste d'entre nous. »

« Pourquoi? »

« Le secret des Rostland. »

« Comme tout le monde. » Elle ne put retenir l'impatience dans sa voix. Elle ne pouvait pas faire deux pas sans qu'on lui rappelle que la seule chose pour laquelle elle comptait était le secret. Personne ne faisait attention à elle pour elle-même.

« C'est une partie de ce qui a fait votre réputation, en plus de votre neutralité et de ce que Likalie de Rostland a été capable de faire. » Maribelle plissa les yeux.

« Si on sort d'ici intact, je vous fais cracher tous les morceaux d'information que vous avez sur ma famille, et je m'assure que je vous fais tout oublier. » Il se retourna vers elle avec un sourire qui illuminait son visage.

« Vous pouvez jouer sur les mémoires? » Ce fut au tour de Maribelle de sourire.

« Oh oui, j'appelle ce pouvoir : décapiter la personne et frapper le cerveau aussi longtemps qu'il le faut pour faire disparaître les mémoires. » Il aurait dû se méfier.

« Vous êtes sérieuse? »

« J'ai appris à la bonne école. Je pourrais faire une exception pour vous et juste frapper pour vous rendre amnésique. »

« J'aime beaucoup mieux. » Ils s'approchèrent du feu. « Je vais passer en premier et lorsque je vous le dis, vous courrez en fermant les yeux et en retenant votre respiration, c'est compris? » Elle hocha la tête. Le lieutenant disparu dans le corridor. Maribelle se mit à compter. Il prenait beaucoup trop de temps. Et si il était déjà mort, asphyxié? Qu'elle attendrait ici inutilement jusqu'à ce qu'elle meurt elle aussi? « Allez-y! »

Elle prit une grande respiration, ferma les yeux et couru en mettant ses bras enveloppés de la chemise de laboratoire devant elle pour protéger son visage. La chaleur devenait de plus en plus insupportable. Elle voulut faire demi-tour mais la voix du lieutenant de l'autre côté des flammes l'encouragea à continuer. Elle voulu crier lorsque sa chemise prit feu au moment où le lieutenant l'attrapa dans ses bras. Son gilet était frais sur sa peau. Il utilisa les manches de la chemise pour éteindre les flammes qui lui brûlaient la peau.

« Nous ne sommes plus très loin. » Il lui pointa une porte de métal à une dizaine de mètres devant eux. Maribelle le suivit sans dire un mot. Il s'approcha de la porte, comme s'il ne voulait pas réveiller une personne endormie de l'autre côté. Il hésita avant de poser sa main sur la porte. « Elle est froide, nous sommes sauvés. » Il ouvrit la porte.

L'escalier s'arrêtait au premier pallier. Dominic sortit dans le corridor et regarda autour de lui. Ce n'était pas ici que Maribelle avait été retenue. Guillaume avait dû la mettre le plus loin possible de la porte d'entrée pour s'assurer qu'elle n'aurait aucune chance de s'en sortir. Il devait trouver une deuxième cage d'escalier, Maribelle n'avait plus beaucoup de temps.

Sa radio grésilla et la voix de Xavier se fit entendre.

« Dominic, sort de là tout de suite! Il y a une autre série de bombes! » L'urgence et l'inquiétude perçait dans sa voix.

« Je n'ai pas l'intention de sortir d'ici sans Maribelle. » Il savait que Xavier ne lui mentirait pas pour le forcer à sortir, pas comme Maxime, mais il ne se pardonnerait jamais d'avoir abandonné Maribelle derrière lui. Il sortit la carte que Cléa lui avait remis avant de disparaître. L'escalier n'était pas très loin, il n'avait qu'à suivre le corridor et tourner à droite. Il faisait partie du premier complexe qui avait été construit. Il espérait qu'il était mieux construit que les additions récentes. Il passa par-dessus une poutre qui s'était effondrée au milieu du corridor, se glissa en-dessous d'une partie du plafond et continua vers l'escalier malgré les appels de son collègue.

Chapitre 33

Cléa s'était éloignée du quartier général de l'agence, des agents de police, de l'escouade, de tout ce qui bougeait. Il n'y avait personne du conseil de famille qui s'était présenté, ce qu'elle trouvait étrange. Elle garda son attention sur Dominic qui s'était précipité comme un idiot en amour dans le bâtiment.

Personne ne fit attention à elle.

Cléa s'éloigna un peu plus de la masse de gens. Ils semblaient être venus de toutes les villes des alentours. Elle s'assura que personne ne la voyait avant de se pencher derrière un buisson. Elle sortie son téléphone et composa un numéro.

« Tout est prêt? »

« Ils sont à l'intérieur. Garde-les occupés. » La voix de Guillaume était neutre, comme si cela ne le dérangeait pas. Cléa raccrocha sans répondre. Elle chercha un numéro dans son cellulaire, le sélectionna, vérifia que la voie était claire derrière elle, et elle appuya sur le bouton vert.

Une détonation la rendit sourde pendant quelques secondes. Derrière elle, les gens se laissaient aller à la panique causée par la deuxième explosion. Ce qui restait du bâtiment n'était plus que de la poussière au sol. Dominic n'était pas à l'extérieur. Cléa sourit et alla rejoindre Violaine à sa voiture.

Dominic était dans la deuxième cage d'escalier. Il s'accroupit en entendant la détonation et se protégea la tête de ses bras. Aucun débris ne tomba du plafond. Les murs de métal ne firent pas plus que vaciller à l'impact.

Il vérifia aussitôt si la porte s'ouvrait derrière lui et il soupira de soulagement lorsqu'elle se déplaça de deux pieds, suffisant pour le laisser passer. Dominic commença sa descente dans l'escalier. Ils devaient trouver Maribelle le plus vite possible et sortir avant qu'une autre explosion n'ait lieu.

Maribelle toussa dans le nuage de poussière qui s'éleva après la dernière explosion. Le lieutenant était toujours à ses côtés et la poussa pour qu'elle continue de monter.

« Il y a une chose que j'ai oublié de vous dire. » Maribelle s'arrêta mais l'homme continua de la pousser. « Ça fait longtemps que Guillaume sait que Cléa a également des pouvoirs. »

« Alors? Est-ce que tu vas me le dire c'est quoi le fameux secret des Rostland? » Cléa secoua la tête.

« Pas encore. Pas tant que Maribelle n'est pas éliminée. » Violaine fronça les sourcils.

« Je croyais que l'explosion? »

« Ton cher Dominic était en chemin pour aller la sortir de là. Je devais le retarder. Maribelle n'est pas morte, crois-moi. »

« Et Dominic? » Cléa se tourna vers sa soeur.

« Tu es toi aussi amoureuse de lui? Qu'est-ce qu'il a qui vous fait toutes craquer pour lui? » Sa soeur haussa les épaules et regarda à l'extérieur de la voiture. « Il a cette chance inouïe qui l'empêche de mourir. Ça lui sert beaucoup et Guillaume ne tente plus de le tuer. Il va seulement le laisser coucher avec Maribelle s'il le faut pour apprendre tous les secrets et ensuite il va tirer les vers du nez de Dominic. »

« Pourquoi est-ce qu'il faut que ce soit Dominic? Il est à moi! »

« Il ne faut pas juger ce que Guillaume fait, il a un but précis en tête et il va tout faire pour y parvenir. Si tu l'écoutes, il va peut-être te laisser Dominic une fois qu'il aura compris que l'agence n'est pas la bonne voie pour les gens comme nous. Guillaume détient la vérité. »

« Pourquoi est-ce que tu me dis ça? Tu n'as jamais rien partagé avec moi. »

« Parce que si tu dis quoi que soit à quelqu'un, je vais avoir le plaisir de te tuer de mes propres mains. » Violaine regarda sa soeur, horrifiée.

Maribelle pouvait entendre des voix provenant de l'étage au-dessus d'eux. Elle se dépêcha de monter les dernières marches et se retrouva face à face avec Dominic, couvert de poussière.

« Maribelle? Je suis tellement content de te voir! » Dominic attrapa Maribelle et l'attira dans ses bras. Il la garda serrée contre lui jusqu'à ce qu'elle tente de le repousser. Il se redressa et la relâcha.

« Qu'est-ce que tu fais ici? »

« Je suis venu t'aider. »

« Je n'avais pas besoin de ton aide. Je dois aller arrêter Guillaume. » Dominic lui sourit.

« Il est mort. » Maribelle vacilla sur ses jambes et il du l'attraper avant qu'elle ne tombe dans les marches.

« C'est impossible... »

« Il était dans le bâtiment. Je l'ai tué moi-même. » Elle continuait de secouer la tête, sous le choc. Un grondement se fit entendre derrière elle.

« Est-ce qu'il y a d'autres personnes ici? »

« Le lieutenant. » Dominic plissa les yeux pour mieux voir dans la pénombre derrière elle. Il dirigea le faisceau de sa lampe de poche mais ne voyait rien. Maribelle suivit son regard, le lieutenant n'était pas là. « Il faut aller l'aider! » Maribelle se défit de sa poigne et se précipita vers le pallier inférieur.

« Maribelle! Tout va s'écrouler d'un moment à l'autre, il faut sortir! »

« Pas sans le lieutenant! » Dominic la suivit.

« Mais tu m'as dit qu'il t'avait torturée! » Maribelle lui lança un regard noir et il cessa d'argumenter. Le lieutenant était coincé derrière un bloc de ciment qui le maintenait fermement contre le mur.

« Partez sans moi, il faut aller l'arrêter! »

« Non! Guillaume est mort. » Elle tenta de déplacer la pierre, mais elle était trop lourde pour elle. Maribelle se sentit tirer vers l'arrière par Dominic qu'elle tenta de résister, mais il était trop fort. « Lâche-moi! »

Dominic la lâcha pour attraper une barre de métal dans les débris et réussit à soulever le bloc et le lieutenant rampa pour se sortir de sa position. Il remercia Dominic. Maribelle émit un petit rire et le lieutenant la fixa.

« Il semble que les plafond vous apprécient beaucoup. » Il se tourna et monta les escaliers. Dominic le suivit de près.

« Je me montrerais un peu moins heureuse si j'étais vous. Guillaume est toujours en vie. » Dominic lui accrocha le bras pour l'arrêter.

« Je l'ai tué. » Le lieutenant secoua la tête.

« Guillaume a quitté l'endroit dès qu'il a sentit qu'il était espionné. » Maribelle rougit sous le regard perçant du lieutenant. « Tobias tentait de ressembler à Guillaume. » Maribelle se figea et se tourna lentement vers Dominic.

« Tu as tué mon frère? » Dominic fronça les sourcils.

« Vous êtes certain? Vous n'étiez pas là. »

« Demandez à Maribelle. Elle peut le sentir. » Maribelle ferma les yeux. Son odeur était encore forte, mais pas près de Dominic. Elle entendit les voix de tous ses ancêtres se faire entendre en même temps et une chose ressortait. Ils avaient peur pour elle.

« Il a raison. Guillaume est vivant. »

Chapitre 34

Compte tenu de ce que le lieutenant, Maribelle et Dominic avait dit après être sortis du bâtiment en ruine, Maxime avait demandé la collaboration de Luc et de ses hommes pour garder Maribelle et Dominic en sécurité. Il ne voulait pas les entraîner au centre dans l'immédiat, jusqu'à ce qu'il trouve qui travaillait pour Guillaume. Il préférait perdre quelques jours à s'entretenir avec chacun de ses agents plutôt que de risquer de perdre Maribelle pour de bon. Le lieutenant leur avait confirmé que Guillaume n'abandonnerait pas Maribelle et qu'il avait dû détruire le centre pour protéger les résultats de ses expériences.

Chose plus troublante, Jason dévoila que la veille de la destruction, plusieurs personnes avec des talents divers avaient quitté l'endroit en emportant un objet sur lequel ils avaient travaillé depuis plusieurs mois et qui s'était rapidement développé grâce à des informations contenues dans un cahier appartenant à Victoria de Rostland.

Luc n'avait pas demandé d'explications et avait placé Dominic et Maribelle entre les mains de ses collègues de Montréal. Il ne voulait pas que la police locale soit impliquée dans une histoire de famille. La plupart des gens du village avaient reçu de l'aide des Rostland avant la mort de Victoria, et il ne voulait pas les mettre en péril puisqu'ils ne sauraient pas être objectifs si un Rostland se présentait à leur porte. La réputation des Rostland était profondément ancrée dans l'esprit des gens, en plus de toutes les rumeurs.

Après que les détails aient été mis au clair, Maribelle avait finalement accepté de voir les ambulanciers pour les blessures qu'elle avait subit dans l'effondrement. Le lieutenant les avait quitté et discutait avec Maxime. Maribelle le regarda s'éloigner, appréciant finalement ce qu'il avait tenté de faire, malgré qu'elle en avait été victime. Elle voulait maintenant dormir pendant plusieurs jours et penser à Guillaume plus tard. Beaucoup plus tard, dans une autre vie.

Dominic était resté près elle, et elle savait qu'il ne faisait cela que pour la protéger. Il ne faisait que son travail. Cette fois-ci, Maxime s'était assuré que ceux qui les accompagnaient étaient des personnes de confiance. Les esprits avaient été fouillés, mais Maribelle ne se sentait pas en sécurité. Guillaume finirait par la retrouver.

Elle s'endormit pendant tout le trajet et ne se réveilla que lorsque Dominic la secoua. La nuit était tombée et la voiture s'était arrêtée devant un bloc à appartements au milieu de Montréal. Elle ne reconnaissait pas le voisinage. Dominic l'aida à monter à l'étage et lui montra le lit sur lequel elle s'écroula et perdit connaissance.

Dominic venait juste de terminer de préparer la soupe au poulet selon la recette de sa grand-mère et baissa le feu lorsqu'il entendit des pas derrière lui. Maribelle le regardait, surprise.

« Tu as faim? J'ai fait de la soupe. » Elle prit place au comptoir.

« Tu cuisines? » Il lui sourit et lui servit un bol de soupe qu'elle attaqua aussitôt.

Dominic pouvait voir son visage se détendre, la soupe faisait une merveille. Dominic la trouvait charmante et il ne comprenait pas comment il avait pu être aussi aveugle lorsqu'elle était venue lui parler la première fois. Elle lui avait fait confiance et il avait balayé tous ses efforts du revers de la main. Il ne put s'empêcher de se souvenir de ce que Tobias lui avait dit dans le bâtiment, qu'elle s'était fermée parce que les gens s'étaient moqués d'elle et avait propagé des rumeurs sur elle.

Elle avait surgit dans son party sans invitation. Personne n'invitait les Rostland. Ils étaient différents, ne parlaient à personne, pas même entre eux et fuyaient tout le monde. Personne ne se moquait d'eux, ils étaient simplement là.

Elle avait traversé la cour arrière de sa maison sous le regard médusé de ses copains. Elle n'était pas à sa place et s'était empressée d'entrer dans la maison et de se cacher dans le placard d'une chambre pour reprendre ses esprits. Il l'y avait trouvée lorsqu'il l'avait entendu bouger les vêtements sur les cintres. Il avait ouvert la porte et elle avait bondit à travers la pièce, effrayée. Il était sous le choc et n'avait rien fait pendant quelques minutes.

« Qu'est-ce que tu fais ici? »

« Je venais te parler. » Il avait fermé la porte. Ce n'était pas tous les jours qu'une jeune femme voulait lui parler en privée, pas depuis qu'il sortait avec Amanda. Et une Rostland en plus! Il s'était senti mal et n'avait rien fait pour la mettre à l'aise. Elle transférait son poids d'un pied à l'autre, les mains serrées au point que ses jointures étaient blanches, le visage vidé de toutes ses couleurs. Elle avait inspiré avant de se lancer dans un étrange monologue.

« Je sais que je suis bizarre et que je n'ai pas d'affaire ici, de toute façon qui voudrait parler à quelqu'un comme moi, mais tu sais les rumeurs ne sont pas toutes fausses sur ma famille, mais pas l'histoire des réunions dans le cimetière, parce que ça c'est des conneries. » Elle avait eut un rire nerveux. « Je devais te parler ce soir, c'est très important parce qu'il va bientôt se passer quelque chose de terrible et je devais savoir avant de te demander de m'aider. J'ai hérité de quelque chose de bizarre à ma naissance, ce qui peut expliquer que je suis bizarre, mais pas bizarre méchante, plus que je vois des trucs bizarres autour de moi, tu sais comme des personnes qui ne sont pas là, mais elles sont là pour moi, c'est juste que personne ne les voit et toi tu as quelqu'un qui te suit tout le temps, pas dangereux! Mais il te suit et personne ne le voit, mais moi je le vois, j'ai le pouvoir de voir ces gens-là et je veux savoir pourquoi il te suit partout et si toi aussi tu le vois, parce que je n'ai pas l'impression que tu le vois parce que tu aurais réagi plus souvent lorsqu'il apparaît de nul part, parce qu'il n'est pas toujours là, mais quand il est là il te suit et me fait des clins d'oeil, en fait je crois qu'il se moque de moi, mais il n'a jamais rien dit, alors je peux pas le savoir, est-ce que tu savais qu'il y a quelqu'un qui te suit parce que ça pourrait m'aider à comprendre beaucoup de chose si tu as une idée pourquoi il est avec toi... » Il avait levé les bras pour arrêter le flot de paroles.

« T'es vraiment bizarre. » Ce n'est pas ce qu'il voulait dire, et avec le recul, il n'avait pas compris à quel point lui dire cela avait du prendre beaucoup de courage de la part de Maribelle. Elle avait rougit et ses yeux s'étaient remplis de larmes.

« Je sais mais je veux juste savoir si... »

« Écoute, ça m'intéresse pas de t'entendre parler de trucs comme ça. J'ai un party et les gens doivent se demander ce que je fais. »

« Je n'ai pas osé te parler avant. »

« Maribelle, c'est bien ton nom? Je ne sais pas ce que tu essaies de me raconter, mais ça ne m'intéresse pas... » Ils avaient tous les deux entendus des rires provenant du balcon. Son ami Pierre et d'autres gens les regardaient, intéressés.

« Tu devrais l'embrasser! » Tout le monde s'était mis à les encourager et Maribelle avait reculé.

« Je n'aurais pas du venir ici... » Elle s'était avancée vers la porte mais celle-ci s'était ouverte sous la colère de Amanda.

« Comment peux-tu me tromper comme ça? » Luc continuait son chant du balcon.

« C'est ce qu'elle veut! » Amanda poussa Maribelle sur le mur.

« Toi, tu te tiens loin de mon chum! » Elle criait et Maribelle avait mit ses mains sur ses oreilles pour ne pas entendre les gens. Les larmes coulaient sur ses joues et Dominic s'était senti impuissant à faire quoi que ce soit pour l'aider. Pierre en avait rajouté.

« En plus, elle est folle! Elle croit voir des fantômes! Whouououo! » Dominic s'était mis à rire. Il ne voulait pas que les gens sachent qu'il voyait la personne que Maribelle avait mentionné. Son père lui avait fait clairement comprendre qu'il n'accepterait pas que Dominic raconte ce genre d'idiotie et lui avait ordonné de tout oublier de cette histoire.

Maribelle s'était relevée et avait fui sous les moqueries de Amanda, de Pierre et des autres. Dominic était resté sur place. Amanda avait rigolé, avait passé son bras au sien en lui disant qu'elle lui pardonnait et l'avait entraîné vers le balcon pour rejoindre les autres.

Il avait vu Maribelle courir à travers de la cour vers la porte qui donnait sur la ruelle, mais un de ceux qui l'avaient entendu dans la chambre l'avait poussée en riant. Elle avait perdu l'équilibre et s'était retrouvée dans la piscine sous les rires de tous. Personne ne l'avait aidé à sortir, elle avait nagé jusqu'au bord, était ressortit de l'eau et avait jeté un dernier coup d'oeil vers lui.

Un nouveau chant s'était élevé dans la foule. « Maribelle voit des fantômes! Maribelle est folle! Maribelle est amoureuse de Dominic! » Elle avait quitté la cour en marchant, la tête haute. Elle avait 15 ans à l'époque, il en avait 17. Il aurait pu dire quelque chose pour faire taire les moqueries qui l'avaient suivi jusque dans les corridors de l'école. Elle avait tenté de se cacher et même ses cousins semblaient se moquer d'elle. Elle avait disparu à la fin de l'année scolaire et il ne l'avait pas revu, il ne s'était pas excusé depuis.

Elle avait le droit de lui en vouloir, mais il avait cru que tout cela n'était qu'un mauvais souvenir qu'elle aurait laissé derrière elle. Pas quelque chose dont sa famille se servait pour la narguer.

Maribelle leva les yeux vers lui et pencha la tête. Il sortit de sa rêverie et lui servit un autre bol.

« Merci d'être venu me chercher. »

« Tu croyais vraiment que j'allais te laisser mourir dans cet endroit? »

« Je n'allais pas mourir, j'ai eu de l'aide, implanté par Guillaume et probablement mon cousin, mais il était là pour m'aider à sortir. »

« Pourquoi est-ce qu'il a fait ça? »

« Il a besoin d'un peu plus de temps. Il veut le secret des Rostland, et tant qu'il ne l'a pas, ou qu'il ne l'a pas sous contrôle, il ne fera rien. »

« Si tu ne lui dit pas, qui va lui dire? »

« Cléa. »

« Tu crois qu'elle est du côté de Guillaume? » Elle secoua la tête.

« Non, elle pense trop à elle-même pour le suivre. »

« De quoi as-tu peur alors? »

« Je n'ai pas peur. Mais il va trouver une autre façon d'obtenir le secret, et sa meilleure option est par ma cousine. »

« Tu me disais qu'elle ne savait rien à propos du secret? »

« En fait, je ne sais pas ce qu'elle sait exactement. Je crois que grand-mère lui a expliqué ce que c'était, mais sans lui dire comment l'utiliser. »

« Guillaume va la tuer si elle n'est pas utile? »

« Il a tué ma grand-mère. » Dominic se servit un bol de soupe et s'assied en face d'elle.

« Pourquoi n'as-tu rien dit plus tôt? »

« Je n'étais pas encore certaine de ce que j'avais vu. Les derniers jours m'ont fait comprendre ce qui s'était vraiment passé. »

« Qu'est-ce qui s'est passé? » Elle avala une bouchée avant de répondre.

« J'ai entendu du bruit dans sa chambre et j'ai été voir ce qui se passait. Elle parlait à un homme et ils se sont retournés vers moi. Je l'ai entendu mettre une protection sur moi avant de se laisser tomber par la fenêtre. Elle ne voulait pas le faire, je voyais que son esprit refusait ce que son corps faisait. »

« Est-ce que tu as vu son visage? » Elle secoua la tête.

« Non, mais j'ai vu la manière qu'il avait de bouger, de marcher. Je savais que j'avais déjà vu cette personne auparavant, quand j'étais encore à l'université. Mais je n'arrivais pas à mettre le doigt sur son nom. C'est lorsque Jade m'a rappelé certaines choses au téléphone que je me suis souvenue de Guillaume. Elle voulait venir au village et je n'ai pas réussi à la convaincre du contraire. J'ai ensuite eu mon accident et ça m'a fait peur. »

« Pourquoi est-ce qu'il aurait tué ta grand-mère? »

« J'en sais rien. Pour l'argent, les pouvoirs, pour mes cousins. » Elle laissa tomber les bras sur la table. « J'ai essayé de réfléchir à tout ça et d'y mettre un semblant de sens, mais je ne sais pas qui fait quoi et pourquoi. Tout ce que je sais, c'est que Guillaume veut le secret et il va me garder en vie tant qu'il ne sera pas à cent pour cent certain que je ne sais rien. » Ils restèrent silencieux en finissant leur soupe.

« Je sais que tu vas trouver cela bizarre, après tout ce temps, mais j'aurais besoin de ton aide. » Maribelle s'était levée et se tourna vers Dominic. Son expression était différente de tout ce qu'il avait vu auparavant, peut-être de l'espoir? Il secoua la tête. « Est-ce que tu pourrais m'aider à revoir mon... comment dire... l'être qui me suit partout? » Elle fronça les sourcils.

« Quand est-ce qu'il a disparu? »

« Juste après que tu sois venue me voir pour m'en parler. À propos de ça, je suis encore désolé de ce qui s'est passé. Tu m'as pris par surprise et je ne voulais pas que tout le monde sache que je croyais en ce genre de truc. J'aurais du prendre ta défense. » Elle balaya son commentaire de la main, comme si ce n'était rien.

« Ce n'est pas le temps de revenir là-dessus. Je peux t'aider à le revoir, mais ça peut prendre du temps. »

« Si je veux être utile pour me débarrasser de Guillaume, et t'aider à garder le secret en sécurité, je dois être capable de faire une partie de ce que toi tu fais. »

« Je suis capable de lui faire face toute seule. J'ai déjà réussi à m'en débarrasser une première fois, lorsque j'étais à Montréal, et tu n'étais pas là. Je peux le refaire. »

« Tout le monde dit qu'il est plus puissant qu'avant. Il n'était rien dans notre monde avant les derniers six mois. »

« Tu n'as pas à faire ça. Je ne sais même pas pourquoi il s'intéresse à toi. Peut-être parce que tu as une chance inouïe qui te protège, et il veut savoir comment le faire. »

« Il pourrait l'apprendre? » Maribelle soupira et se rassit.

« Guillaume n'a jamais eu de pouvoir inné, il s'est intéressé au paranormal quand j'étais à l'université. Il a entendu parler de ce qui s'était passé ici avant que je parte et il voulu tout savoir. J'ai toujours dit que je ne savais rien, que j'avais perdu tous mes pouvoirs à cause de la honte que j'avais apporté à la famille. Il voulait que je le mette en contact avec d'autres personnes comme moi, mais je ne connaissais que Cléa et il n'était pas question que je brise sa couverture. »

« Il apprend en voyant les autres faire? » Maribelle secoua la tête.

« Non, c'est quelque chose de différent, de plus insidieux. Tu pourrais le comparer à un vampire. » Dominic se mit à rire.

« Un vampire? Rien de moins? Il se promène et boit le sang de ses victimes? »

« Il se nourrit de l'énergie des gens. Si une personne n'a pas de pouvoir, elle va éventuellement mourir. Si elle en a, elle va simplement se sentir plus faible. Si elle montre son pouvoir en sa présence, il va l'apprendre. »

« Apprendre? »

« Je ne sais pas qui lui a permis d'être capable de faire ça. Il peut contrôler les gens et les tuer juste en utilisant leur énergie. C'est probablement ça qui est arrivé à Jade, je devrais voir son corps pour m'en assurer. Ma grand-mère était capable de contrôler les gens, et elle a tenté de le contrôler. Il l'a utilisé contre elle. Encore une fois, je devrais voir son corps pour être certaine de ce qui est arrivée. »

« Et comment est-ce que tu peux voir ça? »

« Ce n'est pas tant la vision que la sensation. Vous devriez être au courant de ce genre de truc à l'agence. »

« Je n'en avais jamais entendu parler. Comment quelqu'un devient-il un... ce truc-là? » Dominic ne voulait pas dire ce mot qu'il associait à tellement de mauvaises choses dans la vie de tous les jours.

« C'est le choix du vampire de transformer quelqu'un ou non. Ce ne sont pas tous les vampires qui peuvent apprendre les pouvoirs en volant l'énergie des personnes. Certains se nourrissent des émotions, d'autres des rêves et d'autres que je ne veux pas vraiment savoir qu'est-ce qu'ils prennent. »

« Comment est-ce qu'on les reconnaît? »

« J'en sais rien. Je sais pour Guillaume par ce que le lieutenant m'a raconté. Tu vois, je ne sais même pas comment reconnaitre une personne avec des pouvoirs. »

« Pourtant tu savais que j'étais comme toi? »

« Parce qu'il y a une personne qui te suit partout et que personne ne semble voir. Comment l'agence fait-elle pour reconnaître quelqu'un? » Il sourit légèrement.

« Pendant longtemps on attend que quelqu'un fasse une connerie à cause de ses pouvoirs et on leur offre de travailler pour nous. Dernièrement, on a trouvé un homme qui est capable de sentir leur présence, mais pas de spécifier qui exactement dans une foule. Dans ces moments-là, on met les personnes présentes sous surveillance et dès qu'il y a un événement paranormal, on le convainc de travailler pour nous. »

Marielle réfléchit en fixant le plafond. Si l'agence n'était pas capable de trouver des personnes comme elle sans effort, peut-être que le conseil de famille pouvait le faire. Il y avait d'autres personnes avec des pouvoirs dans le complexe, et ils n'étaient pas tous là seulement à cause de Guillaume. Elle reporta son attention sur Dominic.

« Est-ce que vous avez déjà été dans les hôpitaux psychiatriques? »

« Non, pourquoi? »

« Je tente de comprendre pourquoi Guillaume est beaucoup plus intéressé par le conseil de famille que par l'agence. Bien sûr, en ayant un informateur à l'agence, il pouvait savoir les cas intéressants. Et il restait près de Tobias pour garder un oeil sur la famille. Maintenant que Tobias est mort, il va devoir s'en prendre au reste de la famille, ou il a trouvé un moyen de repérer les personnes avec les pouvoirs dont il a besoin. »

« Je sais que le conseil de famille a des centres pour aider les gens avec des problèmes psychologiques à retourner dans la société, tu crois qu'ils ont quelque chose à voir avec tout ça? »

« Rappelle-toi ce qui s'est passé à l'époque? Tout le monde croyait que j'étais folle et on m'a menacée de me mettre à l'asile si je ne faisais rien pour me taire. Encore dernièrement, Luc croyait que je voulais me suicider et il m'a donné une carte pour voir une psy. Et si cette psy travaillait pour mon cousin? Si tout ceux qui ont des hallucinations comme moi auraient des pouvoirs et se retrouvent dans les pattes du conseil de famille? À la base pour les aider à contrôler leur pouvoir, mais maintenant, à cause de l'influence de Guillaume, à utiliser leur pouvoir. »

Dominic sortit son téléphone et composa un numéro.

« Maxime? Est-ce que tu pourrais me trouver la liste de toutes les personnes qui ont été aidées par le conseil de famille et me faxer leur dossier? » Il écouta un moment avant de répondre. « Je crois qu'on peut compter sur sa coopération si on joue franc jeu avec elle. Je suis certain qu'elle ne l'utilisera pas pour rien et qu'elle va le faire si le besoin s'en fait sentir. » Il raccrocha. Maribelle lui pointa la cafetière derrière lui.

« Si tu nous préparais un peu de café? J'ai des choses à t'enseigner. »

Chapitre 35

Maribelle déplaça les meubles vers les murs pour libérer le centre du salon. Elle ferma les rideaux et alla chercher une couverture qu'elle étendit au milieu de la pièce. Dominic la regardait faire, sans un geste pour lui donner un coup de main, en sirotant son café.

Elle n'avait pas dit un mot depuis qu'il lui avait servi un café, et en buvait une gorgée pour admirer son oeuvre avant de passer à la prochaine étape. Elle fouilla dans les tiroirs et trouva des chandelles, ou plutôt des lampions, qu'elle distribua autour de la pièce. Elle se tourna vers lui.

« Est-ce que tu es prêt? » Il haussa un sourcil et termina sa tasse de café. Il regarda autour de lui.

« Prêt à mettre le feu? » Elle soupira.

« À te faire face? » Il ne comprenait pas. Elle alla le chercher et l'emmena au milieu de la pièce. Elle le fit asseoir sur la couverture, alluma tous les lampions, éteignit les lumières et apporta un dernier lampion qu'elle posa devant lui. « À partir de maintenant, tu ne poses aucune question et tu me laisses te guider. Tu dois me faire confiance. »

« Est-ce que tu me fais confiance? » Elle ne répondit pas. Dominic soupira et laissa passer son silence. Elle s'agenouilla devant lui.

« Je veux que tu regardes la chandelle et que tu te concentres sur son mouvement. » Il tenta de se concentrer, mais il y avait trop d'ombres autour de lui. Il laissa entendre sa frustration. D'un signe de main de Maribelle, les autres lampions s'éteignirent un à un sous le regard hébété de Dominic. Une fois tous éteints, Maribelle lui ordonna à nouveau de se concentrer sur le dernier lampion allumé.

« Tu sais, si elle s'éteint, on est dans le noir. » Il était mal-à-l'aise, il était certain que ce qu'elle avait en tête ne fonctionnerait pas.

« Tais-toi. » Il ravala le commentaire qu'il était sur le point de dire et se concentra sur la lumière. La flamme était orange, ne bougeait qu'au rythme de sa respiration. Il jeta un coup d'oeil vers Maribelle et il remarqua qu'elle fixait la lumière avec une intensité qu'il se savait incapable d'atteindre.

« Imagine que les murs autour de toi sont des écrans blancs, il n'y a aucune place pour les ombres, tout est illuminé. »

« Je ne vois pas les murs, il fait trop noir. »

« Use de ton imagination, essaie de créer quelque chose avec ta tête. » Il essaya de faire comme elle le lui demandait, mais rien ne se produisit. Il était entouré de murs et ils n'étaient même pas lisse.

« À quoi ça sert? » Elle se frotta les yeux.

« Est-ce que tu veux apprendre quels sont tes pouvoirs, ou non? Arrête de poser des questions. » Il pouvait sentir l'impatience dans sa voix. Il était sur le point de la mettre à bout. Il voulut répliquer lorsque la pièce en entier s'illumina. Il regarda tout autour de lui, en admiration devant l'hallucination. Tous les murs étaient devenus blanc et il pouvait sentir la pièce pulser en émettant une lueur bleutée. Même le plancher avait une teinte bleutée. Il pouvait encore voir la forme des fenêtres et celle du corridor qui n'avait pas de porte. Dominic se sentit étourdi un moment. Maribelle avait les yeux fermés et ne semblait pas s'être rendu compte du changement. Il la poussa du bout du doigt et elle ouvrit les yeux. Aussitôt, la pièce redevint noire.

« Quoi? » Elle avait crié, exaspérée.

« La pièce était lumineuse! » Elle soupira.

« Je sais. Est-ce qu'on peut passer aux choses sérieuses maintenant? »

« Qu'est-ce que tu veux que je fasse? »

« Tu fais exactement ce que je te dis, tu te tais ou je t'arrache la tête de sur tes épaules! » Il était si excité qu'il hocha la tête sans ouvrir la bouche. Maribelle inspira à nouveau, ferma les yeux et la pièce reprit aussitôt la luminosité particulière. Il voulut lui dire d'ouvrir les yeux pour admirer, mais il avait peur que cette fois-ci, elle passe aux actes et que sa tête ne lui serve de cible. Il frotta sa gorge sous la pensée.

« Imagine-toi que les murs sont parfaitement unis, il ne s'agit que de quatre écrans. » Il se força à voir les fenêtres et le corridor de la même teinte lumineuse que le reste du mur. Les meubles avaient disparu de son champ de vision et des ombres commençaient à se profiler sur les surfaces planes et blanches.

« Je n'y arrive pas. » Elle ouvrit les yeux et tout resta en place. Elle sourit.

« Au contraire, tu as réussi. » Il était confus.

« Qu'est-ce que j'ai réussi? »

« Oh, ne soit pas aussi déçu, ce n'est que le début. » Les ombres qui n'étaient que d'un gris clair quelques instants auparavant prenaient une couleur plus sombre. En plissant les yeux, il pouvait même voir un peu de couleur.

Maribelle resta assise au centre de la pièce et lui indiqua de se lever. Mu par la curiosité, il s'approcha de l'un des murs.

Les ombres devenaient de plus en plus précises autour de lui. Il s'approcha un peu plus et leva la main, ce qui activa les silhouettes et les ombres se mirent à bouger sur les murs, comme s'il regardait un film. Dominic recula et se tourna vers Maribelle qui s'était également levée pour venir le rejoindre.

« Qu'est-ce que c'est? » Il croyait pouvoir reconnaitre certaines des silhouettes. Plus Maribelle s'approchait de lui, plus il pouvait voir avec clarté le visage des gens. Il les reconnaissait tous, ils faisaient tous partie de sa vie.

« Nous sommes dans ton esprit. Tu m'as invité à t'y suivre. Ce sont tous des personnes qui sont passées dans ta vie et qui t'ont influencé d'une façon ou d'une autre. Des personnes très importantes. » Elle lui pointa un homme qui se démarquait des autres par sa lenteur, son regard posé en permanence sur Dominic, contrairement à tous les autres qui n'interagissaient qu'entre eux. « Cette personne est ton compagnon. »

Lentement, l'homme se détacha de l'écran et vint les rejoindre dans la pièce. Dominic recula sous la surprise et son regard passait de Maribelle à son compagnon.

« Qui es-tu? »

« Samastra. » Maribelle ouvrit la bouche toute grande.

« Il parle? » L'homme se tourna vers Maribelle. Dominic les

regarda se faire face, comme s'ils se connaissaient depuis longtemps. Elle ferma la bouche, secoua la tête et reprit sa nonchalence. « Alors? Qu'est-ce que tu fais autour de Dominic? Pourquoi est-ce que tu le suis partout? Pourquoi est-ce que tu le protèges? »

L'homme s'approcha de Dominic et posa sa main sur sa tête. « Je suis toi, seulement un peu déphasé. Je suis ce que tu pourrais appeler ton intuition. Je te suis partout parce que je ne peux être autre chose que toi. » Dominic se tourna vers Maribelle. Celle-ci haussa les épaules.

« Est-ce que je suis le seul à ne pas comprendre ce qui se passe? »

« C'est grâce à lui que tu es toujours vivant, et il est la personnification de ton intuition. » Dominic fronça les sourcils. L'homme n'avait pas changé depuis la dernière fois qu'il l'avait vu, mais ses paroles n'étaient pas ce à quoi il s'attendait. S'il était une partie de lui, Dominic ne savait pas qu'il pouvait utiliser un vocabulaire aussi nébuleux.

« Pourquoi est-ce que j'ai arrêté de te voir? »

« Tu ne croyais plus en ma présence. Tu as tout mis sur le dos de la chance, mais c'était moi, ou plutôt toi, qui te protégeait. »

« Pourquoi est-ce que personne d'autre ne pouvait te voir? Pourquoi est-ce que tu es séparé de moi? » L'homme pointa Maribelle.

« Elle est la seule à me voir. Les autres me sentent parce que je suis toi, mais sans être où tu es. Tu m'as séparé de toi pour te protéger de ton père, mais n'a jamais su comment me réintégrer. » Cedric secoua la tête.

« Me protéger de mon père? » Samastra hocha la tête mais refusa d'apporter plus de détails. « Est-ce que je vais continuer de te voir? »

« Si tu veux. »

« Est-ce que je peux faire autre chose qu'être chanceux? » Il hocha la tête et lui pointa la jeune femme. Dominic se tourna vers elle mais elle lui montra ses mains en signe d'innocence.

« Ne me regarde pas comme ça. Je ne peux pas savoir. » Samastra claqua sa langue sous son impatience.

« Son bras. » Dominic s'approcha de Maribelle et regarda son avant-bras blessé dans la voiture, seulement deux jours auparavant. Il avait vu l'ambulancier lui refaire un bandage sur une plaie qui saignait encore. L'ambulancier s'était d'ailleurs inquiété en disant que ce n'était pas normal et qu'elle devait aller à l'hôpital.

Maribelle haussa les épaules et lui tendit son bras. Il enleva le bandage en se traitant d'idiot d'écouter une personne qui n'était pas là, en se disant qu'il allait se réveiller le lendemain matin sous les moqueries de Maribelle. Il l'aurait mérité.

Maribelle se tendit lorsqu'il effleura son bras. Il hésita mais Samastra lui fit signe de continuer. Il sentit un engourdissement dans ses doigts, une chaleur le parcouru de la main jusqu'à son coeur. Il enleva le dernier bandage. La peau de Maribelle était douce et soyeuse, et sans la moindre trace de la blessure qu'elle avait le midi même. Surpris, il la lâcha et Maribelle le regarda droit dans les yeux.

« Tu peux guérir maintenant? » Dominic regarda ses mains, incertain de la réponse.

« Vraiment? »

« Je ne peux pas t'en dire plus, tu vas découvrir tes pouvoirs en temps et lieu. » Maribelle admirait son bras sous la lumière bleutée, satisfaite.

« Intéressant. » Elle se tourna vers Dominic qui n'avait toujours pas bougé et qui ne s'était pas rendu compte que Samastra avait disparu. « Est-ce que tu crois maintenant? » Il leva brusquement la tête.

« J'ai toujours su que j'avais des pouvoirs... »

« Mais tu commençais à douter, personne ne te disait ce que tu pouvais faire... » Il hocha la tête.

Maribelle porta la main à sa tête, vacilla et Dominic l'aida à s'asseoir au sol. Aussitôt, les murs reprirent leur apparence naturelle et il n'y avait plus que le lampion au milieu du salon qui projetait une faible lueur.

« Je crois que je vais aller dormir... »

Chapitre 36

Il était près de 4 heures du matin lorsque Dominic se décida à aller se coucher. Il n'avait pas eu de nouvelles de Maxime, et Louis, l'agent chargé de leur surveillance, n'avait pas fait mention de problème. Personne ne les aurait suivi jusqu'ici, ils avaient été prudents dans leurs déplacements. Il se dirigea vers sa chambre, les yeux à demi-clos, dans le noir. Il ne voulait pas risquer qu'une lumière réveille Maribelle. Il poussa la porte de sa chambre et se laissa tomber dans son lit, sans prendre le temps de se déshabiller.

Il était sur le point de s'endormir lorsqu'il sentit une présence étrangère à ses côtés. Il sauta hors du lit et ouvrit la lumière dans le même bond. Il avait déjà son arme à la main et la pointait sur la jeune femme couchée sous les couvertures.

« Qu'est-ce que tu fais ici? » Violaine lui sourit, laissa glisser la couverture pour dévoiler son négliglée de dentelle rose. Dominic ferma les yeux, mal-à-l'aise, tout en continuant de brandir son arme comme un bouclier devant lui.

« Je voulais te voir. » Elle s'assit sur ses talons, à genoux devant le jeune homme. Dominic ne voulait pas baisser son arme.

« Comment nous as-tu retrouvé? Je ne t'ai pas invitée ici. » Elle souriait.

« Tu ne croyais tout de même pas que tu pouvais échapper à une Rostland? Après tout ce temps passé à surveiller ma cousine, tu n'as pas encore compris? » Elle soupira. « Je sais que tu ne m'as pas invitée, et c'est bien dommage. Mais je savais également que ça ne te déplairait pas, surtout après tout ce que tu as vécu dernièrement. » Elle avait baissé la tête, caressait les couvertures autour d'elle. Elle tapota la place à côté d'elle et Dominic se décida finalement à baisser son arme, mais ne la lâcha pas. Elle ne pouvait pas avoir d'armes sous ce qu'elle portait. Il le verrait très bien.

« Rhabille-toi. » Elle perdit son sourire mais ne bougea pas. Dominic regarda autour de la pièce et trouva une robe de chambre qu'il lui tendit. « Au moins, mets ça. »

« Tu ne me trouves pas attirante? »

« Ce n'est pas la question. Tu es dans un appartement surveillé, dans mon lit, sans y être invité. »

« Mais le baiser qu'on a partagé? » Elle n'avait toujours pas bougé, Dominic lui lança la robe de chambre mais ne s'approcha pas du lit. Elle ne fit pas un geste pour passer le vêtement.

« Tu m'as surpris. » Ses yeux devinrent brillants et Dominic eut peur qu'elle se mette à pleurer. Il ne pouvait supporter de voir une femme pleurer. Une larme coula le long de sa joue et Dominic se précipita vers elle pour lui donner un mouchoir.

« Je croyais que tu étais sincère quand tu me disais que j'étais attirante. »

« Tu ne peux pas être ici. » Elle se leva et Dominic se tourna pour ne pas voir ses courbes sous le vêtement translucide. Elle attrapa la robe de chambre et la passa. Il se tourna et fut soulagé de pouvoir la regarder dans les yeux. Elle s'approcha de lui, en souriant à nouveau.

« Pourquoi? Tu as une copine qui ne doit pas savoir qu'il y a quelque chose d'unique entre nous? »

« Il n'y a rien entre nous. »

« Mais... »

« Tu es très attirante, mais tu n'es pas mon type. Et te glisser dans mon lit à la nuit tombée, dans un endroit réputé sécuritaire, n'est pas la meilleure façon d'attirer mon attention. »

« Je suis certaine que si ça avait été Maribelle, tu n'aurais pas hésité. »

« Ce n'est pas elle que j'ai surprise. »

« Je t'avais dit qu'il ne fallait pas lui faire confiance! Elle a réussi à t'éloigner de ta mère, dans une autre ville pour t'avoir mieux à sa merci. Est-ce que tu as regardé un peu ce qu'elle a fait avant de revenir tous nous embêter ici? »

« Je ne veux rien entendre de plus. Je vais appeler un agent qui va te reconduire chez toi. » Il sortit son cellulaire de ses poches, composa le numéro de l'agent en bas et garda son attention sur Violaine. Celle-ci s'approcha de lui et posa sa main sur son téléphone. Dominic la laissa interrompre l'appel, prendre son téléphone et le déposer sur la commode.

« Tu n'as pas à faire ça. Je promets de bien me comporter. Mais tu dois savoir la vérité sur Maribelle avant de lui faire confiance aveuglément. Elle a tué des personnes à Montréal. Elle a des pouvoirs et les a utilisé pour faire taire toutes les personnes qui nuisaient à sa réputation. »

« Je suis au courant des morts, mais elle n'a rien eu à voir là-dedans. » Elle eut un reniflement méprisant. Il devait la mettre à la porte, il savait que l'écouter était une erreur. Il n'y avait rien dans le dossier de Maribelle qui la mettait sur les lieux de la mort de ses amis. Violaine s'éloigna de lui et fouilla dans le sac à main qu'elle avait posé sur ses vêtements près du lit. Elle en sortit une photo, qu'elle regarda avant de la tendre à Dominic.

« J'espère que tu es prêt à finalement voir la vérité sur ma cousine. Nous avons reçu cela par la poste il y a quelques semaines en échange d'un montant d'argent substantiel pour garder le secret. Lorsque ma mère a vu ça, elle a été prise d'une rage sans précédent et criait dans tout le manoir. Maribelle n'a pas nié être la personne sur la photo, a haussé les épaules et est repartie dans sa chambre comme si rien n'était arrivé. » Dominic prit la photo, s'attendant au pire.

Il n'était pas préparé à ce qu'il vit. Maribelle était au milieu de trois autres hommes, nue. Ce qu'elle faisait était dégoutant et il ferma les yeux et tourna la tête. Mais l'image restait ancrée derrière ses paupières et il du les rouvrir pour les effacer un peu. Elle n'avait pas été franche avec lui, elle lui avait assuré qu'elle n'avait rien contre personne, qu'elle était nette. La photo prouvait le contraire.

Il plaça la photo dans la poche de son veston qu'il n'avait toujours pas retiré. Violaine tendit la main pour la récupérer.

« Je vais garder la photo et la mettre dans son dossier. C'est important pour l'enquête. » Elle fit la moue.

« Je croyais qu'elle n'était plus suspecte, mais la photo est à moi. »

« Plus maintenant. » Elle se mit à rire et sauta dans le lit.

« Ne me dis pas que ce qu'elle fait t'excite? Je croyais que tu avais un peu plus de goût pour choisir tes copines. » Il reprit son téléphone. « Je croyais qu'on commençait à bien s'entendre? Aller, viens me rejoindre et je vais te faire oublier Maribelle. Elle ne vaut pas la peine que tu en fasses autant pour l'aider. »

« Ce n'est pas à toi de juger de cela. »

Elle croisa les bras sur sa poitrine, boudeuse. Dominic composa le numéro de Maxime.

« J'espère que tu as une bonne raison. » Maxime semblait endormi, et de très mauvaise humeur.

« J'aurais besoin que tu me rendes un petit service. Trouves quelqu'un pour reconduire Violaine au manoir et trouve-nous un autre endroit sécuritaire. »

« Tu veux rire? Comment vous a-t-elle trouvé? »

« Elle est une Rostland. Elle doit partir d'ici, je ne veux pas qu'elle traîne autour de nous. » Maxime grommela une réponse et raccrocha. Dominic se tira une chaise, posa son veston sur le dossier, s'assit et garda ses yeux, et son arme, sur Violaine.

« Alors tu veux jouer pendant qu'on attend ton copain? » Elle se leva du lit et s'approcha de Dominic. Elle retira la robe de chambre et Dominic se força à ne pas regarder ailleurs. Il garda les yeux fixés sur son visage. « Tu aimes ce que tu vois? » Elle s'assit à califourchon sur lui, il la repoussa mais elle l'embrassa.

« Laisse-moi! »

« Tu me veux, je le vois dans tes yeux. Tu as juste peur de ce que les gens pourraient penser de toi... » Il lui prit les mains et la repoussa en se levant.

« Ne me touche plus. » Elle se débattit et ils se retrouvèrent tous les deux sur le lit. Elle se mit à rire. Elle tenta de le frapper et il mit tout son poids sur elle pour l'empêcher d'attraper son arme.

« Qu'est-ce qui... » Dominic se retourna pour voir Maribelle dans le cadre de la porte, la main sur la bouche. Violaine lui attrapa le visage et l'embrassa. Dominic réussit à sortir du lit et se dirigea vers Maribelle qui n'avait toujours pas bougé.

« Ce n'est pas ce que tu crois! »

« Je croyais qu'on se faisait attaquer, mais je vois que même dans un endroit sensé être sécuritaire, tu trouves des amusements! » Le dégoût perçait chacune de ses paroles. Il s'approcha un peu plus d'elle mais l'expression sur son visage le fit se retourner au moment où Violaine courrait vers eux avec la lampe de chevet dans les mains.

Dominic attrapa sa main, lui tordit le bras et elle échappa la lampe. Dominic la força au sol et lui retint les mains derrière son dos.

« Lâche-moi! » Violaine était furieuse, mais Dominic garda la pression sur ses bras.

« Maribelle, donne-moi les menottes dans mon veston. » Maribelle restait figée. Dominic leva la tête, mais elle avait déjà repris son sang-froid et ne laissait rien paraître sur son visage. Elle sembla sortir de sa rêverie, ramassa les menottes et les laissa tomber à côté de Dominic. Elle quitta la pièce sans dire un mot. Dominic attacha les poignets de Violaine qui tentait de le frapper en envoyant sa tête vers l'arrière.

« Qui est-ce que tu voulais frapper? » Violaine continuait de se débattre et il la força à se lever. Il la poussa à l'extérieur de la chambre, vers le salon, tout en la gardant sous contrôle même lorsqu'elle tenta de le faire trébucher en tirant plus fort. Il tira sur son petit doigt, elle cria et se retrouva à genoux devant un divan.

Il la releva et la traîna jusqu'à la cuisine où il l'assit rudement sur une des chaises de bois.

« Ne bouge pas. Je suis fatigué et je pourrais avoir la gâchette facile. » Il lui montra l'arme qu'il avait à nouveau sortit.

« Ce n'est pas une façon de me traiter. J'ai été très correct avec toi, je ne te voulais pas de mal. » Il sortit une tablette de papier d'un tiroir et se mit à écrire en silence. Violaine tentait de lire par-dessus, mais il s'éloigna d'elle. « Tu ne me crois pas? »

« Qu'est-ce que tu allais faire avec la lampe alors? »

« C'était pour Maribelle. Elle t'a complètement aveuglé! Tu ne veux absolument rien croire qui la mette en doute! Elle a tué ma grand-mère, elle a tué sa meilleure amie et ... »

« Victoria s'est suicidée et Maribelle a un très bon alibi pour le meurtre de Jade. » Quelqu'un sonna à la porte et Maribelle sortit de sa chambre pour aller l'ouvrir.

« Vous devez être un ami de Dominic? Ça me ferait plaisir de vous voir, s'il n'était pas près de 5 heures du matin. » Un homme dans la trentaine, aux cheveux blonds et yeux verts, apparut dans l'entrée de la salle à manger et siffla d'admiration à la vue. Maribelle restait sérieuse, claqua la porte derrière lui et retourna dans sa chambre. Violaine envoya un regard noir à Xavier alors que Dominic continuait d'écrire. Il lui indiqua le comptoir derrière lui.

« Je suis content de te voir, Xavier. Tu veux une tasse de café? » Le regard de Xavier passait de Violaine à Dominic. Il se gratta la tête.

« Je croyais que je n'étais ici que pour servir de transport. Tes nuits semblent être très intéressantes. » Dominic pointa la jeune femme.

« Je veux que tu me trouves pour qui elle travaille. Si je la vois une minute de plus en ma présence, je jure que je vais la tuer moi-même. »

« Voyons Dominic, tu ne me ferais pas ça! »

« Je vais me gêner, tiens! »

« Je présume que je peux en faire ce que je veux? »

« Tu peux l'enfermer dans la cellule la plus noire et l'oublier là si tu veux. Je ne veux plus la voir. » Xavier haussa un sourcil.

« Tu devrais aller te coucher et te calmer, je m'occupe d'elle. » Il sourit à Violaine qui lui tourna le dos. Dominic secoua la tête, arracha la feuille et la lui tendit.

« Fais attention, c'est une Rostland. » Xavier se leva, ramassa la feuille qu'il glissa ensuite dans ses poches et aida la jeune femme à se lever avant de regarder sa tenu.

« Tu n'aurais pas un vêtement pour elle? Je suis certain que les voisins vont apprécier de voir une femme quitter votre appartement comme ça, je ne veux pas que la police s'en mêle. »

Dominic retourna à sa chambre, attrapa les vêtements et son sac à main qu'elle avait laissé à côté du lit. Violaine le regarda revenir avec un sourire aux lèvres. Elle cambra son dos pour mieux faire paraître ses seins au travers de son vêtement. Dominic se contenta d'admirer ce qu'on lui présentait et laissa tomber les vêtements sur le sol devant elle. Il s'adressa à Xavier.

« Je te laisse t'occuper de la mettre présentable, comme bon te semblera. » Xavier sourit en retour.

« Ça ne prendra pas beaucoup de temps. »

Chapitre 37

Xavier accompagna Violaine à une voiture en bas de l'appartement et revint pour discuter avec Dominic. Il se servit une tasse de café et se laissa tomber dans le divan. Dominic était content de voir son ami Xavier à ses côtés, il pourrait peut-être l'aider à comprendre ce qui se passait.

« Je ne te comprends pas. On vous a emmenez ici pour protéger Maribelle parce que tu crois que sa vie est en danger, et la minute suivante tu couches avec sa cousine. Est-ce que tu as réfléchi une seconde à ce que Maribelle aurait pu penser en te voyant avec Violaine? »

« Malheureusement, c'est déjà fait. » Xavier secoua la tête.

« C'est pour ça que tu m'as appelé? Pour te couvrir? »

« Pas du tout, je ne sais pas comment elle est parvenue à nous retrouver. Elle n'a pas cessé d'être sur mon cas depuis que je suis revenu au village. »

« Comment est-elle entrée ici? Louis n'a rien vu. Elle a du avoir de l'aide de l'intérieur. »

« Maribelle? Non, elle a attaqué Maribelle physiquement et m'a montré une photo qui aurait du me faire changer d'opinion sur Maribelle. »

« Tu crois qu'elle travaille pour Guillaume? »

« Ça ne me surprendrait pas, ça expliquerait pourquoi elle s'acharne tant sur sa cousine. Ce que les gens me disent sur elle et ce que mon intuition me dit quand je la vois agir sont deux choses totalement distinctes. Le fait qu'elle ne me fasse pas confiance et que je doive toujours prouver que ce que je fais est pour le mieux de tout le monde ne m'aide pas à comprendre qui elle est et ce qu'elle cherche à prouver en refusant notre aide pour ensuite l'accepter. »

« J'ai entendu dire que tu n'avais pas toujours été un

gentleman prêt à l'aider. » Dominic ouvrit la bouche pour répondre, mais Xavier l'arrêta d'un geste de la main. « Je ne veux pas entendre tes états d'âme, mais on a besoin d'elle si on veut trouver Guillaume et le mettre hors d'état de nuire pour de bon. Tu dois te montrer sincère avec elle une fois pour toute. Tu devrais peut-être lui dire la vérité sur l'ordonnance restrictive qui l'a fait fuir à l'époque. » Dominic se redressa dans son fauteuil

« Qu'est-ce que tu sais là-dessus? » Xavier se mit à rire.

« Plus que tu voudrais. J'ai parlé à ta mère après que tu aies commencé à avoir des problèmes avec Maribelle. Je croyais que vous alliez mettre tout ça au clair un moment donné, mais vous êtes aussi têtus l'un que l'autre. Qui a signé l'ordonnance? »

« Ma mère. Elle avait entendu parlé de ce qui s'était passé au party et elle la voyait comme une mauvaise influence avec ses histoires à dormir debout. »

« Elle n'a rien à voir avec l'ordonnance. Elle croyait que c'était toi qui l'avait signé. Elle ne l'a su que lorsqu'elle a rencontré Léanne après le départ de Maribelle pour Montréal. Elle s'inquiétait pour elle et Léanne lui a dit que tu avais fait mettre l'ordonnance. »

« Ça ne fait aucun sens, j'ai vu la signature quand j'ai été l'annuler, c'était celle de ma mère. » Xavier secoua la tête et prit une gorgée de café en grimaçant. Il alla rajouter du sucre avant de revenir au salon. Dominic gardait la tête entre ses mains.

« Quelqu'un voulait nous séparer, mais qui et pourquoi? » Xavier ne savait plus quoi dire et se contenta de regarder son ami. Dominic se leva et regarda par la fenêtre. La voiture de l'agent en bas de sa fenêtre était toujours là. Il se fit une note mentale pour aller lui offrir du café frais. « Comment est-ce que cette situation a pu tourner comme ça? » Dominic se détourna de la fenêtre et s'approcha de son ami. « Qui a signé? »

« Ta mère nous a dit qu'elle avait consulté une psychologue pour une dépression et qu'elle lui avait mentionné tes visions. Lorsqu'on a cherché un peu dans le passé de Maribelle, on a découvert que Maribelle avait consulté la même psychologue juste avant de quitter le village pour de bon. » Dominic sursauta.

« Et tu allais me dire ça quand? »

« Je n'avais pas pensé que c'était important. Je crois que j'ai le nom ici. » Il sortit son carnet et le lui tendit.

« Marlène Guité? »

Le nom lui était familier. Il fit un effort pour remettre les derniers jours en place.

« J'ai également des informations sur le centre tenu par Tobias. On a été capable de mettre la main sur certains sujets qui s'y trouvaient. Ils ont tous évacués quelques heures avant l'explosion. Ils ne savent pas qui est Guillaume, ils ne savent rien à propos d'un complot, et la plupart n'ont aucun pouvoir, ce qui est étrange et qui remet toute la théorie du conseil de famille en cause. » Dominic réfléchit.

« Maribelle m'a parlé d'une autre théorie qui expliquerait pourquoi Guillaume serait aussi puissant et pourquoi les sujets n'ont plus de pouvoirs. »

« J'écoute? »

« Guillaume serait un vampire. » Xavier garda un visage impassible un moment avant de s'esclaffer.

« Tu veux rire? Les vampires avec des grandes canines pointues, qui ne vivent que la nuit, dorment dans un cercueil, ont peur des croix et boivent du sang? »

« Avec des différences. Ils ne boivent pas de sang, et vivent comme toi et moi. Ils se nourrissent de l'énergie d'une personne. »

« La prochaine personne qui me parle d'énergie, » et il plaça le mot énergie entre guillemets « je l'oblige à prendre un cours de physique. »

« Les émotions, la vigueur physique, les rêves, ce genre de chose. »

« J'ai entendu beaucoup de choses bizarres dans ce travail, mais c'est la première fois qu'une personne m'arrive avec ce genre de théorie. Tu sais que la dernière personne qui a admis être un vampire n'était qu'un fan de Anne Rice et croyait qu'il pouvait lire dans l'esprit des gens. On a eu tôt fait de le remettre à l'institut. Il n'était ni un vampire, ni un télépathe. »

« Maribelle semble croire que Guillaume est un vampire et que c'est comme ça qu'il réussit à voler les pouvoirs aux gens. Il se serait associé à Tobias pour avoir accès à plus de sujets de recherche sans se dévoiler. »

« Et Maribelle, est-ce qu'elle a perdu ses pouvoirs. »

« Non. Écoute, je veux que dès le matin tu ailles poser des questions à cette Marlène Guité. Maribelle et moi allons... » Il s'interrompit en entendant le plancher craquer dans sa chambre. Les deux hommes se tournèrent vers le corridor en sortant leur arme.

Maribelle s'était réfugiée dans sa chambre. Elle ne voulait pas rester à ses côtés plus longtemps, elle devait prendre les choses en main et ne plus compter sur lui, ou qui que ce soit d'autre.

Après ce qui s'était passé entre eux, elle aurait cru qu'il attendrait qu'elle sorte complètement de sa vie avant de passer aux actes avec quelqu'un d'autre, et jamais elle n'aurait cru qu'il aurait le culot de faire venir Violaine dans un endroit où elle avait cru être en sécurité.

La tête dans l'oreiller, elle s'était mise à pleurer. Elle avait cru pouvoir compter sur Dominic, qu'il était différent des autres, et surtout toujours en vie. Elle avait également vu la photographie dans la poche de son veston en sortant les menottes. Celle qui pendait au-dessus de sa tête comme une épée de Damoclès.

Elle aurait voulu que cette épée tombe finalement sur elle et lui tranche la gorge, vite et net. Elle se leva pour s'approcher de sa fenêtre. Xavier faisait entrer Violaine dans une voiture qui s'éloigna. L'homme revint à l'appartement. Il occuperait Dominic. Elle se rhabilla et se dirigea sur la pointe des pieds vers la chambre de Dominic. Elle vit les deux hommes dans le salon, mais n'entendaient pas ce qu'ils se disaient. Elle ferma doucement la porte derrière elle.

Elle hésita avant de se mettre à la recherche de son porte-monnaie, mais c'était pour la bonne cause. Il l'avait laissé dans la poche de son veston toujours sur le dossier de la chaise. Elle compta les billets et se promit de le rembourser dès qu'elle le pourrait, avec intérêt. Elle s'approcha de la fenêtre de Dominic. Ils étaient au troisième étage de l'immeuble, beaucoup trop haut pour qu'elle saute. Du coin de l'oeil, elle aperçut l'escalier de secours qui descendait dans la ruelle, mais elle était devant la porte de la cuisine. L'escalier était trop loin d'elle. Elle pouvait essayer de marcher le long de la petite corniche en s'aidant des fils électriques, mais elle avait peur des hauteurs.

Elle ouvrit la fenêtre et passa les jambes de l'autre côté de la fenêtre. Elle s'arrêta un moment pour fermer les yeux et respirer. Elle devait faire cela, elle devait trouver les réponses par elle-même. Elle entendit Dominic marcher dans le salon et elle retint sa respiration. Il s'approchait de sa chambre. Elle ferma les yeux et se dédoubla. Son double alla prendre forme dans son lit. Si Dominic décidait de garder un oeil sur elle, il aurait une surprise. Elle l'entendit retourner au le salon.

Elle pouvait entendre son coeur battre dans sa poitrine au moment de se relever. Elle secoua ses mains pour les empêcher de trembler et attrapa les fils électriques, en espérant qu'ils étaient bien isolés. Elle ne sentit rien et avança sur la corniche, un pas à la fois.

Elle arriva finalement à l'escalier qui grinça sous son poids. Aussitôt, elle entendit du mouvement dans l'appartement. Elle n'avait pas de temps à perdre avec la subtilité. Elle descendit les marches et elle entendit Dominic entrer dans sa chambre au même moment. Il la regarda en fronçant les sourcils, se tourna et sortit de la pièce en jurant. Il avait vu à travers son jeu.

Elle sauta le dernier mètre et couru dans la ruelle, mais la voiture de l'agent se plaça devant elle. Elle fit demi-tour mais Dominic et Xavier étaient déjà là, à pied. Elle leva les bras sous la frustration.

Dominic lui fit signe de venir le rejoindre. Xavier était appuyé contre le mur, un sourcil haussé, un sourire moqueur aux lèvres.

« Tu fais souvent fuir les jeunes femmes? » Maribelle força un sourire.

« Je ne fuyais pas, j'étais sortie prendre de l'air, après tes exploits avec ma cousine, ça puait un peu trop. » Xavier se cacha pour ne pas rire. Dominic lui prit le bras et la traîna à l'intérieur sous ses protestations. Xavier s'attarda pour discuter avec Louis.

Dominic poussa sans ménagement Maribelle dans le salon. Elle trébucha contre le tapis, mais se redressa aussitôt.

« Pourquoi est-ce que tu essayais de fuir? » Maribelle ne répondit pas, s'assied et caressa la lampe qui s'allumait et s'éteignait au touché. « Et arrête de faire ça! »

« Tu commences à t'impatienter, est-ce que c'est parce que je t'ai interrompu avec Violaine? »

« Quoi? Non! Je ne lui ai rien fait, je ne l'ai pas invitée ici, et je ne veux plus la revoir. »

« Ouuh, l'amour est si proche de la haine, tu devrais faire attention. » Elle sursauta lorsqu'il frappa sur le comptoir de la cuisine. Il était dos à elle. Elle en profita pour prendre la lampe, se leva, sentit le cordon se tendre et elle tira un peu plus fort sur le cordon d'alimentation. Elle s'approcha de Dominic et il se retourna au moment où la lampe lui frappa la tête. Sous le choc, il tomba sur le sol et porta la main à sa tête. Elle hésita un moment, se mit à trembler et se précipita à l'extérieur de l'appartement.

Elle avait réussi à descendre les trois étages lorsqu'elle se trouva face à face avec Xavier qui se figea en la voyant.

« Vraiment? »

« Xavier, attrape-là! » Dominic était penché au-dessus du garde d'escalier. Xavier n'hésita pas, et avant qu'elle ne sache ce qui lui arrivait, elle se trouva sur son épaule, la tête en bas.

« Lâche-moi! »

« Dans tes rêves. » Il monta les marches deux à deux, comme si elle ne pesait rien. Dominic les précéda dans l'appartement et alla se chercher un sac de pois pour mettre sur la bosse qui se formait sur son front.

Xavier laissa tomber Maribelle sur le divan, lui prit les deux bras dans sa poigne et les attacha. « Ne bouge pas. » Il se tourna vers Dominic.

« Deux fois? Qu'est-ce que tu lui as fait pour qu'elle tente deux fois de se sauver? » Il eut droit à un regard sombre de Dominic. Dominic se tourna vers Maribelle.

« Est-ce que les lampes sont des armes familiales? Ou c'est moi qui les attire? » Maribelle jouait avec ses menottes. Xavier le fit taire d'un signe de main.

« Pourquoi est-ce que tu veux nous quitter? On tente de t'aider, mais jusqu'à présent, tu ne nous as rien donné. »

« Comment est-ce que je suis sensée vous croire quand l'imbécile en charge de ma sécurité couche avec ma cousine, la soeur d'un gars qui nous a retenu prisonnier? »

« Je n'ai pas couché avec elle. » Dominic grognait. Xavier

leva la main.

« Il va falloir que vous arrangiez ce qui se passe entre vous le plus tôt possible. »

« S'il détruit la photo qu'il garde si précieusement dans son veston. » Xavier se tourna vers Dominic.

« Quelle photo? »

« Tu ne veux pas voir. »

« Non, je suis curieux. » Maribelle lui lança un regard qui le fit reculer. Dominic sortit la photo de ses poches.

« Est-ce que c'est toi là-dessus? » Maribelle eut un rire méprisant.

« Tu crois vraiment que j'ai fait ce genre de chose alors que j'essayais de disparaître? La photo est fausse. Trois de ces hommes ont été tués et l'autre est en chaise roulante pour le reste de sa vie. Je suis certaine que Guillaume a quelque chose à voir là-dedans. »

Xavier les interrompit.

« Parlant de lui, il va attaquer bientôt. »

« Je vais vous dire un secret sur le secret qu'on garde si bien. Ce n'est pas une arme de destruction massive, ce n'est pas une source d'un pouvoir infini, ce n'est pas quelque chose qui va régler tous les mots de la terre, malgré tout ce que vous entendez dire par vos petits copains. Je peux l'arrêter, mais en personne. Je n'ai rien d'autre à dire! »

Dominic se tourna vers elle.

« Alors, c'est ça que tu allais faire? Te retrouver toute seule face à Guillaume pour prouver que tu peux garder le secret? »

« Va te faire voir. Ce qu'on garde secret c'est qu'on ne peut rien faire. C'est le seul moyen qu'on a pour se protéger et que les gens nous fichent la paix. La peur, c'est vraiment trop fort. Mais là, à cause de Guillaume et ses croyances, on est devenu les sauveurs de l'humanité. Ok, maintenant détachez-moi. »

« On va sortir d'ici, mais tu vas cesser de faire l'enfant. On va trouver Guillaume et le mettre hors service pour de bon. »

Xavier détacha la jeune femme tout en la gardant à l'oeil. Elle lui sourit, innocente.

« Si tu fais un geste de travers, je te le fais regretter. » Il l'avait dit le plus naturellement du monde, avec un sourire qui rendit Maribelle mal-à-l'aise. Il s'adressa à Dominic.

« Tu as un plan? »

« On trouve où il se cache, on rentre dans le tas et on l'élimine? »

« Ça manque un peu de subtilité. » Maribelle ria.

« On doit aller voir Justin de Rostland. Il avait des liens avec Tobias, il devrait pouvoir nous aider. »

« Je préfère. Est-ce que vous savez au moins où il habite? » Dominic et Maribelle secouèrent la tête. « Donc, il faut trouver quelqu'un, qu'on ne sait pas où il habite, pour trouver quelqu'un d'autre, parce qu'on ne sait pas où il est. »

« C'est à peu près ça. »

Maribelle décrocha le téléphone. Dominic posa sa main sur son bras.

« N'utilise pas ça comme arme. » Elle composa un numéro en faisant une grimace vers Dominic.

Chapitre 38

« Résidence des Rostland. » Elle bégaya un peu sous les regards de Dominic et Xavier avant de réussir à demander à parler à Justin. Elle refusa de laisser son nom pour ne pas se faire raccrocher au nez. Sa grand-mère n'avait pas été la plus polie avec lui.

« Justin de Rostland. »

« Je suis la petite-fille de Victoria? » Il y eut un silence à l'autre bout.

« Laquelle? » Elle sentit la curiosité provenant des deux hommes devant elle.

« Maribelle. » Un autre silence.

« Votre grand-mère nous a toujours interdit de vous parler directement. Pourquoi maintenant? » Malgré l'accusation, sa voix restait douce et polie.

« Elle ne peut plus vraiment m'en empêcher. »

« Je vois. Où êtes-vous? »

« Dans un appartement, sous la protection de l'agence. » Il y eut un silence.

« J'envoie mon chauffeur vous chercher. » Elle était surprise.

« Vous n'avez pas besoin de l'adresse? » Il se mit à rire, un rire sincère qui lui fit chaud au coeur.

« Une Rostland devrait savoir que rien n'est impossible à un autre Rostland. »

« Je préfèrerais que vous soyez présent. Trop de problèmes dernièrement. »

« Comment ferez-vous pour me reconnaître? Je pourrais envoyer quelqu'un d'autre sous mon nom. »

« Ne jouez pas à ce jeu avec moi, j'ai eu ma dose des gens qui me trompent. Je me souviens de vous lorsque vous veniez nous visiter. »

« C'est bon, je vais être là dans trente minutes. » Elle raccrocha. Elle n'osait regarder les deux hommes, elle ne voulait pas répondre à leurs questions.

« Justin va être ici dans trente minutes. Je vais prendre une douche. »

Lorsqu'elle en sortit, Dominic était seul dans le salon avec un dossier devant lui.

« Si tu veux savoir, Xavier est parti rendre visite à une connaissance, Marlène Guité. Moi je t'accompagne. » Elle fronça les sourcils en séchant ses cheveux avec une serviette.

« La psychologue? Qu'est-ce qu'elle a à voir avec ça? »

« On croit qu'elle est la raison de l'ordonnance restrictive contre toi. » Aussitôt, il la vit se renfermer sur elle-même.

« Est-ce que tu sais la quantité d'emplois pour lesquels j'ai appliqué et qu'on m'a refusés à cause de ça? Comme si j'étais une lunatique qui irait tuer tout le monde à la moindre raison? » Il se leva et ses épaules s'affaissèrent.

« Je suis navré de tout ce que je t'ai causé. J'aurais du prendre ta défense. Mais je n'ai pas fait cette ordonnance moi-même, et Xavier est là pour trouver la réponse. »

« Monsieur Bellemare, je ne m'attendais pas à vous voir auprès de Maribelle, mais elle a fait un bon choix. » Dominic avait hésité avant d'entrer dans la limousine. Mais Justin lui sourit et Dominic s'assit devant lui.

« Comment savez-vous mon nom? »

« N'importe qui qui a un lien avec la famille ne m'est pas inconnu. » La voiture se mit en mouvement et il se tourna vers la jeune femme. « Je n'ai pas l'habitude de me faire dire quoi faire. » Justin commençait tout juste à avoir les tempes grises. Elle se souvenait de lui comme un jeune homme vif et actif, capable d'éviter les balles du fusil de Victoria. Assise à côté de lui dans la limousine, elle ne savait plus par où commencer. Il pencha la tête pour mieux la regarder. Elle fixa le thermos rempli de café qu'elle tenait entre ses mains et qui menaçait de répandre son contenu sur le tapis de la voiture. « Vous n'avez pas le même tempérament que votre grand-mère. J'ai entendu dire qu'elle était morte et que vous aviez été la principale suspecte pour un moment. » Ce fut Dominic qui répondit.

« Elle ne l'est plus, l'autopsie a révélé qu'elle s'était suicidée. » Justin eut un rire étouffé.

« Vous voulez rire? Elle était trop fière pour faire une telle chose. Que me voulez-vous? »

« Qu'est-ce que le conseil de famille? » Il se recula dans son siège et sirota son verre de scotch, malgré l'heure matinale.

« Nous aidons des inadaptés sociaux à réintégrer la population. »

« Vous voulez dire des gens qui ont des pouvoirs? »

« C'est une façon de voir les choses. »

« Quel est le rôle de Tobias? »

« Il a voulu rejoindre nos rangs il y a environ un an. Comme nous n'avions pas reçu l'autorisation de Victoria de le prendre sous notre aile, nous nous sommes méfiés de ses motivations. De la jalousie parce que sa soeur et sa cousine ont des pouvoirs? De la curiosité? On l'a mis en charge d'une branche de recherche, sans regard sur l'activité des autres branches. Il s'est montré un excellent atout à notre entreprise, jusqu'à tout récemment. »

« Jusqu'à ce qu'il rencontre Guillaume? »

« Que sais-tu sur Guillaume? »

« Qu'il est trop puissant pour ne pas que je m'inquiète. Si je pouvais, je lui mettrais une balle entre les deux yeux. » Il y eut un silence qui s'éternisa.

« Nous avons fait une erreur avec Guillaume. » Sa confession semblait lui avoir été tirée de force.

« Qui lui a appris? Il n'a pas cela de façon inné et il peut maintenant prendre un nouveau pouvoir juste en regardant quelqu'un d'autre faire. »

« Il a appris grâce à Laurent, mon frère. Il a vu son potentiel et l'a prit sous son aile. Personne ne savait qu'il tournerait mal. Un jour, il a rencontré ce jeune homme qu'on tentait d'aider. Il l'a tué et est devenu ce qu'il est actuellement. »

« Est-ce qu'il y a une façon de l'arrêter? »

« Ta grand-mère ne t'a rien enseigné? » Maribelle sentit son visage devenir cramoisie. Elle détourna les yeux et se remis à fixer son café.

« Je... quand j'étais... » Elle prit une inspiration. « Non. J'ai toujours refusé jusqu'à la veille de sa mort. »

« J'ai également suivi ton parcours, mais je croyais que ce n'était qu'une façade. »

« J'étais franchement dégoutée de ce qu'avoir des pouvoirs pouvaient me faire devenir. Après que ma réputation ait fait un tour pour le pire, » elle fixa Dominic qui détourna les yeux, mal-à-l'aise, « je n'osais pas regarder les gens en face, je me suis sentie vraiment seule et la seule personne qui m'a tendu la main fut Jade. Pas ma grand-mère, ou ma tante, ou mes cousins. Jade et sa famille. »

« Et maintenant elle est morte. » Justin porta son attention sur Dominic.

« Vous avez un plan pour arrêter Guillaume? »

La voiture s'arrêta devant une immense maison de pierres. Le chauffer ouvrit la porte et aida Maribelle à sortir. Justin était tout juste derrière elle.

« Bienvenue dans le deuxième manoir des Rostland. Il n'a pas été dans la famille depuis aussi longtemps que le tiens, mais je crois qu'il est tout aussi respectable. »

« C'est magnifique! » L'entrée était pavée de pierres beiges de plusieurs mètres de diamètre, bordée par une haie de cèdre entretenue à la perfection. La façade de la maison avait plusieurs fenêtres et un double escalier de marbre blanc menait à l'entrée principal. La maison pouvait avoir trois étages, sans compter le grenier. Il y avait de plus petites fenêtre près de la toiture et Maribelle ne pouvait savoir si elle devait les compter comme faisant partie d'un étage séparé.

De chaque côté de la maison, des cèdres formaient une clôture aussi haute que le deuxième étage et l'empêchait de voir les côtés ou l'arrière de la maison. Justin les guida vers l'entrée et elle du faire un effort pour fermer la bouche. La maison semblait au moins deux fois plus grande que le manoir familiale. L'homme qui leur ouvrit la porte paraissait minuscule en comparaison.

Où les décorations au manoir étaient de bois, ici elles étaient de pierre. Le lobby aurait pu servir de stationnement pour trois ou quatre voitures et elle pouvait se voir dans la réflexion du marbre du plancher. Tout autour de la pièce, il y avait des bustes et des peintures qui ne semblaient pas être des reproductions.

Justin les avait devancés et attendait dans l'embrasure d'une pièce, le sourire aux lèvres. Maribelle accéléra le pas et le suivit dans un bureau plus grand que sa chambre à coucher au manoir. Dominic n'était pas loin derrière et il s'assied sur une chaise devant le bureau de Justin. Celui-ci tira une autre chaise pour Maribelle, ferma la porte derrière eux avant de prendre place à son bureau.

« Je croyais que vous veniez au manoir pour demander de l'argent à ma grand-mère, je vois que je me suis trompée. » Il lui indiqua la vue qu'ils avaient de la grande fenêtre. La pelouse était fraîchement coupée et des chemins couverts de pierres blanches menaient du balcon jusqu'à un labyrinthe végétal. À gauche de la fenêtre, le ciment entourant la piscine pouvait être vu.

« Comme tu vois, ce n'est pas un problème pour nous. La famille de Rostland a toujours eu de la chance avec ses placements et notre ancêtre n'était pas désargenté en arrivant ici et a hérité de plusieurs terres grâce à sa femme. On maintient un fond commun pour aider les membres de la famille qui sont moins argentés et nous maintenons les activités du centre pour aider les gens dans les instituts. »

« C'est pour ça que je vous ai contacté. »

« Ce que tu ne sais pas c'est que Victoria contribuait également au fond de la famille, mais elle refusait que sa contribution aide les personnes en dehors de la famille. Elle disait qu'ils tenteraient de se débarrasser de nous une fois qu'ils sauraient comment utiliser leur pouvoir. Nous savions que Victoria en avait et nous sommes triste de ne pas avoir réussi à la convaincre de nous aider. Le nom des Rostland est très connu parmi ceux qui ont des talents pour une raison que nous ne pouvons expliquer. C'est pourquoi nous avons commencé à monter les centres. Les gens venaient frapper à notre porte pour qu'on les aide. »

« Et ça fait combien de temps que ça existe? »

« Environ 75 ans. »

« Vous avez sans doute entendu parler des 10 millions de dollars qui ont été détournés? » Maribelle regarda Dominic de côté, elle n'était pas contente qu'il mette ses problèmes financiers sur la table. Justin hocha la tête et s'adressa à

Maribelle.

« Avant la mort de Richard, ton père, Victoria avait décidé de donner une avance sur son héritage à ses enfants. Richard est mort quelques mois plus tard, mais comme tu as pu t'en rendre compte, le testament avait disparu et Léanne a bloqué tous les mouvements d'argent jusqu'à ce qu'on le trouve. Ce n'est que récemment que le testament a été retrouvé et tout l'argent a été transféré dans le compte du conseil de famille. On n'en a jamais vu un cent, tout a été dans les poches de ton cousin Tobias. On a su cela que dernièrement, et que c'était pour financer ses propres recherches en dehors de notre surveillance. Nous sommes encore désolés des désagréments que ça a pu te causer. » Elle secoua les épaules comme si cela n'avait pas d'importance.

« Est-ce que Guillaume est un cas unique? » Justin haussa un sourcil au brusque changement de sujet.

« Pas vraiment, certaines personnes viennent nous voir pour qu'on leur enseigne, mais on a toujours refusé. »

« Alors pourquoi est-ce que vous avez accepté de lui enseigner? » Justin secoua la tête.

« Comme je vous l'ai dit, c'est mon frère qui la prit sous son aile et lui a tout enseigné. » Il réfléchit avant de continuer. « Laurent s'en est occupé parce qu'il y avait quelque chose d'étrange. Il en savait déjà beaucoup, mais il ne pouvait rien faire. Il pouvait même nous dire le nom d'autres personnes avec des pouvoirs. » Dominic se tourna vers Maribelle.

« Est-ce que tu lui aurais dit quelque chose pour le mettre sur la voie? » Maribelle se leva.

« Non! J'ai toujours dit que je ne possédais pas de pouvoir... »

« Ce n'est pas la peine de vous mettre dans cet état, monsieur Bellemare. Depuis que nous avons su pour la mort de Victoria, nous avons fait nos propres recherches. Nous savons qui lui a donné ses premières informations, une psychologue qui ne se mêle pas de ses affaires. »

« Marlène Guité. » Justin parut surpris.

« Comment savez-vous? »

« Ma mère lui avait parlé de mes problèmes et il semblerait que Léanne ait convaincue Maribelle d'aller la voir. »

« Je ne l'ai jamais rencontré. » Les deux hommes la

regardèrent un instant.

« Léanne le lui avait dit. Guillaume savait déjà à propos de Maribelle avant de la rencontrer. » Justin garda le silence. « J'ai un homme en chemin pour lui poser des questions. » Justin secoua la tête.

« Nous essayons de garder ce genre de chose parmi nous. »

« Est-ce que d'autres Rostland ont des pouvoirs? »

« Oui, mais d'après nos informations, et ce que nos patients nous ont confié, la branche de Victoria est vraiment celle que les gens recherchent. Victoria ne voulait pas leur donner une seule chance alors elle a décidé de nous tenir loin de sa famille et de les garder en isolation. »

« Est-ce que vous avez entendu parlé du secret des Rostland? » Dominic se tourna vers Maribelle, la surprise peinte sur son visage.

« Oui, mais on ne sait tellement rien là-dessus que plus personne n'est certain s'il s'agit d'un mythe ou s'il y a effectivement un secret. »

« J'ai entendu dire que seul ce secret pourrait empêcher Guillaume d'atteindre son but. S'il n'y a pas de secret, quelle autre moyen avons-nous? Ou bien faut-il attendre que le monde comme on le connait s'effondre et que Guillaume soit perçu comme le nouveau messie? »

« J'espérais que tu pourrais m'éclairer sur le secret. Victoria n'a jamais voulu en parler, et on a cru qu'elle te l'avait passé. » Maribelle secoua la tête.

« Non, je ne sais rien sur le secret. Je n'en avais pas entendu parler avant que je me fasse approcher par des gens de l'agence, » elle pointa Dominic, « et que Guillaume ne me tienne prisonnière. » Il se dirigea vers la bibliothèque derrière lui, ouvrit un livre et en sortit un cahier semblable à celui que sa grand-mère possédait. Il l'ouvrit et tout était écrit à la main.

« C'est dommage, ce serait notre seule chance de vraiment le mettre au pied du mur. Mais nous avons un plan de rechange. » Il leva la tête vers elle en fronçant les sourcils. « Qui me dit que tu n'as pas été corrompu par Guillaume? D'après ce qu'on a vu, il n'a jamais laissé de personnes intactes une fois qu'il leur prenait leurs pouvoirs. »

« Il ne sait rien sur mes pouvoirs. J'ai refusé de les utiliser en sa présence ou en présence d'étrangers. Il n'y a que deux personnes qui sachent qu'est-ce que je peux faire. » Elle regarda Dominic. « Mettons cela à trois. »

« C'est mieux ainsi. » Il décrocha le cornet du téléphone posé sur son bureau. « Est-ce que Gilles est réveillé? Pouvez-vous lui dire de venir me voir dans le bureau? Il y un visiteur qui aimerait lui parler. » Il raccrocha.

« Qui est ce Gilles? »

« Gilles est un jeune homme assez particulier. Nous sommes convaincu qu'il pourra vous être utile. Ensuite, nous discuterons de ce qu'on peut faire pour arrêter Guillaume. » Maribelle hocha la tête même si elle n'était pas certaine de ce que Justin croyait pouvoir accomplir.

Un jeune homme d'environ 18 ans frappa à la porte et entra sans attendre de réponse. Il tenait un café dans une main et une rôtie beurrée en équilibre sur sa tasse. Ses cheveux roux frisés tombaient jusque sur ses épaules, ses dents blanches faisaient étinceler son sourire et ses yeux verts brillaient de malice. Maribelle le trouva sympathique dès le départ.

Gilles s'attendaient à discuter de ses derniers rêves avec son médecin et sans avoir de problèmes à parler à Justin, il était surpris que celui-ci veuille lui parler aussi tôt le matin. Lorsqu'il arriva dans le bureau, il figea en voyant les deux inconnus.

« Vous vouliez me voir? » Il avait aperçu l'homme, mais son regard restait fixé sur la femme qui lui sourit. Elle semblait fatiguée et il lui tendit le café sans réfléchir. Elle refusa d'un signe de main. « Vous êtes une Rostland? Ne me dites pas... Maribelle? » Elle sembla surprise qu'il sache qui elle était. Mais tout le monde connaissait les Rostland et il y avait quelque chose de particulier avec eux, une odeur ou une sensation, qui les faisait sentir à une bonne distance. L'homme se tourna vers Justin.

« Il lit dans les pensées? » Gilles se mit à rire.

« Non, pas du tout. Tout le monde reconnaît les Rostland. »

« Charmant, je me sens beaucoup mieux ainsi. » Elle ne semblait pas rigoler et se concentra sur Justin.

« Maribelle, Gilles est notre chance de nous débarrasser de Guillaume. » Maribelle se tourna vers lui. Gilles se sentit rougir sous son regard. Il avait l'impression qu'elle le déshabillait du regard et qu'elle n'était impressionnée par ce qu'elle voyait. Justin se leva et fit signe à Dominic de faire pareil.

« On va vous laissez tous les deux. » Ils quittèrent la pièce sous le regard ébahit de Gilles. Maribelle lui sourit.

« Ok, qu'est-ce que tu sais faire? »

Chapitre 39

Léanne venait d'arriver dans le manoir et ordonna aussitôt qu'un déjeuner copieux soit servit et que tout le monde soit présent. Cléa avait déjà fait revenir la bonne qui s'occupait du manoir avant l'arrivée de Maribelle et elle s'était remis au travail, avec une augmentation. Le repas fut rapidement servi, Léanne prit place à la table et ne remarqua qu'à ce moment qu'il n'y avait que deux assiettes.

« Où est Tobias? » Cléa tourna la tête pour ne pas qu'elle voit son manque de larmes.

« Il est mort. » Il y eut un moment de silence.

« J'ai entendu dire que le bâtiment où il travaille a explosé hier soir. » Il n'y avait pas plus d'émotion dans sa voix que Cléa n'en ressentait. Le silence s'éternisait.

« Je l'ai vu hier après-midi et il m'a remis ceci pour toi. » Elle lui passa une enveloppe qu'elle avait gardé pliée dans les poches de son pantalon. Sa mère l'ouvrit avec une lenteur délibérée. Les traits de son visage se détendirent sous la couche de maquillage qu'elle portait pour cacher les quelques rides qu'elle avait et elle posa la lettre à côté d'elle, avec un mouvement de contentement dans ses épaules. Elle se mit à manger, et Cléa s'attendait à tout moment à ce qu'elle se mette à chanter.

« Qu'est-ce qu'il y a dans l'enveloppe? » Léanne regarda la lettre.

« Oh, ça? Le testament de ta grand-mère. Comme je m'en doutais, elle n'a rien laissé à ta cousine, tout me revient. Le manoir, la terre et l'argent. » Cléa était confuse.

« Tobias vient de mourir et toi tu es heureuse à cause de l'argent? »

« Nous sommes riche et nous n'avons plus à supporter cette

vieille gribiche. En plus, j'ai su que toi et ta soeur aviez bien écouté mes ordres et Maribelle est partie. »

« Elle a disparu. » Léanne sourit et replaça une mèche de ses cheveux blonds platine derrière son oreille.

« Une bonne chose! » Cléa savait que cela ne servait à rien d'argumenter.

« Qu'est-ce que tu veux que je fasse de ses effets personnels? » Léanne fit un vague geste de la main.

« Tu peux tout brûler si tu veux. Maribelle n'est pas la bienvenue chez moi. »

« Comme tu voudras. »

« Et Violaine? »

« Je n'ai pas entendu parler d'elle depuis hier. »

« Quoi? » Léanne avait laissé tomber sa fourchette dans son assiette.

« Elle était à la recherche de Dominic et elle ne m'a pas contactée depuis. » Léanne posa sa fourchette et cacha son visage derrière ses mains. Cléa avait envi de rire au drame qu'elle faisait.

« Il va falloir appeler la police. Tout ça est de la faute de Maribelle, si elle n'était pas arrivée ici en attirant tous les mâles des alentours, peut-être que Violaine n'aurait pas tombé sous le charme de Dominic. »

« Maribelle n'a rien à voir avec ça. Violaine s'est probablement mise dans le pétrin toute seule, comme une adulte. » Léanne se leva en pinçant les lèvres.

« Tu viens de me couper l'appétit. Je ne pensais pas que tu allais prendre la défense de cette misérable Maribelle. »

« C'est étrange quand même que tout ici depuis deux semaines semblent être de la faute de Maribelle, même si elle a tenté de passer inaperçue. On pourrait croire qu'une personne au manoir voudrait la voir morte. »

« Cesse d'être impertinante! »

« C'est la vérité! Même si la police dit que grand-mère s'est suicidée, tu la crois toujours coupable. À croire que c'est toi qui l'a tuée pour avoir tout l'argent de la famille. Je me demande également si tu n'aurais pas eu un rôle à jouer dans la perte de son emploi, tu sais, juste pour qu'elle soit poussée à faire quelque chose d'extrême, comme un suicide. »

« Tais-toi! »

« Ou peut-être que tu es tout simplement jalouse que tous les autres membres de cette famille, à l'exception de toi aient des pouvoirs, tu sais comme faire ceci. » Cléa fit un geste de la main et le repas de Léanne se retrouva sur le plancher. « Tu n'avais rien contre Maribelle jusqu'à ce qu'elle s'ouvre la bouche et parle à Dominic. Oh, mais je vois! Tu n'as jamais pardonné à Dominic, une personne qui ne fait pas partie de cette famille, d'avoir un protecteur, donc des pouvoirs, donc de l'attention. »

« Ne dis plus un mot! »

« C'est pour ça que Violaine était ta préférée, elle n'avait rien comme Maribelle et moi. Est-ce que tu as également trafiqué les freins de Maribelle pour qu'elle meure plus rapidement? Ou ce n'était qu'une erreur et tu as décidé d'utiliser ça comme prétexte pour tuer toi-même grand-mère? »

« Tais-toi! » Léanne s'était levée et la lumière la plus proche éclata. Cléa se redressa dans sa chaise et n'osa pas regarder sa mère. Celle-ci se rassied et fixa le mur opposé. « Tu ne sais rien sur moi, Cléa. Ce n'est pas parce que toi ou Maribelle êtes capable d'en faire plus que moi, que toute la famille étendue voudrait vous avoir dans leur camp que je suis ce que je suis. J'aimais ma mère, mais elle m'empêchait de m'accomplir. Elle ne m'a jamais partagé le secret de la famille comme elle était prête à le faire avec toi et Maribelle. Je ne pouvais pas supporter que quelque chose pour laquelle j'avais travaillé si fort, que j'avais accepté tous les mots grossiers de ma mère, ses regards condescendants parce qu'elle croyait que je n'étais pas à la hauteur, allait se glisser entre mes doigts. »

« Qu'est-ce que tu sais sur le secret? » Cléa avait murmuré. Elle ne voulait pas briser le flot de paroles de sa mère. Celle-ci tourna lentement la tête vers sa fille.

« Il nous donnerait tout ce qu'on désire, une vie longue et éternelle et l'adoration de la population qui ne partage pas nos origines. »

« Nos origines? »

« Tu ne sais rien sur le secret? Je croyais que... » Elle referma la bouche et ravala les paroles qu'elle allait dire. Elle se leva et quitta la pièce. Cléa la suivit mais sa mère se retourna brusquement.

« Ne me parle plus. Tu en sais encore moins que moi, tu ne m'es pas utile. » Cléa resta figée dans le cadre de la porte.

Le bureau de Marlène Guité se trouvait au centre-ville de Montréal. Sa secrétaire maugréa au téléphone lorsque Xavier lui demanda d'annuler le prochain rendez-vous pour le laisser lui parler, et elle raccrocha avant d'avoir confirmé qu'il aurait quinze minutes avec elle.

Les murs du lobby montraient les différents diplômes que Marlène avait gagné au fils des ans, avec des formations qu'elle avait suivi pour aider différents types de problèmes. Elle semblait pouvoir aider toutes sortes de patients. La secrétaire était derrière un bureau de bois et tapait à l'ordinateur lorsqu'il entra. Elle ne fit pas un geste qui lui fit croire qu'elle l'avait vu et il du frapper la sonnette sur le comptoir pour qu'elle se décide à lever les yeux de son écran.

« Agent Lemieux, comme je vous l'ai dit au téléphone, docteur Guité est une femme très occupée et elle ne peut annuler les rendez-vous avec ses patients seulement pour faire plaisir à la police. Je suis désolée, mais elle ne peut pas vous recevoir aujourd'hui, vous devez prendre rendez-vous avec elle. Je pourrais vous caser au cours du prochain mois, à moins que ce ne soit trop loin pour vos goûts? » Elle ne semblait ni désolée ni ouverte au moindre compromis.

« Je ne suis pas ici par plaisir. J'ai besoin qu'elle réponde à des questions pour une enquête criminelle. »

« C'est bon, Sophie, je vais le recevoir. » Une femme d'une soixantaine d'années, qu'il déduit être Marlène Guité, venait de sortir de son bureau et lui fit signe de l'accompagner. Xavier se tourna vers la secrétaire qui pinça les lèvres.

« Qu'est-ce que je dois dire à votre patient? » La femme haussa un sourcil.

« Je n'ai pas de patient pour la prochaine heure. » Xavier pouvait entendre la secrétaire taper furieusement sur son clavier. Il la regarda au moment où elle décrochait le téléphone. Elle raccrocha aussitôt sous son regard et retourna à son ordinateur.

« Vous alliez appeler quelqu'un? »

« De quoi j'me mêle? »

La femme ferma la porte du bureau derrière elle et Xavier tendit le cou pour voir la secrétaire rager jusqu'à la dernière minute. Il se tourna vers la femme.

« Je suis l'agent Xavier Lemieux. Je suis ici pour vous poser des questions. » Marlène marcha jusqu'à la fenêtre.

« Je vous écoute? »

« Vous vous rappeler de Maribelle de Rostland? » Elle soupira mais ne se tourna pas pour lui faire face.

« Je l'ai vu une ou deux fois. »

« De quoi aviez-vous parlé? »

« Confidentialité. » Elle se tourna lorsqu'il eut un rire moqueur.

« Vous ne vous êtes pas gênée pour raconter à Léanne de Rostland que Dominic Bellemare avait des pouvoirs. Pourtant sa mère était en consultation avec vous, non? »

Elle ouvrit la bouche mais rien n'en sortit. Finalement, ses épaules s'affaissèrent, elle ouvrit un placard derrière son bureau et en sortit une bouteille de scotch et deux verres. Elle les remplit et en tendit un à Xavier qui n'y toucha pas. Elle le posa brusquement devant lui et but le sien d'un trait. Elle s'en servit un autre avant de pouvoir parler.

« Vous faites partie de l'agence? » Xavier hocha la tête. Elle soupira. « Dès que les Rostland sont impliqués, il semble que je perde toute mon éthique. Vous savez donc que c'est Léanne qui a placé cette ordonnance restrictive contre Maribelle. Mais elle n'a pas agit par elle-même, elle avait de l'aide. »

« De l'aide? »

« J'ai aidé un jeune homme qui avait le fantasme de devenir l'homme le plus puissant. J'ai rigolé, mais j'ai tout fait pour l'aider. Il n'avait aucun pouvoir. » Elle prit une autre gorgée avant de sortir un dossier d'un tiroir fermé à clé. Elle le garda dans sa main avant de le lancer devant Xavier. Sans dire un mot, celui-ci l'ouvrit.

Le jeune homme de 16 ans croyait voler l'énergie des gens autour de lui. Il pouvait sentir leurs émotions comme s'il les vivait lui-même. Il s'était renfermé sur lui-même et refusait de toucher et d'être touché par les gens. Marlène lui avait fait passer un test pour mesurer les ondes en provenance de son cerveau.

« Les ondes du cerveau, vraiment? » L'agence avait mené ce genre de recherche et il était curieux d'entendre sa conclusion.

« Mon deuxième mari possédait des pouvoirs. J'étais curieuse et j'en ai profité pour développer des recherches sur les ondes du cerveau. J'ai réalisé que plusieurs de mes patients qui avaient des hallucinations et d'autres problèmes dans ce genre avaient les mêmes zones du cerveau en activité et avaient la même forme d'ondes que mon mari. Malheureusement, il n'y a pas beaucoup de personnes prêtes à accepter ce genre de théorie que seule une infime partie de la population possède. »

« Et ce jeune homme? »

« Il a passé mon test. J'ai ensuite essayé de l'aider à accepter ses pouvoirs. Tout allait bien jusqu'à ce qu'il rencontre mon autre patient. Le lendemain de leur rencontre, il ne pouvait plus rien faire. Il s'est suicidé quelques jours plus tard. »

Xavier regarda à nouveau le dossier. Il aurait pu leur être utile. Il fronça les sourcils en se rappelant sa conversation avec Dominic avant que Maribelle ne tente de se sauver.

« Connaissez-vous Guillaume? » Elle avala le reste du contenu de son verre.

« Qui parmi nous ne le connait pas? Il a tué mon mari lorsqu'il a refusé de lui enseigner comment avoir son pouvoir. »

« Je suis désolé d'entendre ça. »

« C'est moi qui suit désolée de l'avoir laissé faire. »

« Vous connaissez l'agence, pourquoi ne pas avoir communiqué avec nous? Nous vous aurions aidé dans vos recherches. » Elle secoua la tête et prit le verre qu'il n'avait pas touché.

« Je ne pouvais pas. Écoutez, je peux séparer ceux qui ont ces facultés de ceux qui ont des hallucinations ou de la paranoïa. Je ne suis pas comme eux, mais je les respecte comme la prochaine étape de l'évolution humaine. C'est fascinant et pourtant, même si la plupart d'entre eux sont prêts à passer à cette forme d'évolution, ils ont peur parce qu'ils sont seuls. Ils ont besoin d'aide et les Rostland sont là pour eux. J'aurais pu m'associer aux Rostland, mais Léanne m'a mis les bâtons dans les roues. »

« Qu'est-ce que vous voulez dire? »

« Elle veut se débarrasser de Maribelle, mais ne peut le faire.

Nous sommes tous manipulé. Elle est sous l'influence de Guillaume. C'est elle qui l'a laissé entrer au manoir pour tuer Victoria, c'est pour cela qu'elle n'était pas présente au manoir dans les derniers temps. Elle avait laissé le champ libre pour que Guillaume fasse ce qu'il voulait. Et il veut Maribelle et le secret. »

Xavier resta sans voix pour un moment.

« Comment savez-vous tout cela? »

« J'ai tenté d'aider Guillaume, mais je savais que je ne pouvais plus rien faire lorsqu'il a commencé à voler les pouvoirs. Je ne pouvais pas m'associer aux Rostland ni à l'agence. Guillaume est mon fils. »

Chapitre 40

« Maribelle? » Maribelle ne se retourna pas lorsque Justin entra dans la pièce.

« Maribelle? Je suis certain que vous avez un plan pour contrer Guillaume. Je ne veux pas savoir les détails. Mais avant, vous devriez en savoir plus sur la famille avant de vous tirer dans la gueule du loup. Victoria a toujours voulu garder le secret secret pour vous protéger. Elle était furieuse lorsque vous avez brisé votre silence et que vous avez remis une partie de la famille de Rostland sur la carte. » Maribelle ne paraissait plus être parmi eux. Elle secoua la tête avant de porter son attention sur lui.

« Alors, j'écoute? »

Justin demanda à Gilles d'aller chercher un livre dans la bibliothèque de la demeure. Il disparut quelques minutes et revint. Il tendit le livre à Maribelle.

Le livre paraissait assez vieux, la couverture de cuir avait vu de meilleurs jours. Maribelle l'ouvrit sans trop comprendre ce que Justin cherchait à lui montrer. Un livre d'histoire. Maribelle haussa un sourcil et le referma.

« J'ai déjà étudié mon histoire, merci beaucoup. »

« Non, pas celle qui est écrite là-dedans. »

« Je n'ai pas vraiment le goût de lire tout ça, alors si on coupait directement à ce qui nous intéresse? Parce que je suis un peu confuse. Les pouvoirs dans ma famille avec un cours d'histoire? »

« C'est très simple. Il y a environ trois cents ans, une famille est arrivée ici. Tout le monde a assumé qu'elle venait de France, mais il n'y a aucune donnée qui existe avant qu'ils ne soient arrivé ici. »

« Avec la petite particule dans notre nom, j'en déduis que

notre ancêtre venait d'une famille noble et que les papiers ont été perdus ou détruits lors de la Révolution Française. On ne serait pas la première famille dans ce cas. » Il secoua la tête.

« C'est là que tu as tort. Nous ne venons pas de France. Pas plus que l'ancêtre directe de Guillaume ou de beaucoup d'autres. Nous venons d'ailleurs. » Maribelle sourit.

« Ok, si on ne vient pas de France, d'où est-ce qu'on vient? D'Angleterre? D'Espagne? Ça ne m'aide pas beaucoup. »

« Toi et moi et tous les autres, nous sommes nés dans cette dimension. Mais nos ancêtres provenaient d'une autre dimension, ils ont eu des petits pépins avec les autorités et se sont retrouvés ici, sans possibilité de retour. Est-ce que Victoria t'a remis un pendentif? » Maribelle secoua la tête.

« Non, mais Cléa l'avait en sa possession la dernière fois que je l'ai vu. Très sympathique. Une autre dimension? » Elle se retenait pour ne pas rire.

« Il y a un passage qui existe entre ce monde-ci et le monde des dieux. »

« Le monde des dieux, rien de moins. »

« C'est ce que les gens à l'époque croyaient. C'était l'explication la plus logique à voir quelqu'un apparaître devant leurs yeux. Tu sais tous les miracles que les dieux faisaient pour répondre aux prières de leurs fidèles? » Maribelle observait ses ongles et entreprit de les nettoyer. Elle n'avait pas voulu de cette lecture, il y avait des choses plus importantes que de parler des dieux. Justin claqua des doigts. « J'aimerais un peu de ton attention. »

« Je ne crois pas à ça. La prochaine chose que tu va me dire c'est que notre premier ancêtre sur papier était un dieu. »

« Ils ont prétendu être des dieux. Ils savaient comment puiser dans les capacités du cerveau. Ils ont enseigné comment développer les capacités physiques et intellectuelles à un niveau supérieur à un groupe de gens ici. Par contre, ce n'était pas tout le monde qui était capable du conditionnement quotidien nécessaire pour garder le contrôle. Comme dans toutes les sociétés, il y a eu des guerres et les dieux se sont retirés voyant qu'ils avaient causé trop d'ennuis. »

« Si ce ne sont pas des dieux, qu'est-ce qu'ils étaient alors? D'où venaient-ils? »

« Des réfugiés, d'après ce qu'on a pu retrouver. Des réfugiés de l'autre dimension, ou des exilés. Au choix. »

« Comme lorsque l'Angleterre envoyait ses prisonniers en Australie? »

« Quelque chose du genre. » Maribelle réfléchit un moment.

« Qu'est-ce que ça a à voir en particulier avec ma famille? Pourquoi tout le monde aurait des pouvoirs dans ma famille, mais pas le frère de Gilles, par exemple? »

« C'est un des points qui restent encore imprécis. Mais les Rostland ont tous des pouvoirs, à des degrés divers. »

« Et on peut se sentir... » Maribelle se tourna vers Gilles qui semblait s'être extasié devant le récit simplifié de Justin. Elle n'était pas encore prête à avaler cet théorie, et ça ne l'avançait pas vraiment plus dans sa recherche pour contrer Guillaume.

« Tout ça ne t'aide pas à te souvenir d'une information que ta grand-mère aurait pu laisser échapper sur le secret des Rostland? » Maribelle secoua la tête.

« Non, comme je te l'ai dit, elle était supposée nous parler de quelque chose de très important dans l'après-midi, mais elle est morte le matin même. Par contre... » Comment avait-elle pu manquer ce détail. Justin haussa un sourcil.

« Par contre? »

« Jade... Elle savait que Guillaume était derrière ça. »

« Je suis désolé de ce qui s'est passé pour elle. Elle venait te parler et elle a malheureusement rencontré Guillaume avant. Elle en savait beaucoup trop pour son propre bien. »

« Comment peux-tu le savoir? Je ne t'avais jamais parlé d'elle avant aujourd'hui. »

« Nous la connaissions très bien. »

« Quoi? » Justin se leva à son tour pour regarder dehors. Plusieurs résidents du manoir avaient choisis de passer l'avant-midi à l'extérieur pour profiter du soleil.

« Nous t'avons toujours gardé sous observation, en espérant que tu ne serais pas comme ta grand-mère et que tu nous donnerais une chance. Nous l'avons utilisé pour tenter de t'aider à te sortir de tous les problèmes qui te tombaient dessus. Et nous savons également que ta grand-mère lui faisait confiance, elle lui a envoyé une lettre avant de mourir. »

« Qu'est-ce qu'il y avait dans la lettre? » Il haussa les épaules.

« Personne n'en est certain, Victoria était très fermée à toutes nos tentatives. » Il hésita avant de reprendre. « Jade n'a pas été la seule victime de Guillaume. Il voyait tous les gars qui t'approchaient comme des ennemis. »

« Est-ce qu'il est responsable des suicides? » Justin hocha la tête.

« Nous le croyons. Il était très possessif dans les premiers temps de votre relation... »

« Il n'y a rien eu entre nous deux. »

« C'est ce que tu dis, ce n'est pas ce qu'il a laissé entendre à ton cousin. C'est comme ça qu'il a réussit à gagner sa confiance. » Maribelle était confuse. Justin reprit. « Il a expliqué à ton cousin que lui et toi étiez ensemble mais que tu t'amusais à le faire souffrir en le trompant avec n'importe quel gars qui croisait ton chemin. Que tu ne pouvais pas t'en empêcher. »

« Ça explique la photo. J'ai rit lorsque Violaine m'a montré la photo, je n'ai pas pensé plus loin. Quelqu'un avait mit ma tête sur un corps qui ne m'appartenait pas et tentait de faire chanter la famille. »

« De l'argent? »

« Des renseignements sur nos pouvoirs, et de l'argent. Mais personne n'a parlé et je me suis dit que ça tomberait dans l'oublie d'une manière ou d'une autre. »

Chapitre 41

Gilles entra dans la pièce en courant.

« Vous devriez voir ça. » Il sortit son ordinateur portable et le posa sur le bureau d'une main tremblante. Il tourna l'écran vers eux. Maribelle s'approcha pour mieux voir. Devant elle, le visage de Guillaume. Un Guillaume paisible, souriant, confiant et qui la regardait droit dans les yeux.

« Qui t'a envoyé cela? » La panique pointait dans la voix de Justin. Gilles secoua la tête.

« C'est sur toutes les chaînes. »

Guillaume était devant un temple grec. Il n'avait pas prit la peine d'utiliser une chaise, il était simplement assis dans les marches menant au temple et avait le visage tourné vers la caméra. Il souriait. Un sourire chaleureux et réconfortant.

Il ne parlait pas.

Après ce qui sembla être plusieurs minutes, il se leva et descendit les marches menant à une grande salle. La caméra le suivit, sans soubresaut. Le caméraman était un professionnel, l'image était claire et colorée. Il tendit la main vers une carte du monde qui était suspendue devant un mur de marbre. La caméra fit le focus sur elle et Maribelle put voir des cercles autour de plusieurs villes. Paris, Londres, Los Angeles, Toronto, Beijing, entre autres. Des villes populeuses.

Il regarda à nouveau la caméra.

« La plupart d'entre vous ne savez pas qui je suis. Vos dirigeants vous ont caché mon existence en espérant que je disparaîtrais de la surface de la Terre. Malheureusement, malgré toutes les attaques contre les membres de mon groupe pacifique, je suis toujours là. »

« Pacifique mon oeil! » Dominic lui fit signe de se taire. Guillaume n'avait pas terminé.

« Je me présente. Mon nom est Guillaume et je peux faire des choses incroyables dont vous n'osez que rêver. Je suis capable de faire ce que beaucoup d'entre vous appelez des miracles. Je peux écouter les gens et leur apporter des solutions. Je ne suis pas un médium, ni un charlatan. Je peux même vous en fournir la preuve. » Il retourna dans les marches et s'assit.

« Je vais revenir là-dessus un peu plus tard. Je ne suis pas ici pour vous forcer à croire en moi. Je suis là pour parler à vos dirigeants, avec vous tous comme témoin. C'est à vous de prendre les choses en main. » Il ferma les yeux. « Je sais qui vous êtes, vous êtes tous des individus uniques, avec un nom. Si vous regarder dans mes yeux et que vous m'écoutez attentivement, vous saurez que je détiens la vérité. Comme vous êtes plusieurs à me regarder, et que je ne veux pas causer de panique, je ne ferai qu'une chose, vous adressez par votre nom. » Il ouvrit les yeux et la caméra zooma sur eux. Bientôt, dans l'écran, tout ce que Maribelle pouvait voir étaient ses yeux noirs. Elle frissonna. Elle avait l'impression qu'il pouvait lire dans sa tête, qu'il était là à côté d'elle.

« Maribelle, je suis là pour toi... » Maribelle sursauta, recula d'un bon et se tourna vers Justin et Dominic.

« Qu'est-ce qui se passe? » Les deux hommes semblaient aussi paniqués qu'elle. Justin la regarda.

« Il a dit mon nom... » Maribelle ouvrit la bouche sans pouvoir dire quoi que ce soit.

« Il a dit le mien... » Guillaume eut un rire léger.

« Je vous jure que ce n'est pas un truc. Vous pouvez demander aux autres membres de votre famille dans votre salon, à vos voisins, à vos collègues, ils vous diront tous que je les ai interpelé par leur nom. » Il montra à nouveau la carte.

« Tout ce que je demandais à vos dirigeants était qu'ils me laissent en paix, qu'ils me laissent accomplir ma destinée. Malheureusement, plusieurs ont tenté de s'opposer à moi. Il n'y a qu'une chose qu'ils puissent faire maintenant, et c'est de me donner le secret. Le secret des Rostland. » Maribelle secoua la tête.

« Je ne peux pas le lui donner. »

« Si vous refusez, je n'aurai pas le choix. Les villes indiquées sur cette carte verront leur population disparaître, une ville par jour, jusqu'à ce que j'obtienne ce qu'on m'a prit de force. Vous avez cinq jours pour faire ce que je demande avant de voir les premiers résultats. » La communication fut coupée et Gilles ferma le couvercle de l'ordinateur. Tous les trois se tournèrent vers Maribelle.

« Il a prit la population en otage. Il va falloir le lui donner. L'agence va te le prendre de force s'il le faut. » Les mots étaient sortis avec difficulté de la bouche de Dominic.

« Non! Je ne crois pas à son petit truc, il n'est pas aussi puissant ou bien il serait déjà ici à me prendre le secret de force. » Justin avait repris son sang-froid.

« J'ai croisé Laurent et il dit que Guillaume va être ici d'une minute à l'autre. »

« Je vais partir, j'ai déjà causé suffisamment de problèmes pour l'instant. »

Un téléphone sonna et Dominic répondit. Il se contenta d'écouter en regardant Maribelle. Elle était impuissante à arrêter Guillaume et tout le monde croyait qu'elle avait la réponse à tout, que d'un coup de baguette magique, tout redeviendrait normal.

« C'est Xavier. L'agence veux le secret maintenant. »

« Ils ne sauront pas quoi en faire. » Elle ferma les yeux. « Dis-leur de nous rejoindre au cimetière du manoir dans 6 heures et je vais le leur donner. Mais ils ne doivent pas y être avant. Je t'avertis tout de suite, ils vont être déçu. » Il fronça les sourcils et transmit l'information. Maribelle se mit à faire les cent pas dans le bureau sous le regard sombre de Justin.

« Ils ne veulent pas attendre. »

« Ils n'ont pas le choix. Et demande à ton copain ce qu'il a appris ce matin chez Marlène pour que Guillaume soit en route? » Il posa la question, hocha lentement la tête et ferma son cellulaire.

« Marlène Guité est la mère de Guillaume. »

Maribelle n'eut pas le temps de répondre lorsqu'un homme entra dans la pièce. Il fit un signe de tête à la jeune femme et elle le reconnut aussitôt. Laurent, le frère de Justin. Il n'avait pas changé depuis sa dernière apparition au manoir. Il paraissait toujours aussi jeune, avec ses cheveux noirs bouclés et sa peau lisse.

« Vous devez partir tout de suite. Guillaume n'est plus très loin et je ne pourrai pas le retenir très longtemps. » Justin hocha la tête et poussa Dominic et Maribelle à l'extérieur de son bureau.

« Gilles, viens avec nous. » Dominic figea sous l'ordre de la jeune femme, mais Justin se contenta de pousser Gilles vers eux. Gilles semblait aussi surpris que Dominic. Il attrapa son ordinateur et les suivit.

Le chauffeur de Justin les attendaient devant la porte et Maribelle s'arrêta pour renifler l'air. Elle se tourna vers Dominic.

« Nous n'avons plus beaucoup de temps. J'espère que tu as une arme avec toi... » Il lui pointa la bosse sous son veston et ils entrèrent dans la limousine. Maribelle avait sentit l'odeur caractéristique de Guillaume. Elle se frotta les mains l'une contre l'autre.

Elle avait trop retardé avant d'utiliser l'arme des Rostland, elle avait espéré que Guillaume ne ferait rien pour l'y pousser. Elle n'avait plus le choix, et elle priait pour qu'elle ne soit pas trop tard.

Chapitre 42

Guillaume marchait rapidement à travers les corridors de la maison des Rostland. Il savait qu'il n'aurait jamais du compter sur une Rostland pour affaiblir la protection autour de Maribelle. Les vieux étaient beaucoup trop forts pour elle.

Mais il allait bientôt les dépasser. Il avait soif, il avait faim et rien ne pourrait le satisfaire tant qu'il n'aurait pas la jeune femme entre ses mains. Victoria lui avait fait croire que Maribelle n'était pas au courant, Maribelle lui avait menti en disant ne rien savoir. Et il y avait cette protection qui l'empêchait d'utiliser les pouvoirs de Maribelle.

La vieille avait utilisé ses derniers pouvoir pour la mettre sous la protection des Rostland. Il venait s'en débarrasser. Il ne semblait y avoir personne dans la maison, ils savaient qu'il était là. Jason le suivait, le dos droit, les yeux fixés devant lui.

« Comment a-t-elle fait pour sortir du complexe? »

« J'en sais rien, tous les tests disaient qu'elle n'avait pas de pouvoir. »

« C'est une Rostland, bien sûr qu'elle a des pouvoirs. » Le lieutenant ouvrit la bouche pour répliquer. « Je n'ai pas le temps d'écouter tes excuses. Où est Cléa? »

« Au manoir. »

« Va la chercher. Elle sait comment appeler sa cousine. » Le lieutenant fit marche arrière et quitta la maison en laissant Guillaume seul.

« Un Rostland! Comme c'est une bonne surprise qu'on se rencontre finalement. Laissez-moi deviner, Justin? » L'homme secoua la tête. « Laurent? »

Laurent était debout au centre de la première pièce qu'il visita, la bibliothèque. « Vous vous ressemblez tellement, aussi insignifiants l'un que l'autre que je me suis trompé. » Les portes se refermèrent derrière lui.

Guillaume marcha tout autour de la pièce, analysant les symboles dessinés dans le carrelage. Ils avaient pensé à tout. Guillaume ouvrit les bras vers Laurent.

« Je ne vous veux pas de mal, je veux m'allier à vous. »

« Vous êtes ici pour retrouver Maribelle. Vous ne mettrez pas la main sur elle. Ah, au fait, est-ce que quelqu'un vous a dit que de chercher pour le secret des Rostland était une entreprise vaine? »

« Ne me dites pas qu'il n'existe pas? » Son ton était sarcastique, mais Laurent sourit.

« Au contraire! Mais il n'y a qu'une personne dans le monde qui sache qu'est-ce que c'est exactement. D'après vous, qui est-ce? »

« Maribelle? »

« Bravo. Savez-vous qui est Maribelle? » Guillaume ne s'attendait pas à cette question et garda le silence. Il n'aimait pas qu'on se joue de lui. « Je vais répondre pour vous. C'est une Rostland encore plus têtue que sa grand-mère ou Léanne. Vous l'avez eu sous la main et vous n'avez rien pu en tirer, pas même un seul des pouvoirs qu'elle possède. »

« Je suis beaucoup plus fort que vous ne le pensez. »

« Même si je meurs, vous ne réussirez pas à obtenir mes pouvoirs. Nous sommes beaucoup trop évolués pour votre cerveau. Vous n'avez pas l'ascendance et les connaissances de notre famille. Vous n'êtes même pas une erreur dans l'évolution, comme sont les autres avec des pouvoirs. »

« Je vais tout de même obtenir toutes les connaissances des ancêtres. Et vous ne pourrez rien pour m'en empêcher. »

Il continua de marcher autour de la pièce. Il n'attendait que le moment où Laurent montrerait un signe de faiblesse, un moment de fatigue où son esprit ne serait plus aussi défensif. Guillaume s'arrêta derrière Laurent. Celui-ci ne bougeait toujours pas.

« Tu ne peux rien contre moi, Guillaume. » Il semblait si sûr de lui-même. Guillaume sourit. Malgré son âge et ses connaissances, Laurent ne pourrait rien contre l'accumulation de pouvoirs qu'il avait.

« Je ne partage peut-être pas tes ancêtres, mais j'ai une aptitude unique qu'aucun de tes patients n'a eu à me montrer. J'apprends vite, et je suis capable de contrôler tout ce que j'apprends en très peu de temps. »

« Ça ne fait pas de toi un enfant des dieux, ni le porteur de la prophétie. » Guillaume se mit à rire.

« C'est ainsi que vous vous considérez? Disons que les anciens dieux ont fait leur temps et que c'est mon tour de prendre la relève. » Il n'eut qu'à imaginer une bulle autour de Laurent pour qu'elle soit aussi tangible que s'il en avait fait une dans le monde physique. Laurent se retourna vers lui, surpris. Il avança vers Guillaume mais ne réussit pas à passer à travers la membrane. Laurent se calma et retourna au centre de son cercle.

« Ce n'est pas ainsi que tu vas gagner contre moi. » Guillaume se glissa à l'intérieur de la bulle. Les symboles au sol n'étaient plus que des symboles sans conséquences, ils n'offraient plus aucune protection. Laurent avait perdu le contrôle sur eux. Guillaume s'approcha de lui.

« Où est Maribelle? » Laurent lui fit face.

« Tu ne la trouveras pas. Malgré tout ce que tu lui as fait subir, tu n'as pas réussi à gagner sa confiance, ni même sa sympathie. Tu crois qu'on a été aveugle tout ce temps? »

« Pourquoi n'avoir rien fait pour m'empêcher de la torturer? » Laurent sourit.

« Il faudra que tu ailles dans mon esprit pour le découvrir. »

« Libère-là! » Lentement, Laurent s'assied au sol et se croisa les jambes. Il ferma les yeux. Guillaume recula d'un pas. « Tu ne veux pas te battre contre moi? » Laurent ouvrit les yeux.

« Je n'ai jamais cru à la violence. » Guillaume posa ses mains sur sa tête et ferma les yeux.

L'esprit de Laurent était comme une balle de laine où toutes les fibres semblaient se suivre mais qui avaient été coupées en plusieurs endroits. Avant d'arriver au bout d'une idée, une autre surgissait aussitôt. Plusieurs idées formaient des noeuds qu'il devait défaire avant de s'avancer plus loin dans l'esprit de l'homme.

Il n'y avait pas d'informations logiques, rien qui pouvait lui être utile. Aucune sensation associée à un pouvoir quelconque, comme si Laurent n'en possédait aucun. Guillaume ouvrit les yeux.

« Tu es un Rostland? » Laurent se mit à rire.

« Bien sûr... mais peut-être que j'ai trouvé un autre vampire pour me prendre mes pouvoirs. » Laurent se leva, attrapa le bras de Guillaume et le lança de l'autre côté de la pièce. « Je ne crois pas à la violence, mais c'est très utile dans certaines situations! » Surpris, Guillaume se leva et se prépara à la nouvelle attaque de Laurent. Celui-ci frappa son abdomen, le bloqua lorsqu'il voulu lui prendre un bras, passa sa jambe derrière la sienne et le fit basculer vers l'avant. Guillaume se retrouva sur le dos, au milieu des symboles.

Frustré, Guillaume se leva mais s'arrêta au milieu de son geste. Il ne pouvait plus bouger. Les symboles s'étaient éclairés d'une lumière bleue, le pénétraient comme autant de coup de couteaux dans son corps. Il ne pouvait que bouger la tête.

« Qu'est-ce que tu as fait? »

« C'est ce qui arrive lorsqu'on se mêle de ce qu'on ne comprend pas. » C'était au tour de Laurent de marcher autour de Guillaume. À genoux, celui-ci faisait le tour de ses pouvoirs pour en trouver un qui pourrait l'aider à se débloquer. Il avait réussi à mettre quelque chose de semblable en place pour Maribelle, mais n'avait jamais su comment elle avait fait pour s'en sortir. Il aurait dû être plus attentif à ce que le lieutenant lui avait dit.

« Je n'ai pas à comprendre d'où viennent les pouvoirs pour me les approprier... » Il cherchait encore à se libérer de l'emprise de Laurent. Celui-ci jeta un coup d'oeil à sa montre. Il cherchait à gagner du temps. À nouveau, il pénétra dans l'esprit de Laurent. Celui-ci recula légèrement sous l'attaque mais resta ferme.

Il suivit les fibres dans l'esprit de Laurent. Il pouvait sentir celles qui avaient été utilisées récemment. Il n'y avait toujours rien qu'il puisse utiliser. Il allait quitter l'esprit de Laurent lorsqu'il trouva ce qu'il cherchait.

« Je vois que tu as de l'aide pour faire ça... » Il sentait maintenant la deuxième personne dans la pièce, cachée derrière un rayonnage de livres. Une jeune fille. Rose. Guillaume se projeta dans son esprit. Elle n'était pas très compliquée, elle ne savait faire qu'une chose et elle y mettait toute sa concentration. Laurent ne l'avait pas formé pour se battre contre lui, il n'avait pas prévu que Guillaume était plus puissant.

Il brisa la connexion, entendit la jeune femme tomber sur le sol et il put se redresser. Il se mit à rire lorsque Laurent se précipita auprès de la jeune fille. Elle n'avait pas 14 ans, si innocente. Laurent l'avait impliqué, il n'allait certainement pas se gêner pour l'utiliser à ses fins.

Le lieutenant ouvrit les portes de la pièce. Il se précipita vers Guillaume à genoux qui, sans dire un mot, prit l'arme dans son veston et la pointa vers Laurent.

« Libère Maribelle. » Laurent ne bougea pas.

« Pas tant qu'elle ne sera pas prête à t'affronter. »

Guillaume tira une balle derrière la tête de l'homme qui s'écroula sur la jeune fille. Celle-ci se réveilla, cria en voyant le corps sanglant sur elle. Elle le poussa et tenta de se relever. Guillaume s'approcha d'elle et lui mit la main sur la joue.

« Tu n'aurais pas du me craindre. C'est Laurent qui t'a utilisée pour me voler mes pouvoirs. Tu as essayé de me tuer... » Elle leva son visage rempli de larmes vers lui. Il caressa sa joue, et attira sa tête dans une étreinte. Sans qu'elle ne le voit, il plaça le canon de son arme tout près sa tête et tira pendant qu'il la berçait. Il laissa tomber son corps sur celui de Laurent. Les deux corps s'écroulèrent, ne laissant qu'une fine poussière derrière eux.

Guillaume jura entre ses dents. Même lorsque ses sujets étaient morts, il réussissait toujours à leur tirer quelques informations dans les minutes suivant leur dernier souffle.

« Cléa est en chemin. » Le lieutenant reprit son arme sans laisser paraître ses émotions.

« Détruit tout ici. Tue tous ceux qui n'ont pas de pouvoirs. » Le lieutenant hocha la tête et sortit de la pièce.

Chapitre 43

Guillaume admirait la destruction du manoir. Il avait tué Laurent mais n'avait pas réussi à trouver Justin. Il avait mis la main sur plusieurs patients aux pouvoirs extraordinaires et il s'y était abreuvé comme s'il avait passé des jours dans le désert et qu'il avait finalement trouvé l'oasis tant espérée.

Il voulait maintenant avoir la source de toute cette puissance, et il ne se contenterait de rien de moins.

Cléa l'attendait à l'extérieur du manoir, sous la garde d'un homme armé. Cléa était incertaine du pourquoi de sa présence et elle tremblait en voyant tous les soldats autour d'elle, les ruines encore fumantes et des corps d'adolescents autour d'elle. Elle n'avait pas le contrôle et cela la mettait dans une situation inconfortable. Guillaume n'avançait pas. Il ne s'avancerait plus pour avoir un Rostland à sa merci. Il les laisserait venir à lui et tenter de l'arrêter.

Cléa leva la tête et croisa son regard. Un sourire éclaira son visage anxieux et elle marcha rapidement vers lui, flanquée par le lieutenant et son garde qui n'osait pas le regarder. Guillaume aimait sentir la peur que ses propres troupes avaient de lui, et qu'ils étaient prêt à tout pour le protéger. Il avait tout à la fois.

« Tu peux me dire ce qui s'est passé ici? »

« Il y a eu une explosion dans la maison et les Rostland essaient de me faire passer pour l'agresseur. Je n'ai rien fait. » Son regard s'assombrit.

« Tu veux dire que tu n'as rien à voir avec ça? Je ne te crois pas. Après tout, tu es responsable de ce qui s'est passé au centre. »

« Erreur, c'est toi qui a appuyé sur le bouton. »

« À cause de toi! » Il sentait la panique gagner la jeune femme. Il l'avait bien formée.

« Pourquoi m'as-tu demandé ici? »

« Je veux que tu me dises où est Maribelle. Elle a perdu un de ses protecteurs. » Elle se tourna vers le manoir derrière lequel le soleil se couchait.

« Tu croyais qu'elle était avec mes oncles? »

« Peut-être? Si tu te concentrais et me le disais? Ce serait beaucoup plus facile pour tout le monde, je n'aime pas perdre mon temps. »

Cléa ferma les yeux. Elle sentit la terre se soulever sous ses pieds et les entourer. Des racines en sortirent et s'enroulèrent autour de ses jambes, de son corps, de ses bras et de son torse. Son souffle ralentit et elle se sentit légère. Elle se détacha de son corps physique. Elle pouvait voir le cordon d'or qui l'attachait toujours à son corps et qui l'empêchait de trop s'éloigner. Son corps ne pouvait plus bouger et si quelqu'un la déplaçait, il était risqué pour elle de rester coincée dans cette dimension.

Des parfums de toutes sortes l'agressèrent aussitôt et elle vacilla. Beaucoup de personnes avaient trouvé la mort aujourd'hui, et elle se savait la cause d'un grand nombre. Si elle n'avait pas rencontré Guillaume, si elle s'était tue sur ses pouvoirs, s'il ne lui avait pas parlé de Maribelle comme s'il la connaissait depuis si longtemps, si sa propre soeur n'avait pas complètement été ensorcelée, peut-être aurait-elle pu se battre contre lui, comme l'avait fait Maribelle à plusieurs reprises sans s'en rendre compte.

Si elle avait pu avoir autant de pouvoirs que Maribelle, elle ne serait pas un pion dans le jeu de Guillaume. Elle serait celle qu'il voudrait comme alliée. Elle se força à s'approcher de la maison même si les odeurs étaient celles de la pourriture. Celles des esprits qui s'étaient perdus avant d'avoir terminé leur évolution. Elle s'éloigna de la maison, Maribelle n'y était pas.

Elle allait regagner son corps lorsqu'elle sentit différentes odeurs sucrées et agréables.

Celle de sa cousine était la plus forte. Aucun être avec un peu de pouvoir ne pouvait ignorer cette odeur qui reposait les sens, qui vous faisait sentir si bien et calme. Cléa se retourna un instant vers Guillaume. Il ne pouvait pas la sentir, il ne pourrait jamais les sentir. Il était isolé. Il n'était pas l'un des leurs.

Dominic, elle pouvait le sentir. Elle aurait aimé s'en approcher mais son compagnon était présent et la repoussait.

Il y avait un autre Rostland. Vieux, plus vieux que Victoria. Et une odeur inconnue, un jeune garçon, pas encore mûr.

Elle ne pouvait atteindre Maribelle sans passer dans le chemin du Rostland. Il se présenta devant elle. Son cordon d'or était beaucoup plus épais que le sien, beaucoup plus souple, solide et long. Il la regarda avec condescendance.

« Cléa... Je ne peux pas te laisser passer. Tu travailles pour Guillaume. »

« Pour protéger le secret. Je dois avertir Maribelle que Guillaume a attaqué... » Il la fit taire du regard.

« Elle le sait déjà. Elle est prête à tout pour arrêter Guillaume. Je ne peux rien te dire de plus, Guillaume saura tout lorsque tu reviendras à lui. »

« J'ai réussi à lui cacher beaucoup de chose sur le secret. » Il secoua la tête, déçu.

« Tu n'as pas senti qu'il était beaucoup plus puissant que toi. Il t'a complètement sous son contrôle, il ne te laisse qu'une petite laisse pour te donner l'impression que tu es libre de faire ce que tu veux. Mais il peut tout faire ce que tu fais. Tu t'es fait avoir. » Cléa se tourna vers Guillaume qui attendait patiemment son retour. Elle sentit l'homme la prendre par le bras et l'entraîner loin de la maison. Elle regarda autour d'elle et elle retourna dans son corps, horrifiée. Elle s'écroula au sol, tremblante d'effroi, et Guillaume était déjà penchée vers elle, l'intérêt dans ses yeux.

« Où est-elle? »

Maribelle, Dominic et Gilles avaient été déposés par le chauffeur de Justin à la maison de la mère de Dominic pour que celui-ci puisse prendre sa voiture. Maribelle en avait profité pour ramasser un sac à dos qu'elle avait laissé là après avoir été mise à la porte du manoir.

Ils se pressèrent dans la voiture, Dominic au volant. Maribelle lui avait dit d'aller au cimetière. Elle avait ensuite fermé les yeux pour mieux réfléchir aux paroles de sa grand-mère.

« Alors, qu'est-ce qu'on va faire au cimetière exactement? »

Maribelle tourna la tête vers Dominic mais celui-ci gardait les yeux fixés sur la route.

« On va aller rejoindre mes ancêtres. »

« Comme dans 'on va mourir'? » Maribelle se mit à rire à la remarque de Gilles.

« Non, mais j'ai besoin de quelque chose que mes ancêtres ont en leur possession. »

La nuit commençait à tomber et la forêt était sombre autour du cimetière. Maribelle sortit la première, suivi d'un Gilles hésitant qui se tenait si près d'elle qu'elle pouvait sentir sa respiration sur sa nuque. Elle s'empêcha de rire pour ne pas le rendre mal-à-l'aise et ne dit rien.

Dominic fit un pas pour s'approcher de la grille de fer, en gardant une main sur son arme, et le regard à l'affût d'une bête ou d'une personne qui les y attendrait.

« Rappelle-moi pourquoi on est dans un cimetière pour empêcher Guillaume de détruire le monde entier? » Maribelle ne répondit pas. Elle ouvrit la porte de fer qui ne grinça pas, grâce à la passion de Violaine pour le cimetière.

Elle n'avait pas besoin de lampe de poche pour se repérer parmi les pierres tombales, mais Dominic lui en força une dans les mains.

« Je vois mieux sans lumière. »

« J'aimerais que tu restes en vie, si tu n'y vois pas d'objection. » Maribelle secoua les épaules et alluma la lampe de poche. Elle entendit le soupir de soulagement de Gilles derrière elle. Elle contourna les pierres pour se retrouver devant le caveau familial. Elle souleva le cadenas qui retenait les grilles fermées. Derrière les grilles, une deuxième porte empêchait de voir à l'intérieur.

Elle brandit la torche dans plusieurs directions à la recherche de quelque chose qui l'aiderait à ouvrir la porte. Elle s'approcha de l'une des pierres tombales à la droite du caveau, se pencha pour fouiller le sol et se releva en brandissant une clé dans sa main.

« On va vraiment entrer là-dedans? » La voix chevrotante de Gilles n'était qu'un murmure.

« Oui, et ce n'est pas le temps de perdre connaissance. Dominic, est-ce que tu as quelque chose pour casser la chaîne dans la voiture? »

« La clé? »

« Pour la porte intérieure. » Elle le sentit hésiter mais ses pas s'éloignèrent en direction de la voiture.

Elle observait la porte du caveau lorsque le cri de Gilles la fit se tourner, mais pas assez rapidement pour empêcher le coup dans ses côtes. Elle s'écroula, le souffle coupé.

« Sois une gentille fille et donne-moi la clé. » Léanne se tenait devant elle, un pistolet braqué sur elle. Violaine tâtait son bâton de baseball, avec un sourire moqueur, prête à le réutiliser. Gilles se tenait la tête, à genoux dans l'herbe.

« Je commençais à m'inquiéter de ton absence. Tu n'étais pas là à la mort de grand-mère, ni après ses funérailles. Tu travailles beaucoup de ces temps-ci? » Elle ne pouvait voir la voiture de sa position. Cédirc aurait du être de retour déjà.

« Tu te crois drôle peut-être? Je n'avais pas le temps de m'occuper de tous les caprices de ma mère, pas comme toi. »

« Qu'est-ce que tu veux dire? » Léanne sourit.

« Tu n'es plus rien, tu as perdu ton travail, tu n'as pas d'argent et tout le monde croit que tu es folle. Et lorsque j'aurai terminé avec toi, ils vont savoir que tu étais suicidaire depuis le début. » Maribelle se leva, suivit de l'arme devant elle.

« C'est toi qui a causé mon accident? »

« Tu en doutais? C'est même moi qui ait laissé entrer Guillaume chez moi ce soir-là. J'avais réussi à enlever la protection que ces deux idiots avaient placé sur elle. »

« Justin et Laurent? »

« Tu les as rencontrés? À cette heure-ci, ils doivent être morts. » Son sourire était cruel. Maribelle toucha ses côtes. Elle n'avait rien de cassé. Gilles n'osait pas se lever mais il semblait n'être qu'un peu sonné.

« Tu m'impressionnes, je ne croyais pas que tu aurais le courage de finalement faire quelque chose. J'aurais préféré que ce ne soit pas de tuer les membres de la famille un par un, ou de t'associer à Guillaume, mais bon, on ne choisit pas notre famille. »

« SILENCE! » Ce n'est qu'à ce moment que Maribelle perçut le mouvement derrière sa tante. Elle fronça les sourcils en voyant autant de personnes dans le cimetière. Il y avait une vingtaine d'hommes et de femmes au regard hagard qui s'approchaient d'elle. Le problème, d'après Maribelle, n'était pas leur présence, mais plutôt celle de leur protecteur sur le visage desquels flottaient un sourire mesquin, quelque peu machiavélique. Léanne ne savait pas s'entourer des bonnes personnes.

« Tu te tiens vraiment avec ce genre de personnes? Je croyais que ma simple vue te dégoûtait suffisamment pour ne pas accepter les gens avec des pouvoirs. Tu m'as bien fait comprendre à l'époque que j'inventais tout cela pour attirer l'attention. » Elle lui pointa les gens derrière elle. « Ils ont réussi. »

Léanne tendit sa main ouverte vers Maribelle.

« Donne-moi la clé. » Maribelle soupira.

« Je ne sais pas pourquoi elle t'intéresse. Tu veux vraiment aller visiter le tombeau de grand-mère à cette heure-ci? »

« Donne-moi cette clé! »

« Alors viens la chercher. » Léanne sourit de toutes ses dents, victorieuse. Elle agrippa la clé, mais Maribelle lui attrapa le poignet et la tira vers elle en la faisant trébucher. La foule derrière elle s'approchait plus rapidement. Léanne tint fermement l'arme dans ses mains et roula jusqu'à Gilles qu'elle força à lui servir de bouclier.

« Donne-moi la clé ou je le tue. » La foule l'avait entourée et Maribelle n'aurait pas sourcillé s'ils avaient commencé à perdre de leurs membres. Les protecteurs la regardaient, moqueurs.

« Non! » Elle se lança sur Léanne qui perdit sa poigne sur Gilles. Violaine frappa Maribelle au bas du dos, elle tomba sur le sol sous la douleur, mais un bruit derrière elle la fit se retourner. Un des zombies venaient de tomber et son protecteur regardait derrière lui, livide avant de disparaître. Sans demander son reste, elle se releva, attrapa le bâton de sa cousine et n'eut aucune difficulté à le récupérer.

Violaine recula pour éviter le coup que Maribelle s'apprêtait à lui assener. Elle se tourna vers sa tante, la frappa du bâton avant qu'elle n'ait pu toucher à Gilles. Les zombies s'approchèrent rapidement. Elle frappa la chaîne qui retenait les portes en place, alors qu'un autre corps venait de tomber derrière elle.

« Ne bouge plus! » La chaîne venait de casser. Maribelle se

tourna vers sa tante.

« Je suis désolée, je dois te quitter et j'emmène Gilles avec moi. » Maribelle ouvrit la porte de fer, enfonça la clé dans la deuxième porte qui s'ouvrit sur un escalier et attrapa Gilles. Les zombies étaient presque à sa hauteur.

« Ne bouge pas! » Maribelle figea à la voix de Dominic derrière elle. Elle se tourna lentement, en jurant.

« Toi aussi? »

« Il est là pour moi! Dominic, tue Maribelle! » Dominic ne prêta pas la moindre attention à l'ordre de Violaine, le fusil pointé sur Léanne. Elle rit.

« Tu ne peux rien contre Guillaume! » Les zombies se précipitèrent sur Dominic qui tira dans la foule pour les empêcher de l'entraîner avec eux. Maribelle pouvait voir son protecteur attaquer les autres protecteurs. Dès qu'il en abattait un, un corps s'écroulait sur le sol.

Léanne pointa son arme sur Maribelle, mais Gilles se précipita entre les deux femmes et reçu le coup dans l'épaule.

« Dominic! Dans le caveau! » Dominic se tourna vers Maribelle, courut vers elle et tira Gilles dans le caveau. Les zombies encore debout tenaient la porte ouverte et Dominic utilisa le bâton pour les repousser, mais il le perdit. Il sortit à nouveau son arme et tira jusqu'à ce que Maribelle puisse fermer la porte derrière elle et tourner la clé. Elle pouvait les entendre frapper la porte de bois. Puis, tout se calma.

« Tu vas me payer la mort de ma mère! » La voix de Violaine était menaçante.

Chapitre 44

Maribelle se retourna pour se trouver face à Gilles qui tenait sa main droite sur son épaule gauche. Il serra les dents lorsque Dominic y appuya sa chemise.

« Qu'est-ce que c'était que ça? » Maribelle tentait de reprendre son souffle. Violaine reviendrait rapidement avec les moyens de forcer la porte.

« Des personnes avec des protecteurs, comme toi, mais qui se sont fait manipuler par Léanne ou je ne sais pas trop. » Elle n'osait pas bouger, elle avait peur qu'ils reviennent et défoncent la porte.

« Je suis désolé pour ta tante. » Maribelle aurait cru que malgré tout ce que Léanne lui avait fait subir, elle ressentirait un pincement au coeur à la mort de sa tante, mais elle ne sentait rien. Elle secoua les épaules, se promettant d'y réfléchir plus tard.

« Les plans n'ont pas changés. »

Ils étaient en haut d'un petit escalier sculpté dans la pierre. Maribelle attrapa la lampe de poche de Dominic et la pointa en bas de l'escalier. Elle s'y engagea et Dominic et Gilles l'y suivirent. Il n'y avait pas d'autres endroits où aller.

En bas de la dizaine de marches, ils se retrouvèrent dans une salle entourée d'alcôves dont une partie était remplis par des cercueils, le plus récent étant celui de Victoria. Seul le mur directement en face de l'escalier était lisse. Les alcôves étaient hautes d'environ un mètre par deux. Sans hésiter, Maribelle se dirigea vers l'ouverture vide à côté du cercueil de sa grand-mère.

Elle se mit à genoux et fouilla la poussière.

« Tu cherches une autre clé? » Elle secoua la tête. Elle souleva un petit objet qu'elle admira dans la lumière de la torche.

« Ceci! » Dominic s'approcha pour mieux voir. Un simple médaillon.

« Un bijou? » Maribelle lui arracha le médaillon devant son manque d'enthousiasme.

« Pas n'importe quel bijou. Allez, viens. » Elle se releva et glissa le médaillon dans la poche de son pantalon. Elle se plaça devant le mur lisse, et appuya à un endroit précis près du plafond. Le mur s'ouvrit comme une porte.

« Ce n'est pas la première fois que tu viens ici? » Elle se mit à rire.

« Cléa et moi on jouait beaucoup ici jusqu'à ce qu'elle se mette à avoir peur des cimetières. Mais on connaissait tous les recoins. Il y a un autre endroit pour sortir d'ici, ça ne me tente pas de me frotter aux zombies à nouveau.

Dominic aida Gilles à marcher, le soutenant lorsqu'il s'approchait trop près de l'inconscience. Il avait perdu beaucoup de sang. Ils avaient parcouru ce que Dominic prit pour plusieurs kilomètres, mais ils ne semblaient toujours pas se rapprocher d'une sortie. Il y avait des corridors secondaires que la lampe de poche de Maribelle n'éclairait que faiblement.

« On tourne en rond! » Dominic ne cachait pas sa frustration.

« Je ne t'ai pas demandé de me suivre. » Dominic s'arrêta brusquement et Maribelle se retourna en n'entendant plus ses pas.

« Si tu n'avais pas prit peur ce matin, je n'aurais pas eu à faire le garde du corps. »

« Je te l'ai déjà dit, je ne pouvais pas te faire confiance après t'avoir trouvé dans un lit avec ma cousine. »

« Bravo, je te remercie d'avoir pensé que je te trahissais. Tu vas maintenant croire que je suis avec Guillaume. »

« Pourquoi pas? Comment ma tante et Violaine auraient-elles su qu'on était ici? » Dominic attrapa l'adolescent qui avait sombré dans l'inconscience. Maribelle l'aida à l'étendre au sol et il continua d'appuyer sur la blessure.

« Il faut faire quelque chose pour lui. Il perd beaucoup trop de sang. Tu n'as pas, par hasard, des bandages ou des vêtements qu'on peut utiliser dans ton sac? » Maribelle lui lança un regard noir, laissa tomber son sac sur le sol et fouilla à l'intérieur. Elle était certaine de ne pas avoir pensé à apporter des bandages, elle n'avait pas prévu se retrouver dans des corridors souterrains avec une personne blessée par balle.

« Et toi? Tu n'as pas un pouvoir qui pourrait nous aider? Tu as tellement souvent la chance de ton côté? »

« Je n'ai pas vraiment le temps de me pencher sur la question. »

« Tu as eu plus de 8 ans. »

« Ouais, mais j'ai commencé à apprendre comment ça fonctionnait hier soir, alors un peu de pitié ici. »

Elle lui tendit une bouteille d'eau qu'il utilisa pour nettoyer la plaie. Elle sortit également une couverture blanche, sous le regard intrigué de Dominic. Il en déchira des languettes qu'il appliqua sur Gilles avant de faire tenir le tout avec un tissus plus grand et un noeud.

Elle le regarda faire et ravala ses larmes. Toutes les personnes qui tentaient de l'aider finissaient par être tuées. Elle s'attendait d'une minute à l'autre que Dominic lui tourne le dos avant d'être tué à son tour. Elle inspira profondément.

« Est-ce que c'est moi qui est fou ou Justin n'avait pas l'air assez vieux pour être le frère de ta grand-mère? »

« Ni lui ni Laurent n'ont changé depuis que je suis née. Je crois qu'ils sont plus vieux qu'on ne le croit, ils ont également des pouvoirs, comme tous les Rostland. » Satisfait du bandage, Dominic se leva et lança l'adolescent sur son épaule. Il se remit en route. Il n'était pas trop tôt car ils entendirent des pas derrière eux.

« On a de la compagnie? »

« L'agence? » Dominic jeta un coup d'oeil à sa montre qui projeta une faible lueur dans le corridor.

« Trop tôt. » Maribelle n'avait pas l'intention de s'attarder pour savoir de quel côté la ou les personnes étaient.

« À droite ou à gauche? » Maribelle s'approcha pour voir les deux corridors plonger dans la noirceur. La dernière fois qu'elle avait parcouru les corridors, elle était avec Cléa, et celle-ci avait le don de se repérer qu'en fermant les yeux. « Avant d'entrer ici, tu n'as pas pu mettre la main sur une carte? Ça aurait été pratique. »

« Ce n'est pas en te fâchant contre moi qu'on va la trouver. » Maribelle fronça les sourcils. Elle crut voir un mouvement dans l'un des corridors. Elle y pointa la lumière. « On n'est pas seul. »

« Est-ce que tu pourrais utiliser tes pouvoirs pour nous aider? »

« Tu es prêt à traîner un autre corps derrière toi? »

« Si tu ne vois pas d'inconvénient à ce que ta tête frotte le sol. » Maribelle ne prit pas la peine de répondre. Elle pointa le corridor où elle avait vu du mouvement.

« Je ne sais pas si c'est une bonne idée, mais on devrait peut-être aller là où il y a du mouvement. »

« Tu n'es pas armée et j'ai un fardeau. »

« Alors on va compter sur ta chance pour nous garder en vie. Ne me joue pas de tour. » Ils s'engagèrent sur une dizaine de mètres dans le corridor lorsqu'ils sentirent une brise suivit d'un bruit assourdissant. Maribelle se retourna au moment où des blocs du plafond se détachèrent et bloquèrent le passage d'où ils arrivaient. La poussière se souleva et obstrua sa vue malgré la lampe de poche. Elle se mit à tousser et elle poussa Dominic pour qu'ils avancent avant d'être asphyxié.

« On n'a plus vraiment le choix. »

« Tu es certaine qu'il y a une autre sortie? Il me semble qu'à chaque fois que je suis avec toi dans un sous-sol, tout s'écroule autour de nous et complotent pour nous enterrer vivant. »

« Merci, j'avais vraiment besoin de me faire remonter le moral. » Dominic l'arrêta et lui pointa une arche de pierre bloquée par une porte. Maribelle avait encore du sable dans les yeux et ne voyait pas ce qu'il lui indiquait. Elle dirigea le faisceau de lumière vers la porte de bois, mais elle ne voyait toujours rien.

« Éteins la lumière. » Maribelle voulut protester mais Dominic fut plus rapide et l'éteignit. Ses doigts effleurèrent les siens et elle eut un frisson. Elle essaya de se concentrer sur ce que Dominic pointait.

Tout autour de la porte, il y avait une ligne de lumière.

« Tu ne crois pas que ça pourrait être une trappe? »

« Je n'ai jamais vu ce corridor avant aujourd'hui. » Elle sentit le médaillon brûler dans ses poches. « Je crois qu'on devrait tenter notre chance. On n'est pas encore mort et si il y a une personne qui peut nous aider, tant mieux. » Dominic essaya de pousser la porte mais elle ne bougea pas. Il déposa Gilles contre le mur et essaya avec son épaule. Sans succès. « Peut-être si on frappe à la porte... » La porte s'ouvrit d'elle-même et Maribelle se plaça contre le mur pour tenter de passer inaperçue. Personne ne sortit.

« Je vais voir, reste ici. » Malgré l'ordre, Maribelle se plaça derrière lui et entra dans la pièce.

Au centre, il y avait une vieille table de bois mais qui semblait être encore solide. Trois chaises de bois étaient placées autour d'elle et un repas était étalé sur la table. Derrière celle-ci, il y avait trois banquettes de pierre couvertes de paille et de couvertures.

Des chandeliers sur la table, des chandelles posées le long des murs et d'autres sur pied dans les coins de la pièce laissaient quelques ombres jouer sur les murs. Maribelle et Dominic se regardèrent avant que Dominic ne se décide à reprendre Gilles et le déposer sur un des lits de fortune.

« Est-ce qu'on garde la porte ouverte ou fermée? »

« Vous pouvez la fermer, vous ne risquez rien avec moi. » Maribelle et Dominic sursautèrent et se retournèrent vers la voix. Il n'y avait pas d'autres portes dans la pièce, l'homme s'était matérialisé devant eux. Justin de Rostland. Vieux, la peau fusionnée avec ses os, il donnait l'apparence de la mort.

« Comment...? » Maribelle avait commencé à parler, mais Justin leva la main pour l'arrêter. Il les invita à prendre place à la table.

« Je ne peux pas rester très longtemps, malheureusement. Guillaume a tué Laurent et je veux m'assurer que vous soyez prêt à l'affronter. Je sais que tu jouais ici lorsque tu étais jeune, mais Victoria a toujours caché cette partie des sous-terrains pour garder le secret intact. »

« Donc tu le connais? » Il secoua la tête.

« Je n'ai pas assez d'énergie pour l'activer. »

Il s'approcha de Gilles et lui passa la main sur le front. Maribelle frissonna en voyant le squelette devant elle.

« Pouvez-vous faire quelque chose pour lui? » Justin secoua la tête.

« Votre apparence... » Il se leva et tenta un sourire pour Maribelle. Contrairement au reste de son corps, ses yeux gardaient toute leur brillance et ses dents étaient blanches.

« Est-ce que tu préfèrerais comme ceci? » Sous leurs yeux, il se transforma en un jeune homme de leur âge. « Tous les Rostland peuvent faire cela. Enfin, les vieux, ceux qui ont compris une partie du secret. Je suis beaucoup plus vieux que Victoria. Victoria ne voulait pas de cette vie et elle s'est retirée dans le manoir. Elle n'a pas voulu partager ce pouvoir avec vous parce qu'elle voulait vivre et mourir comme n'importe qui. Elle voulait également vous imposer cette vie. »

« En même temps, elle voulait que je prenne conscience de mes dons. » Il hocha la tête.

« Victoria n'était pas complètement saine. On n'a qu'à regarder Léanne pour le comprendre. Mais il y a encore espoir avec toi que les Rostland regagnent une partie de leur histoire. »

« Est-ce que Tobias était au courant? »

« Il était encore à l'épreuve lorsqu'il a suivi Guillaume. Violaine a hérité de la tare familiale et Cléa... » Il s'interrompit, se leva et se dirigea vers Dominic.

« Je vous ai fait venir tous les deux ici pour une chose très précise, battre Guillaume sur ton territoire.

Maribelle fronça les sourcils.

« Guillaume est dans le cimetière, il ne partira pas tant qu'il ne vous aura pas trouvé. Je vous ai fournit un endroit tranquille et je vais vous protéger aussi longtemps que je serai en vie. N'oublie pas, Luka Kamseta. » Il disparut en poussière. Maribelle avait déjà entendu parlé de certains pouvoirs que ses ancêtres détenaient et elle ne fut pas surprise de cette façon de quitter une pièce. Une brise souleva la poussière qui disparut sous le cadre de la porte.

Dominic regarda tout autour de lui et alla ouvrir la porte, pointa la lampe de poche dans toutes les directions.

« Il a disparu! »

« Il est temps de manger. » Il vint prendre place à la table.

« Comment peux-tu être aussi tranquille après ce qui vient de se passer? Il a dit lui-même que Guillaume était en haut! »

« Chaque chose en son temps. Justin et Laurent connaissent la vérité, et ils ne font que me demander de l'utiliser. »

« La vérité? » Maribelle soupira. Elle prit une bouché du rôti qu'elle venait de se servir. Il était aussi chaud que s'il venait de sortir du four.

« Tu vas voir le secret des Rostland. Parce que je n'ai pas le choix. Justin et Laurent ne savent pas comment l'utiliser, et tous les autres membres de la famille sont ignorants. » Dominic se servit une part du rôti.

« Et comment es-tu toi au courant? »

« Mon arrière-grand-mère, Likalie, la mère de Victoria. Elle est morte avec moi dans ses bras, la journée de ma naissance. Elle a gravé le secret dans mon esprit, sans que je puisse m'en servir avant le temps. Personne ne sait qu'elle me l'a passé. Personne d'autre ne le connait. »

« Tu veux dire que Victoria?... » Maribelle lui sourit.

« Elle n'en savait pas plus que les autres. Je n'avais pas tout compris avant maintenant, mais tout est clair. » Elle éclata de rire en le voyant confus. « Tu vas voir. Si je suis capable de bien l'interpréter, Guillaume ne peut rien contre nous. »

« Pourquoi n'as-tu rien fait jusqu'à présent? »

« Parce que le secret n'avait pas encore été découvert. »

Chapitre 45

Guillaume poussait Cléa dans le cimetière malgré ses larmes de détresse. Elle savait ce qui l'attendait si elle restait là.

« Où es l'entrée? » Elle lui pointa le caveau à la chaîne brisée.

« Est-ce qu'ils sont encore là? » Cléa n'avait pas le choix. Les yeux de Guillaume étaient brûlants sur sa peau. Elle ferma les yeux. Elle sortit de son corps. Il n'y avait personne pour l'empêcher d'approcher Maribelle.

Dominic renifla.

« Tu sais quoi, j'ai l'impression que tu me mènes en bateau depuis le début. Je ne sais pas ce que tu cherches à obtenir de moi, mais je ne joue plus. »

Il se leva et tira ses ustensiles dans son assiette. Maribelle resta figée sous la surprise.

« Qu'est-ce que tu veux dire? » Il lui fit signe de regarder autour d'elle.

« Tout ça! Ta grand-mère meurt, tu te retrouves dans un coma après un accident de voiture, ta meilleure amie meurt en mettant les pieds dans le village, on se fait enlever par un psychopathe qui est obsédé par toi, un édifice explose, ta famille essaie de te tuer et on prend un souper tranquille dans un sous-terrain que tu as toi-même dit n'avoir jamais vu, et Guillaume serait en haut. Pendant tout ce temps, on accepte de te protéger parce que tu aurais peut-être la clé pour arrêter Guillaume, tu nous fait croire que tu l'as, tu ne l'as pas, tu l'as, tout le monde l'a, personne ne l'a parce qu'il n'a pas été découvert! Je ne te suis plus! »

Maribelle s'était arrêtée de manger. Le regard fixé dans son assiette, elle n'osait plus bouger. Tout le monde avait cru depuis le tout début qu'elle connaissait le secret, peu importe ce qu'elle leur disait. Au moment où elle le découvrait, il cessait de lui faire confiance. Une larme glissa le long de sa joue.

« Et voilà qu'elle pleure! » Maribelle essuya rageusement ses larmes et se leva à son tour.

« Va-t'en, va te mettre entre les pattes de Guillaume, j'en ai plus rien à foutre. Je croyais qu'on pourrait oublier ce qui s'est passé entre nous à l'époque, que tu avais changé. Je me suis trompée, tu n'as jamais voulu m'aider. Tu n'es pas mieux que les autres, tu veux juste avoir le secret pour te vanter d'être celui à l'avoir obtenu. Est-ce que tu as pensé à baiser avec moi pour mieux me le faire cracher? » Il l'a regarda de la tête aux pieds, méprisant.

« Tu n'en vaudrais même pas la peine. »

Maribelle cacha son visage dans ses mains et se mit à pleurer.

Du coin de l'oeil, elle aperçut un esprit s'approcher d'elle. Elle pouvait l'entendre soupirer dans son oreille, souffler pour attirer son attention. Dominic ne la regardait pas. Il était penché sur Gilles. Elle alla s'asseoir contre le mur avant de laisser son esprit quitter son corps pour rejoindre Cléa.

Justin était là également et tenait le cordon d'or de Cléa entre ses mains. Il l'empêchait d'avancer plus près d'elle.

« Je suis désolée, Maribelle. Je sais que nous avions fait ce pacte lorsqu'on était jeune et que c'est toi qui a du se découvrir. Mais je ne suis plus assez forte pour garder les secrets. Guillaume sait tout. J'étais de son côté tout ce temps, j'ai cherché à te protéger, mais il a tout planifié. » Elle pleurait et ses larmes étaient comme des diamants qui coulaient le long de ses joues. Maribelle hocha la tête.

« Je le savais depuis le début. Tu pourras lui dire que je suis prête a lui donner ce qu'il veut. » Elle leva la tête, se mit a trembler et elle avait de la difficulté à garder son apparence intacte.

« Ne fait surtout pas ça! C'est ce qu'il veut! »

« Je n'ai pas le choix. La seule personne qui avait peut-être une chance de m'aider, tout en étant encore en vie, vient de me dire qu'il ne me croit plus. » Elle renifla de mépris. Cléa se tourna vers Dominic.

« Dominic? J'avoue qu'il a eu des paroles assez méchantes envers toi, mais ce n'est pas une raison de tous nous abandonner à Guillaume! »

« C'est vous qui m'abandonnez tous. » Cléa fut brusquement tirée vers l'arrière. Justin se plaça entre les deux jeunes femmes.

« Ne laisse pas cet homme influencer tes choix. Je t'en pris, pense a tous ceux qui partagent notre évolution. Si tu laisses Guillaume gagner, les prophètes devront attendre encore plusieurs siècles avant d'être prêts a sortir de l'ombre à nouveau. »

« Est-ce que quelqu'un a pensé à me demander ce que moi je veux? Tout le monde s'attend à ce que je sauve le monde entier. J'en ai assez. »

Justin ne pouvait cacher sa déception.

« Après seulement deux semaines, tu es prête à abandonner... » Maribelle se redressa.

« Oui. » Son ton était froid et sans appel. Les deux esprits la quittèrent.

Elle s'écroula sous l'effort que cela venait de lui demander.

Chapitre 46

La porte de la pièce s'ouvrit et laissa place à deux hommes lourdement armés. L'un d'eux s'agenouilla au sol et mit Dominic en joue. Maribelle était encore étendue au sol, la tête soutenue par Dominic qui se contenta de regarder les soldats de Guillaume envahirent le caveau.

« Levez les mains! » Dominic ne bougea pas, ne dit rien. Il espérait seulement que Maribelle se déciderait à revenir avant que les choses ne prennent un tour pour le pire.

« Dominic, Dominic, Dominic. » Guillaume se glissa entre les deux hommes et secouait la tête en souriant. « Combien de fois devrais-je te demander de ne pas te mêler de ce qui ne te regarde pas? » Dominic haussa les épaules. Guillaume s'approcha de la jeune femme évanouie et voulu lui toucher, mais Dominic tourna le dos à Guillaume, se plaçant entre lui et Maribelle.

« Je ne suis pas ici pour vous faire du mal. Tu sais ce que je veux faire, et tu sais que j'ai besoin d'elle, vivante, pour l'accomplir. »

« Je ne crois pas qu'elle veuille collaborer. »

« J'ai des moyens de persuasions... »

« Tu as entendu Dominic... » Surpris, Guillaume se retourna vers la porte. Au milieu de ses hommes, Maribelle s'était matérialisée. Les hommes formèrent un cercle autour d'elle, leurs armes pointées et prêts à faire feu. Le regard de Guillaume passait du corps évanoui à Maribelle sans comprendre.

« Comment... » Elle leva la main.

« Tu voulais savoir ce que je peux faire? » Il hocha la tête, se lécha les lèvres retroussées sur ses dents. Il avait faim d'une nouvelle connaissance qui promettait d'être meilleure que tout ce qu'il avait goûté auparavant. « Alors dis à tes hommes de baisser leurs armes. C'est entre toi et moi. » Guillaume fit signe à ses hommes qui s'éloignèrent d'elle. Un de gardes s'approcha de Dominic, le fouilla et lui confisqua son arme. Il alla ensuite rejoindre son collègue contre le mur du fond. Dominic n'avait pas bronché.

« Montre-moi? » Elle pointa son corps au sol.

« Je peux être à deux endroits au même moment. » Son corps évanoui ouvrit les yeux et se leva, la main à la tête. Elle regarda autour d'elle, analysant la situation. Dominic la lâcha et se leva, prêt à l'aider. Il ne pouvait s'empêcher de regarder les deux jeunes femmes, identiques. C'était la première fois qu'il les voyait dans la même pièce et il pu confirmer sa première impression que la copie était un peu plus pâle que l'originale. Guillaume observait également les deux jeunes femmes, les yeux brillants d'excitation.

« Quoi d'autre? » Elle haussa les épaules.

« Ce n'est pas suffisant? » Ses épaules s'affaissèrent légèrement.

« J'aurais cru que tous les secrets qui entouraient les Rostland en auraient valus la peine. Je vois que j'ai été trompé. » Il fit signe à un de ses hommes qui parla dans son micro. Aussitôt, Cléa fut poussée à l'intérieur du caveau. Ses yeux étaient agrandis sous l'effroi d'être entourée de morts. Elle s'écroula au sol et se mit à sangloter. Les deux Maribelle la regardèrent sans émotion.

« Qu'est-ce que tu veux prouver? »

« Dis-moi le secret et je la laisse vivre. »

« Tu n'as toujours rien compris? Elle est prête à me trahir, notre famille n'est pas faite pour les réunions amicales. Tu as été capable de tourner Tobias, Violaine, Léanne et Cléa contre moi, et contre eux-mêmes pour parvenir à avoir le secret. Ce n'est pas comme ça que tu vas l'obtenir, depuis notre naissance qu'on apprend à garder le secret, quitte à nous sacrifier. »

« Alors, ça ne te dérange pas que je la tue? » Cléa s'agenouilla et rampa jusqu'à la Maribelle la plus proche. Celle-ci se rapprocha de la deuxième Maribelle et elles se fondirent ensemble.

« Je t'en prie Maribelle? Je ne le voulais pas! C'est Violaine qui a dit à Guillaume où tu étais après avoir tué ma mère! »

Tobias arriva à son tour dans la pièce et se mit à rire en entendant les paroles de sa soeur.

« Tu t'es toujours cru plus haute que moi, plus aimée par notre grand-mère parce que tu avais des pouvoirs. Moi aussi j'en ai. » Maribelle et Dominic le regardèrent avec surprise.

« Tu es toujours vivant? » Tobias se mit à rire.

« C'était ma seule façon de me sortir de ce pétrin, grâce à Guillaume qui a projeté mon image dans la tête de Dominic. Je te remercie d'avoir si bien joué le jeu! »

« Va te faire voir! » La voix de Cléa sifflait entre ses dents. Tobias se tourna vers sa soeur, s'approcha d'elle et plaça ses mains contre sa tête. Le hurlement obligea Dominic a se placer entre les deux mais Tobias ne broncha pas.

« Lâche-là! »

« Ne te mêle pas de ce qui regarde ma famille! Je suis l'aîné, je peux faire d'elle ce que je veux. » Tobias frappa Dominic au visage et Dominic se retrouva contre le mur par la force du jeune homme. Son nez était brisé et il pouvait goûter le sang dans sa bouche. Guillaume se mit à rire et se retourna vers Maribelle qui ne bronchait pas à la douleur de sa soeur, ni à l'état de Dominic.

« Je vois que tu avais raison. Il n'y a aucun lien entre les membres de ta famille... » Guillaume était admiratif. Tobias relâcha sa soeur qui s'écroula sur le plancher de terre en position foetale. Elle tremblait et Dominic la prit dans ses bras pour la calmer. Dominic se tourna vers Maribelle.

« Tu ne fais rien pour elle? » Elle secoua la tête.

« Tu ne peux pas me dire quoi faire. Tu ne veux pas accepter que tu es comme nous... »

« Mais c'est ta cousine! »

« Qui a essayé de me tuer dans l'accident de voiture, qui s'est liée à Guillaume et qui a couché avec lui pour avoir droit à une place dans son conseil des dieux. » Guillaume applaudit.

« Ça t'a prit tout ce temps pour comprendre? Juste une chose, c'est Léanne qui est responsable de ton accident. » Maribelle se tourna vers lui. Sa main se leva vers sa cousine, elle ferma les yeux et une lueur bleue se déplaça entre la paume de sa main et la tête de Cléa. Dominic pouvait sentir la chaleur émise par le faisceau et la jeune femme spasma entre ses bras. Son dos se courba, ses traits se déformèrent sous la douleur et elle hurla.

« Arrête! Maribelle! » Mais elle continuait, en gardant ses yeux sur Guillaume. Dominic le regardait également, pouvait voir les émotions dans ses traits. Il jouissait devant la possibilité d'avoir ce nouveau pouvoir de torture.

« Je veux tout! Je vais partager avec toi une place parmi les dieux! » Elle se mit à rire.

« Maribelle! Tu vas la tuer! » Maribelle se tourna vers Dominic, avec un sourire sur les lèvres. Ses yeux brillaient d'une lueur folle, Dominic ne la reconnaissait plus.

« C'est justement mon but! » Cléa arrêta de hurler lorsque Maribelle baissa le bras. Dominic vérifia son pouls. Elle ne respirait plus.

« Elle est morte. Pourquoi? » Tobias le frappa à nouveau et Dominic, qui tenait le corps inerte de Cléa, ne put l'éviter.

« Ta chance s'arrête ici, Dominic. » Il avait entendu Maribelle parler, mais il avait encore l'espoir qu'elle soit sous le contrôle de Guillaume, du moins en partie, et que celui-ci tentait de prendre le reste.

« Montre-moi comment faire? »

« Comment? Tu ne peux pas me voler mes pouvoirs? » Il cessa de sourire, sa respiration redevint normale.

« Tu devrais le savoir, les Rostland ont cette protection contre les gens comme moi. »

« Tu veux dire contre les personnes qui ne devraient pas avoir de pouvoirs. » Tobias rugit et se lança sur Maribelle qui perdit pied et s'écroula contre le mur de pierre. Il la frappa de ses poings, assis à califourchon sur elle alors qu'elle tentait de protéger son visage de ses mains.

« Tu n'es rien en comparaison de Guillaume! Tu viens de tuer ma soeur, ta cousine, tu vaux moins que lui! »

« Il a tué Victoria et Jade! » Ses coups ralentirent, il réfléchit un instant, avant de redoubler d'ardeur.

« Tu mens! »

« NON! » Le sang coulait du nez de Maribelle. Dominic voulait aller l'aider mais il venait de la voir tuer sa propre cousine. Guillaume marcha la distance qui le séparait de Tobias, l'agrippa par le col de sa chemise et le souleva au bout de ses bras.

« Ne touche plus à Maribelle. » Il le lança de l'autre côté de la pièce. Guillaume tendit la main vers la jeune femme qui passa le dos de sa main sous son nez, observa le sang sur sa main, cracha au sol et se releva sans l'aide de Guillaume.

« Tu veux savoir le secret des Rostland? Tu veux connaître l'origine de tous nos pouvoirs? »

« Oui! »

« Tu es prêt à tout pour l'avoir? »

« Oui! »

« Même à mourir? »

« Je vais renaître comme un dieu! Tu ne peux pas me tuer, je tiens trop de personnes en otage. » Maribelle hésita.

« Des otages? » Il rigola.

« Tu ne croyais pas que j'allais me présenter ici, devant toi, la crème des Rostland, le dernier espoir des prophètes, sans être préparé? Sans avoir d'autres otages que Cléa? »

« Qu'est-ce que tu as fait? » Dominic pouvait entendre l'horreur dans la voix de Maribelle.

« Tu te souviens des villes que j'ai menacé? Je peux tuer tout le monde, à distance. Et je n'attendrai pas la réponse de tes copains. Mais j'ai d'autres otages, juste pour toi. » Maribelle plissa les yeux. Dominic pouvait voir l'hésitation, et Guillaume pouvait la sentir.

« Qu'est-ce que tu veux? »

« Montre-moi le secret. » Maribelle resta figée sur place. Elle se tourna finalement vers Dominic.

« Dominic, donne-moi une chandelle. » Dominic secoua la tête.

« Fais-le toi-même. Je ne t'aiderai pas! » Guillaume haussa les épaules.

« Tobias, fait ce qu'elle dit. » Tobias n'argumenta pas, alluma une chandelle et la remit à Maribelle. Elle pointa les deux soldats au fond de la pièce.

« Dis-leur de quitter. »

« Ils vont rester. Ils savent quoi faire si tu décides de ne pas collaborer. »

« Éteints les autres chandelles. » Tobias se dépêcha de suivre ses indications. Dominic s'approcha d'elle mais elle leva la main dans sa direction.

« Reste loin de moi. » Il sentit la menace. Il devait faire quelque chose pour l'empêcher de lui donner ses pouvoirs. Un des mercenaires avaient son arme vers lui et ne le quittait pas des yeux. Il n'avait pas le choix, il devait jouer le jeu de Maribelle. Il ferma les yeux.

Lorsqu'il les ouvrit, les murs étaient couverts de plus de gens que lorsqu'il l'avait fait la première fois. Maribelle regardait autour d'elle, la bouche ouverte, les yeux prêts sortir de leur orbite. Les deux gardes ne semblaient rien voir et Tobias s'agenouilla devant la vision. Seul Guillaume semblait ne pas être surpris de voir autant de gens autour de lui, des gens qui semblaient souffrir.

« Je me doutais que tu voudrais voir qui étaient les otages. Je te présente toutes les personnes que j'ai touché de mes pouvoirs de dieu. »

« Ils croient en toi? »

« Ils ont vu mes pouvoirs, ils sont prêts à me suivre. Ils sont liés à moi et tu ne peux rien y faire. Ils sont mes premiers suivants. Si tu fais la moindre chose contre moi, la moitié d'entre eux verront les premiers signes de l'apocalypse et le début de l'avènement des nouveaux dieux. »

« Tu es fou. » Elle restait calme.

« Je veux partager mes pouvoirs avec les humains. Je veux les aider, répondre à leurs prières. » Maribelle secoua la tête. Guillaume marchait autour de la pièce en regardant les murs, fier de sa création. Dominic se leva mais Maribelle le regarda en secouant lentement la tête. Son regard était droit et sévère, il se rassit. « Montre-moi! » Elle se redressa.

« Si tu veux le secret, tu dois couper ton lien avec eux. » Il secoua la tête.

« Je n'entre pas dans ton jeu. Nous allons faire les choses à ma façon, ou ils meurent. »

Maribelle regarda autour d'elle. Il y avait tellement de personnes. Dominic se leva à nouveau et elle l'ignora. Il s'approcha de Guillaume, mais Tobias arriva sur lui et le mit au sol. Les images sur les écrans devinrent flous mais reprirent toute leur clarté aussitôt.

« Laisse-le, Tobias. » C'était Maribelle qui avait parlé.

Dominic ne savait pas s'il devait prendre cela comme un encouragement ou s'il devait se méfier de la prochaine trahison qu'elle ferait. Il évita le dernier coup de pied de son cousin qui regarda en direction de Guillaume. Il lui fit un signe de tête, Tobias lâcha le col de Dominic et se dirigea vers Maribelle.

« Tu es mieux de ne pas nous jouer de tour, ou bien il est le prochain à y passer. » Elle haussa les épaules.

« Ça ne sert à rien de taper sur lui, il ne peut rien faire contre moi... contre nous. » Guillaume sembla heureux de son changement de ton. Il frotta ses mains l'une contre l'autre.

« Et si nous nous mettions au boulot? J'ai beaucoup de travail à faire... » Elle sourit.

« Tu vois, Guillaume, je n'ai pas vraiment joué franc jeu avec toi... » Il fronça les sourcils et fit signe à ses hommes d'entrer dans la pièce. Ils se postèrent tout autour, et Dominic chercha un moyen de sortir de là dans la confusion. Mais leurs mouvements étaient ordonnés et plus d'un homme avait son arme sur lui.

« Explique-moi. »

« Voilà... je ne connais pas encore le secret de la famille. Tout ce que j'ai c'est ce stupide médaillon. » Elle ouvrit sa main vide et le médaillon de sa grand-mère s'y matérialisa. Guillaume recula légèrement pour ensuite s'approcher, sous le charme du pendentif.

« Qu'est-ce qu'il fait? »

« Pas grand-chose, il fait joli autour du cou, mais ce n'est pas vraiment mon style. D'après ce que Justin m'a confié, c'est par ce pendentif que le secret peu se montrer. »

« Comment? » Encore une fois, elle haussa les épaules.

« Tu as mis la main sur le cahier de ma grand-mère. » Il sourit.

« Peut-être. »

« Tu as probablement construit un objet basé sur les diagrammes. »

« Peut-être. » Il s'excitait à chacune de ses paroles.

« Tu sais à quoi sert cet objet? »

« Oh oui! »

« Il ne peux fonctionner sans le médaillon. Je suis certaine que tu l'as quelque part avec toi? » Guillaume se tourna vers

Tobias.

« Va le chercher. » Tobias s'éclipsa. Tout le monde resta figé et silencieux jusqu'à ce qu'il revienne avec une boîte de bois d'acajou surmontée d'un miroir oval. Le tout ne faisait qu'un demi-mètre de hauteur. « Maintenant? »

« Libère les âmes et je te montre. » Ses traits se durcirent.

« Il n'en est pas question. Tu ne gagneras pas. » Elle passa sa main dans les airs et les images sur les murs changèrent. Tous les gens tournèrent le dos à Guillaume et marchèrent dans la direction opposée.

« Qu'est-ce que ça veut dire? »

« Que le médaillon me permet de briser tes connections avec tous tes petits robots. Ils ne veulent plus rien savoir de toi. »

« Non!!! » Il se tourna vers les écrans et la grande majorité des gens revinrent vers lui, la tête basse. Il se tourna vers Maribelle, l'écume à la bouche. « Tu vas me payer pour ce que tu viens de tenter de faire! » Il se tourna vers ses gardes. « Attrapez le médaillon! » Les murs redevinrent ceux du caveau, une partie des chandelles s'éteignirent mais les hommes avaient des lampes sur leur fusil. Maribelle ne bougea pas alors que trois gardes s'approchèrent d'elle, un lui ordonnant de se mettre à genoux, l'autre de laisser tomber le médaillon, le troisième la maintenant en joue.

« Tu as raison, Guillaume. Laisse les autres faire le sale boulot à ta place. Tu n'oseras pas me tuer, tu as trop peur que je t'ai menti. Je suis ton dernier espoir de mettre la main sur le secret, et même si je ne sais rien, tu ne peux te permettre de faire d'erreur! » Elle ferma la main sur le médaillon et la rouvrit. Il n'y était plus. Un des gardes la frappa au visage avec son fusil et elle s'écrasa au sol.

Dominic se précipita sur elle, mais un garde le frappa et il se retrouva au sol, trop loin de Maribelle pour lui être d'une quelconque utilité. Il se releva et se mit à ramper, mais une pluie de coups s'abattit sur lui. Maribelle ouvrit les yeux et remua les lèvres, sans qu'il puisse y faire de sens. Il cessa de se battre, ferma les yeux, les coups s'arrêtèrent et un homme le remit sur pied.

Il fut traîné au fond de la pièce, tout près de Gilles qui ouvrit les yeux. Les gardes ne lui prêtèrent pas attention et Dominic fut le seul à se rendre compte que Gilles n'était plus inconscient. Il se souvenait de la manière qu'il avait guéri Maribelle dans son appartement. Il avait touché à la blessure de Gilles. Il sourit.

Au même moment, il sentit une chaleur se propager dans sa main et il du l'ouvrir pour voir ce qui se passait. Il avait le médaillon. Il referma aussitôt la main, Gilles lui fit un clin d'oeil et retourna dans son immobilité. Dominic tourna les yeux vers Maribelle. Celle-ci était retenue entre deux hommes et Tobias venait de la frapper au ventre et elle se plia en deux sous la douleur, sans émettre de son.

« Où est le médaillon? » Elle leva les yeux vers Guillaume et lui sourit. Dominic ne comprenait pas pourquoi elle pouvait encore avoir ce sourire qui lui donnait des frissons malgré ce qui se passait.

« Maître! Nous avons de la visite! » Guillaume se retourna vers le lieutenant dont le regard ne se posa pas plus d'une seconde sur la jeune fille au visage couvert de sang.

« Qui? »

« Des membres de l'agence... » Guillaume se tourna vers Dominic. Le lieutenant jeta un regard rempli d'excuses.

« Emmenez-le moi! » Un garde le souleva et malgré les protestations de Dominic, celui-ci fut tiré devant Guillaume.

« Comment savent-ils que nous sommes ici? »

« Tu n'es pas le seul à avoir des pouvoirs. »

« Toi? Tu n'es même pas capable d'en utiliser un seul, comment pourrais-tu les avoir contacté? »

« Pas lui, Guillaume. » Maribelle cracha du sang sur le sol. Tobias la frappa à nouveau.

« Ce n'est pas comme ça que tu dois t'adresser à un dieu. » Maribelle se mit à rire, mais Dominic pouvait voir la douleur sur ses traits.

« Renonce à tes ambitions, et je peux t'aider! »

« Donne-moi le secret des Rostland! Ou je tue Dominic. » Maribelle ferma les yeux et Dominic pu voir son esprit flotter au-dessus d'elle. Il ferma les yeux et secoua la tête, mais il voyait toujours la même chose lorsqu'il les rouvrit.

Chapitre 47

Elle se tourna vers lui et lui fit signe de la suivre, mais il ne savait toujours pas comment faire une sortie astrale. Elle soupira et lui pointa quelque chose derrière lui. Il se tourna et vit son compagnon lui faire un signe de la main. Il hocha la tête et son compagnon entra dans son corps. Dominic eut un sursaut et le garde qui le tenait le frappa derrière les genoux pour le faire mettre au sol.

Il était à l'extérieur de son corps.

« Je ne tiendrai pas très longtemps. Je ne peux pas me dupliquer pour montrer le chemin à tes copains. Aide-moi. »

« Pourquoi? Tu as tué ta cousine... »

« Rappelle-toi ce que je t'ai dit, tout fait parti du jeu. C'est le seul moyen... » Elle le quitta. Dominic hésita avant d'aller chercher de l'aide.

Il se dirigea vers le cimetière. Les corps de leurs attaquant étaient disparus. Il pouvait voir les traces des coups contre la porte de bois, mais il n'y avait aucune autre marque de leur présence. Tout était tranquille. Dominic fronça les sourcils, les agents auraient déjà dû être présent. Un mouvement au coin de son oeil l'attira vers le sentier où il avait laissé sa voiture.

Il y avait des agents partout, mais personne ne semblait lui prêter attention. Maxime donnait des ordres à ses hommes qui enfilaient des masques à gaz. Un peu plus loin, Xavier l'aperçu et se projeta hors de son corps avec une facilité déconcertante.

« Tu fais ça souvent? »

« Tous les matins en me levant. Où êtes-vous? Où est Guillaume? »

« Il y a une réunion de famille en bas. Jason Beaulieu est également avec Guillaume. » Xavier le suivit.

Dominic retourna dans son corps lorsque Xavier le quitta en promettant de revenir avec des renforts.

« Pourquoi? » Maribelle avait crié. Guillaume s'agenouilla devant elle.

« Nous sommes différents, toi et moi, de toute la populace qui ne peut rêver à mieux qu'une vie sans but, avec la mort assurée à la fin. Savais-tu que le secret des Rostland peut donner la vie éternelle? »

« Où as-tu entendu de telles rumeurs? »

« Toute la nouvelle génération de ce que Justin et Laurent appelaient les prophètes, savent ce que contient le secret. »

« C'est étrange, parce que je n'en sais rien! » Dominic voyait qu'elle tentait de gagner du temps. Le garde à ses côtés plaça un pistolet contre sa tempe sur un signe de Guillaume.

« Si tu n'en sais rien, ça ne te dérange pas que je tue Dominic? » Celui-ci se mit à trembler. Il allait mourir, il pouvait sentir la main ferme sur le pistolet, qui n'hésiterait pas à faire feu.

« D'après ce que je sais, tu ne peux pas comprendre le secret, tu ne pourrais pas l'utiliser parce que tous tes pouvoirs ont été volés à d'autres, ton corps et surtout ton cerveau ne sont pas suffisamment évolués pour que tu puisses t'en sortir vivant. »

« Laisse-moi en être le juge. » Les deux gardes lâchèrent Maribelle qui se retrouva à genoux, sur ses mains. Dominic entendit Guillaume prononcer quelques paroles et vit l'horreur se peindre sur le visage de Maribelle.

Celle-ci se leva et prononça quelques paroles à son tour, trop bas pour que Dominic puisse les entendre. Un des murs disparut pour faire face à un espace sombre. Guillaume attrapa la lampe de poche d'un de ses hommes et la pointa vers le trou. La lumière ne parvenait pas à percer les ténèbres. Il la tira dans l'ouverture, mais elle disparut, la lumière et l'objet aspirés par le néant. Il se tourna vers Maribelle.

« Qu'est-ce que c'est que ça? »

« Le passage vers la vie éternelle. »

« C'est une ruse. Pourquoi est-ce que rien ne peut être vu de l'autre côté? »

« Il faut avoir la foi. Celle que les premiers prophètes ont eut

lorsqu'ils sont arrivés sur terre sans aucune chance de retour. »
Guillaume fronça les sourcils.

« Tu veux dire que c'est par un tel... passage que les anciens
dieux ont pu venir sur Terre, en exil? » Maribelle hocha la tête.
« Et tu veux me faire croire qu'en passant par là, je vais avoir la
vie éternelle? »

« Oui, et tu seras également banni. Personne n'a le droit de
défier les anciens prophètes et tenter de leur voler ce qui leur
appartient. Ce que je vois, moi, c'est une porte vers un paradis
verdoyant. Ce que tu vois? Le néant. Ton cerveau est incapable
d'analyser ce qu'il voit. »

Dominic voyait également le néant. Il ne faisait pas confiance
à Maribelle. Elle mentait, c'était évident.

Dominic pouvait toujours sentir le fusil sur le côté de sa tête.
Il se calma en prenant une respiration. S'ils tenaient encore
quelques minutes, l'agence réussirait à pénétrer le caveau et à
arrêter Guillaume. Il se leva d'un bond, attrapa le fusil posé sur
sa tempe et frappa l'homme qui se trouva sur le sol. Un autre
garde le mit en joue et fit feu. Il entendit le cri de Maribelle et il
savait que sa dernière seconde était arrivée.

Maribelle n'avait pas ouvert le portail au complet. Elle ne
pouvait pas, elle n'avait pas le droit de le laisser passer. Les
prophètes étaient en exils sur la Terre, ils n'avaient pas le droit
de retourner d'où ils venaient, ni de laisser passer quelqu'un.
Elle avait été horrifiée de l'entendre prononcer les paroles
interdites, celles que tous les membres de la famille
connaissaient depuis leur enfance. Il avait réussi à se les faire
dire par l'un de ses cousins.

Guillaume s'était approché du portail et l'analysait. Il était
curieux, il voulait savoir tous les secrets qu'il y aurait de l'autre
côté, qui l'attendaient à bras ouverts. Il savait qu'il s'agissait du
véritable portail, il avait forcé Maribelle à prononcer les
paroles.

Du coin de l'oeil, Maribelle vit le mouvement de Dominic et
cria. Aussitôt, elle se dédoubla et se plaça entre la balle et
Dominic. Au moment où elle prit un deuxième corps physique,
elle sentit la balle pénétrer sa peau, la brûlure lorsqu'elle

traversa son côté droit, toucha son corps et resta coincée dans une de ses côtes. Elle s'écroula aux pieds de Dominic.

Guillaume avait ordonné à un de ses hommes de placer sa main à travers l'ouverture du portail, et le cri de douleur de l'homme enterra celui de Maribelle. L'homme recula en tenant sa main coupée contre son torse. Un autre soldat se précipita à ses côtés pour lui administrer des soins. Guillaume se retourna pour savoir pourquoi le portail s'était refermé sur l'homme.

Les deux Maribelle étaient au sol, du sang coulait de la même blessure. Dominic se pencha sur celle qui l'avait aidé et elle disparut sous ses doigts. Au même moment, les hommes de l'agence lancèrent des grenades lacrimogènes dans le corridor et une partie des hommes de Guillaume se regroupèrent à l'intérieur de la pièce, en toussant et les larmes aux yeux.

Des échanges de coup de feu se produisirent dans le passage et Dominic frappa l'homme qui avait tiré sur lui, ramassa son fusil qu'il avait laissé tomber et il se précipita auprès de Maribelle. Gilles s'était levé et s'agenouilla tout près de lui. Il semblait paniqué, il regardait tout autour, les hommes qui avaient fermé la seule sortie de la pièce et Guillaume qui restait figé au centre.

« Qu'est-ce que tu as fait? » Guillaume tenta de pousser Dominic hors du chemin, mais celui-ci le prit par le collet et l'accota contre le mur. Maribelle remua derrière eux et Gilles l'aida à se relever.

« Tu as échoué! Ordonne à tes hommes de se rendre. »

« Jamais! » Il cracha au visage de Dominic, mais celui-ci ne broncha pas.

« Maribelle? Qu'est-ce que je fais de lui? »

« Elle perds trop de sang! » Dominic jeta un coup d'oeil vers la jeune fille. Le sang coulait de sa plaie et Gilles tentait de mettre de la pression sur la blessure. Il y avait du sang sur ses lèvres et elle avait de la difficulté à respirer. Guillaume devint soudainement léger dans ses mains et il se retourna vers lui. Guillaume n'était plus là. Dominic regarda autour de lui et le vit devant le mur qui avait supporté le portal. Il fit signe à un de ses hommes qui se détourna de la porte pour se pencher vers

Maribelle. Dominic voulu l'en empêcher mais un soldat arriva derrière lui et frappa sa jambe qu'il sentit se torde dans un angle anormal. Il ne pouvait plus bouger. Guillaume rit. Dominic sentit la douleur de son os cassé se propager dans tout son corps. Il se mit à ramper vers Maribelle. Il regrettait de ne pas avoir écouté Maribelle plus tôt et de ne pas avoir pu utiliser ses capacités.

L'homme penché au-dessus de Maribelle fouilla dans ses poches malgré les protestations de Gilles, mais ne trouva rien.

« Où est le médaillon? »

Des mercenaires s'écroulaient devant la porte. L'agence était presque là. Guillaume traversa la pièce, poussa l'homme au-dessus de Maribelle et fouilla lui-même la jeune femme qui tentait de pousser ses mains pour ne pas qu'il la touche.

« Où est le médaillon? » Maribelle tourna les yeux vers Gilles. Guillaume regarda celui-ci comme s'il ne l'avait jamais vu auparavant.

« Je croyais que tu étais mort. » Gilles secoua la tête tout en continuant d'appuyer sur la blessure. Il tendit la main vers l'adolescent. « Donne-moi le médaillon. »

« Vous allez nous tuer si je le fais! » Guillaume agrippa Gilles et l'éloigna de Maribelle malgré ses coups de pieds et ses morsures. Deux mercenaires vinrent lui prêter main forte. Dominic redoubla d'effort en voyant la marre de sang s'agrandir sous la jeune femme.

Dès qu'il fut lâché, un mercenaire le fouilla sans rien trouver. Guillaume grogna de colère. Il retourna près de Maribelle, en prenant soin d'enfoncer son talon dans la main de Dominic en chemin. Dominic retint le cri de douleur. Guillaume s'agenouilla près de sa tête, posa ses mains sur ses tempes. La pièce retrouva l'apparence des écrans. Tous les hommes et les femmes hochèrent la tête à l'ordre silencieux de Guillaume et s'éloignèrent.

Maribelle ouvrit les yeux et Dominic pu y voir l'horreur. Il regarda autour de lui et la colère l'envahit en voyant des gens se faire assassiner sous leurs yeux. Guillaume souriait, la bouche entrouverte, il se réjouissait du spectacle qu'il offrait à tous ceux qui pouvaient voir dans son esprit.

Chapitre 48

« Donne-moi le médaillon ou les autres vont également passer aux actes. » Dominic put voir un bâtiment qui ressemblait à une école se former sur l'écran à ses côtés. Des enfants jouaient dans la cour arrière et une cloche retentit. Les enfants s'empressèrent de se mettre en file pour entrer dans l'école. Des enseignants marchaient entre les rangs, ramenaient l'ordre et guidaient les enfants vers l'intérieur.

« Une école? Pourquoi? » Guillaume sourit.

« Ne t'en fais pas, aucun de ces enfants n'a autant de capacité que moi. »

« Il y a quoi, trois cents enfants? Comment? » Guillaume admirait son oeuvre.

« Cinq cent vingt-trois élèves. Sans compter les adultes, mais ils ne sont pas importants dans mon plan. »

« Pourquoi cette école? »

« Les yeux du monde entier se tourneront vers nous, vers moi. Ils vont comprendre qu'il n'y a rien qu'ils puissent faire pour m'arrêter, ils vont devoir compter avec ma présence. »

« C'est du terrorisme, ils ne te laisseront pas t'en tirer ainsi. »

« C'est là que tu as tort. Ils ne pourront pas faire autrement, ils vont savoir qu'ils sont responsable. »

« Comment? » L'image changea légèrement. Dominic pouvait voir des hommes et des femmes qui bougeaient autour de l'édifice. « Qui sont-ils? »

« Les parents des enfants qu'ils vont tuer. » Le regard de Dominic passait de l'image, au visage radieux de Guillaume, à Maribelle qui lui tendait la main. Il avait toujours le médaillon dans sa poche, mais il ne savait pas à quel point il était important au secret. Il ne savait toujours pas qu'est-ce qu'était le secret. « Maintenant, soyez gentil et donnez-moi le médaillon.

Je n'hésiterai pas. » Dominic regarda à nouveau l'image et sortit le médaillon de sa poche. Les yeux de Guillaume se mirent à briller et il marcha vers le jeune homme toujours au sol. Dominic espérait que Xavier avait entendu les paroles de Guillaume et qu'il était prêt à attaquer.

« Ne le lui donne pas! » Guillaume et Dominic se retournèrent vers Maribelle qui tentait de se lever et tendait la main dans un effort futile pour se mettre entre les deux hommes. Guillaume la regarda avec mépris.

« Tu es prête à sacrifier la vie de tous ces enfants, et d'autres à venir pour protéger le secret? En vaut-il tant de sacrifice? Et lorsque je vais attaquer les villes? » Dominic hésita. Malgré qu'elle venait de tuer Cléa, elle utilisait ses dernières secondes de vie pour empêcher Guillaume de mettre la main sur le médaillon, et le secret. Il était déchiré entre la laisser mourir pour défendre le secret et tuer des enfants, ou croire en elle, après tout ce temps, et croire qu'il y avait une raison derrière ses agissements. Il jeta un coup d'oeil vers Gilles qui le regardait avec effroi. C'était lui qui lui avait confié le médaillon, il savait ce que Guillaume voulait en faire, et il pouvait le déplacer dans l'espace comme il le voulait.

« Dominic! Même si tu ne crois à rien de ce que tu vois maintenant, je t'en pris, écoute ton intuition et ne le lui donne pas! » Elle s'affaissa au sol et ferma les yeux. Dominic détourna le regard de son corps inanimé. Il n'avait rien pu faire pour l'aider dans ses derniers moments. Dominic se remit à ramper vers Maribelle. Il devait s'assurer qu'elle était morte, il ne pouvait prendre de décision maintenant.

Elle avait dit d'écouter son intuition.

« Dominic! Le médaillon! »

« Dominic! Utilise ton intuition! » Gilles avait crié et un garde le frappa dans les côtes. Dominic serra la main sur le médaillon et continua son chemin vers Maribelle. Il pouvait peut-être faire encore quelque chose pour elle.

« Comme tu voudras! » Dominic leva la tête vers un écran où il pu voir deux hommes sortirent un contrôleur à distance. Ils étaient prêts à faire sauter l'école.

Soudain, les murs devinrent blancs. Il n'y avait plus rien. Les caveaux reprirent leurs place et le lieutenant entra dans la pièce, sous le bruit de coups de feu. Guillaume le repoussa de la main et attrapa Dominic. « Donne-moi le médaillon! »

« NON! » Les murs reprirent une apparence d'écran et ce n'était plus l'image des gens sous l'emprise de Guillaume, mais des copies de Dominic lui-même. Au milieu d'eux, Dominic reconnu son compagnon qui lui fit un clin d'oeil en quittant l'écran et en se dirigeant vers Guillaume.

« Tu crois que tu vas m'impressionner avec tes trucs sur mon esprit? » Une de ses copies prient vie elle-même, quitta à son tour l'écran et frappa le premier garde sur son passage, qui ne vit pas le coup venir. Il tenta de se battre mais il était aveugle à l'esprit de Dominic. Une autre copie fit de même avec un autre garde, et finalement toutes les autres copies quittèrent l'écran, et se dirigèrent vers Guillaume qui recula devant une telle apparition. Il ne se préoccupait plus de Dominic qui avait réussi à s'approcher de Maribelle. Lorsqu'il toucha sa main étendue à ses côtés, comme si elle avait elle aussi tenté de le rejoindre, il sentit la fatigue le gagner et Maribelle se transforma en poussière. Son corps disparut devant les yeux de Dominic, il ne touchait qu'à des cendres.

Il se tourna vers Gilles qui s'était libéré de ses gardes grâce aux copies de Dominic et il s'élança vers Dominic. Il tourna les yeux vers Maribelle et sourit. Dominic regarda à nouveau et Maribelle était à nouveau étendue devant lui.

« Maribelle? » Il était soulagé de n'avoir qu'imaginé qu'elle avait disparu. Sa main était chaude et il pouvait sentir un pouls dans son poignet. Gilles s'agenouilla à côté d'elle et voulut placer sa main sur la blessure de Maribelle mais il n'y avait plus rien. Maribelle ouvrit les yeux, n'osa pas bouger un instant et se redressa brusquement.

Devant elle, Guillaume se battait contre plusieurs Dominic, pendant que les membres de l'agence envahissait la pièce. Gilles aida Maribelle a se relever. Elle tourna la tête vers Dominic qui ne pouvait plus bouger, trop heureux de voir Maribelle en vie, de voir Guillaume incapable de contrer les autres Dominic et l'agence finalement à leur rescousse.

« Merci. » Elle se pencha vers Dominic et lui retira le médaillon des mains. Il la laissa faire. Aussitôt, les Dominic disparurent et l'agence s'approcha de Guillaume, en sang et à bout de souffle, le regard hagard. Maribelle les repoussa du revers de la main, s'agenouilla devant Guillaume.

« Tu as tué tous ces gens... » Maribelle secoua la tête.

« Non, j'avais coupé ton lien avec eux juste avant. Je voulais savoir ce que tu avais préparé. »

« Tu m'as trahi!" Il semblait blessé. Un homme de l'agence lui prit les bras et les attacha dans son dos. Guillaume se laissa faire, tout venait de s'écrouler devant lui. Maxime s'approcha d'elle, mais elle gardait son regard sur Guillaume.

« L'agence vous remercie de tout ce que vous avez fait. Nous savons cependant que vous avez tué votre cousine... » Elle le repoussa et retourna près de Guillaume qui la regarda avec espoir.

« J'ai une dernière chose à faire. » Elle montra le médaillon à Guillaume, le tentait. Maxime voulu le lui prendre mais elle ferma la paume avant qu'il n'ait pu y toucher. « Si j'étais vous, je n'y toucherais pas... » Elle alla chercher la boîte qu'un homme de l'agence avait déjà pris dans ses mains et elle le plaça à côté de Guillaume. Elle ouvrit la boite avant de se retourner vers Guillaume qu'elle regarda droit dans les yeux.

« Guillaume, avec le sceau des prophètes, passé à travers plusieurs générations de Rostland, je te banis. » Elle toucha le front de Guillaume avec un coin du médaillon. Le sourire de Guillaume se transforma en une grimace de douleur alors que le feu le consuma de l'intérieur. Aucun son ne s'échappa de sa bouche, et les hommes de l'agence qui le retenaient se regardèrent sans comprendre. Ils n'avaient pas senti la chaleur se dégager de son corps, il était disparut en poussière. Celle-ci se déplaça dans la boite qui se referma.

Maribelle se leva et passa le médaillon autour de son cou. Maxime la regarda un moment, sembla vouloir dire quelque chose avant de refermer la bouche et de fixer le médaillon. Maribelle lui sourit et lui pointa Dominic.

« Je crois qu'il a besoin de soin... » Maxime se tourna vers Dominic qui avait réussi à se lever avec l'aide de Gilles. Celui-ci ne pouvait détacher son regard de Maribelle. Il semblait prêt à s'agenouiller devant elle. Xavier alla libérer Gilles de son fardeau.

« Le médaillon? » Maribelle haussa les épaules.

« Je pourrais toujours collaborer avec vous... si vous ne cherchez pas à savoir le secret des Rostland, ou comment le médaillon fonctionne. Également, il serait bien qu'on arrive à une entente pour ça. » Elle pointa le corps de sa cousine que tout le monde avait ignoré depuis sa mort. « Sa place est ici, dans le caveau familiale, à côté de Victoria. »

Du coin de l'oeil, elle vit le lieutenant être entraîné à l'extérieur de la pièce par des agents. Elle les arrêta.

« Vous m'avez sauvé la vie. »

« Je ne voulais pas collaborer avec lui, mais il était trop puissant. » Elle hocha la tête.

« Merci de votre aide. » Il lui sourit et se lassa conduire à l'extérieur.

« Maribelle? » Elle se tourna vers Dominic. « Je crois qu'on a beaucoup de choses à se dire. » Elle hocha la tête avant de sortir, suivit de Gilles.

Épilogue

Maribelle était attablée devant un café sur une terrasse au village. Elle appréciait la vie dans cet endroit beaucoup plus que de vivre dans la grande ville. Avec l'agence, elle avait décidé de ne pas tenter de ravoir son dernier travail, de laisser les choses se calmer en ville avant de passer à la prochaine étape.

Le corps de Jade avait été réclamé par ses parents au village et ils étaient les seuls qui n'avaient pas encore discuté de ce qui s'était passé dans sa famille. Tobias purgeait une peine d'emprisonnement pour les meurtres de Victoria et Jade, ainsi que pour la fraude autour des testaments. L'agence avait fabriqué un nouveau testament pour que tout soit transféré à Maribelle.

L'agence avait réussi à cacher les agissements de Guillaume en prétextant un guru exalté, et en utilisant les pouvoirs de certains de leurs agents pour faire oublier la diffusion publique du message de Guillaume. La mort de Léanne et des autres zombies avait été classée comme un suicide collectif, et Violaine s'était volatilisée.

Justin venait la visiter au manoir régulièrement. Il lui avait demandé, à mots couverts, si elle avait trouvé le secret de Rostland. Elle s'était contenté de sourire et de dire qu'il avait été enterré avec sa grand-mère. Tobias avait eu la gâchette facile et n'avait pas pensé que ses refus de faire partie de ce monde depuis son adolescence avait retardé son adhésion au club très exclusive des gens dans le secret.

Justin avait haussé un sourcil mais n'avait pas posé plus de questions. Grâce au conseil de famille, la maison de Justin avait été reconstruit. Maribelle avait refusé d'utiliser le manoir comme point de rendez-vous pour toute cette génération de prophètes qui se réveillaient. Elle ne voulait pas qu'un autre exalté se mette le nez dans les secrets de la famille.

Les centres continuaient d'être tenus par le conseil de famille, et Justin lui avait promis de lui faire rencontrer les autres membres de la famille très bientôt. Ils étaient tous très excité de la rencontrer. Ce n'étaient pas tous les membres de la famille qui voulaient la tuer ou prendre possession de ce qui lui revenait de droit. Elle avait donné la part de l'héritage de Tobias et Violaine au conseil de famille qui s'était empressé de nettoyer le centre que Tobias tenait et de le transformer en un centre communautaire pour le village.

Gilles n'avait plus d'endroit pour rester après que la maison de Justin et Laurent ait été détruit. Il avait demandé d'habiter au manoir avec Maribelle, et elle avait accepté avec joie. Elle aimait discuter avec lui et écouter des films le soir. Il était très intelligent et elle appréciait sa présence. Il était également très bon à rendre les nouveaux habitants confortables au manoir.

Elle n'avait pas encore revu Dominic. Elle avait entendu dire par Xavier qu'il avait été envoyé en mission dans un endroit secret dès qu'il s'était remis de toutes ses blessures, ce qui arriva dans le quart de temps que les médecins avaient prédit. Maribelle sourit à l'idée. Personne n'avait réaliser qu'elle lui devait la vie, Gilles également. Il avait la possibilité de guérir les gens par son touché.

Maribelle déposa sa tasse de café vide, déposa un billet sur la table et s'apprêta à se lever lorsqu'un homme entra dans le café. Elle aurait pu le reconnaître partout. Dominic l'aperçut également, lui fit un signe de la main et se dirigea vers elle à grands pas. Elle se leva pour l'accueillir et il lui donna un baiser sur chacune de ses joues. Elle se mit à rougir et cacha son embarras en se rasseyant et elle fit signe au serveur.

« Je suis contente de te revoir! Tu es passé chez ta mère déjà? Elle n'a pas eu de tes nouvelles depuis deux semaines. »

« Je vais aller la voir pus tard. Je suis ici pour te parler. » Il attendit que le serveur dépose les deux tasses de café sur la table avant de s'éloigner et les laisser seuls sur la terrasse. Ils burent leur première gorgée en silence avant qu'il n'aborde le sujet.

« Le secret... » Elle leva la main pour l'arrêter.

« Je ne partage pas ce que je sais avec qui que ce soit. Il va falloir que tu fasses mieux. »

« n'est pas ce que tu m'as montré. » Elle haussa un sourcil.

« Bravo Sherlock! »

« Tu ne m'as rien montré du secret. »

« En effet. »

« Ce que tu m'as montré, transformer les murs en écran et tout ça... c'est moi? » Maribelle hocha la tête. « Pourquoi est-ce que Guillaume a vu la même chose? »

« Parce que je t'ai utilisé. Je n'avais pas assez de force pour faire plus que ça. Je n'aurais pas été capable de maintenir l'illusion après avoir reçu la balle. »

« Et le médaillon?.

« Je ne veux pas en parler. » Il secoua la tête avec le sourire.

« Je veux dire, comment s'est-il déplacé? Ça pourrait nous être utile dans une mission. Un autre imbécile qui veut commencer un culte... » Elle se mit à rire.

« Il faudra demander à Gilles. Il a compris ce que je voulais faire et l'a déplacé tout en prétendant que je pouvais le faire. » Il semblait surpris.

« Est-ce que tu as montré le moindre de tes pouvoirs à Guillaume? »

« Seulement le dédoublement. Je ne pouvais pas lui faire confiance, il ne cessait de me sonder pour apprendre à faire ce que je faisais. Il ne s'est jamais douté que je n'utilisais que les gens dans la pièce. Toi, Gilles, Tobias et Cléa. »

« Tobias? »

« La douleur que j'ai infligé à Cléa ne provenait pas de moi. Je n'ai pris que ce que Tobias voulait lui faire subir. »

« Tu n'as pas tué Cléa? » Elle secoua la tête.

« Elle s'est tuée elle-même. Elle savait depuis qu'on était toute petite qu'elle trouverait la mort dans le caveau familial et elle a toujours prit soin de l'éviter comme la peste. C'est pour cela que Violaine pouvait se réfugier dans le cimetière et qu'elle y a rencontré Guillaume qui cherchait une partie des secrets. »

« Elle aurait pu survivre? »

« Elle ne pouvait pas. C'était sa seule façon de fuir Guillaume, de l'empêcher de lui ordonner de tuer plus de gens. Elle savait ce que je faisais, on s'en était parlé auparavant et elle était d'accord. Ne t'en fais pas, elle n'a pas tant souffert, je m'en suis assurée. Et elle est encore avec moi. Elle garde un oeil sur ceux qui voudraient faire du mal à la famille. »

Il se tut pour réfléchir. Maribelle regarda les passants devant la terrasse. Les gens lui souriaient, la saluaient.

« Les choses ont beaucoup changé depuis la dernière fois qu'on s'est vu. » Maribelle hocha la tête. Les choses étaient tellement plus clair maintenant.

« Il y a autre chose qui te tracasse, non? »

« Je sais que tu a interdit à l'agence de te poser des questions sur le secret. Mais c'est à cause de cette rumeur que tu as réussi à éliminer Guillaume. »

« Je ne l'ai pas tué, il a été banni. »

« Banni où? » Maribelle fit un vague geste de la main au autour d'elle.

« Ici, là. »

« Qu'est-ce que tu veux dire? » Elle posa sa tasse sur la table et le fixa avec intensité. Il se replaça sur sa chaise, passa sa main dans ses cheveux, regarda autour de lui, mal-à-l'aise.

« Viens, je vais te montrer quelque chose, tu vas peut-être mieux comprendre. » Elle déposa de l'argent sur la table et lui fit signe de la suivre.

Ils marchèrent en silence à travers le village. Elle l'emmena vers un parc avec une forêt en bordure nord. Sans ralentir le pas, elle traversa le parc et pénétra dans la forêt. Aussitôt qu'ils se trouvèrent hors de vue des passants, ils s'arrêtèrent.

Elle détacha la chaîne qui retenait le médaillon autour de son cou et le posa dans sa paume ouverte.

« Tu m'as sauvé la vie dans le caveau. Tu as tenu tête à Guillaume, tu as le droit de s'avoir ce qu'il est devenu. » Elle plaça sa deuxième main sur le médaillon. Le médaillon se mit à briller au travers de ses mains, des rayons se projetaient partout autour d'eux.

« Tu n'as pas peur que d'autres personnes puissent voir? » Elle sourit.

« Seulement ceux qui sont comme nous. Regarde. » Les rayons se concentrèrent devant Maribelle, formant un miroir de deux mètres de hauteur par un mètre de largeur. Dominic pouvait s'y mirer et il bougea la main pour s'assurer de sa réflexion. La surface prit une texture aqueuse et un autre paysage prit forme.

« Qu'est-ce que c'est? » Maribelle se rapprocha de lui et rangea son médaillon sous sa chemise.

« Un autre monde. Celui d'où venaient les premiers prophètes. Et ceux qui les ont suivis. Et qui ont causé l'augmentation des cas de prophètes parmi la population humaine. »

« Où est-ce? » Elle haussa les épaules.

« Une autre dimension, une autre planète peut-être. Personne n'en est vraiment certain. »

« Tu as banni Guillaume là-bas? » Elle hocha la tête.

« Il y a quelques règles, et je ne les connais pas encore toutes, à jouer avec l'autre monde, comme je l'appelle. Cléa voudrait aller y faire un tour dans son état actuel, mais elle n'a pas encore osé franchir le portail. »

« Pourquoi est-ce que tu y as envoyé Guillaume? » Elle haussa les épaules.

« Parce que je ne voyais pas d'autre façon de l'arrêter, de l'empêcher de tuer tous ces gens, de recommencer une révolution parmi les prophètes. Le temps n'est pas encore venu pour nous de nous faire connaître. Personne n'aurait pu le tuer. »

« Est-ce que tu as des nouvelles de lui? »

« On m'a assuré qu'ils s'en occupaient et qu'il ne nous causerait plus de problème. Ce n'est pas la première fois que quelqu'un leur envoie un cas problématique. »

« Tu veux dire que tu n'es pas la seule à pouvoir communiquer avec eux? » Le portail s'effaça devant eux et ils se remirent en route vers le parc.

« Non, il y en a d'autre sur terre. Je suis la seule ici, dans cette région. »

« Est-ce que... » Elle l'interrompit de son rire.

« Tu crois vraiment que je suis assez idiote pour te dire qui tu pourrais aller embêter pour te donner accès à toutes les connaissances de ces gens? Tu te trompes! »

« C'est ça votre secret? Le fameux secret des Rostland? »

« Pathétique, non? » Il ne répondit pas. Maribelle huma l'odeur de la fin de l'été. Il était encore trop tôt pour elle pour rentrer au manoir. Elle n'avait pas envi de quitter Dominic, maintenant qu'elle venait de partager ses derniers secrets avec lui.

« Est-ce que les autres personnes gardent aussi jalousement le secret? »

« C'est notre seule façon d'éviter les problèmes. Nous avons tous des points en commun, et nous nous méfions de toutes les agences gouvernementales qui voudraient profiter de nous, ou des groupes occultes qui voudraient avoir nos connaissances. »

« Si tu ne veux pas, je ne partagerai pas ce que tu viens de me raconter avec mes patrons. Je ne crois pas qu'ils apprécieraient de savoir que le fameux secret ne sert pas à contrôler les gens, ni à arrêter des guerres, et n'est pas une arme de destruction massive. » Maribelle pouffa de rire.

« Tu comprends maintenant pourquoi on tient tant à le garder secret? Tout ce qu'on peut faire c'est d'ouvrir un portail vers un autre monde dans lequel on ne peut pas mettre les pieds. Très excitant. »

« Mais tout de même, moi je trouve ça génial! Et vous avez gardé le secret pendant combien d'années? » Maribelle parut réfléchir.

« Pense à un nombre d'années et rajoute quelques zéros à la fin. Depuis que les dieux ont posés les pieds sur terre et qu'ils se sont mêlés à la population. »

« Et moi, est-ce que ça veut dire, puisque j'ai ces capacités, que je suis un descendant d'un dieu grecque? Apollon peut-être? »

« Rien de moins? Pourquoi pas Héphaïstos? » Il regarda son corps musclé, suspectant un défaut que Maribelle aurait vu et qui lui aurait échappé.

« Vraiment? »

« Naaa! Je pourrais te dire qui t'as permis d'avoir ces capacités, mais je devrais te tuer par la suite. » Ils se mirent à rire. Ils étaient à nouveau devant le café. Maribelle ne voulait pas qu'il reparte, pas maintenant. Elle se tourna vers lui.

« Je me disais que je pourrais peut-être rester quelques jours de plus au village. Maxime me doit des vacances. Ça fait longtemps que je n'ai pas passé du temps dans la région, aurais-tu des endroits à me conseiller? »

« Peut-être... » Elle se mit à rire lorsqu'il se rapprocha d'elle.